Rabindranath Tagore, Helene Meyer-Franck

Das Heim und die Welt

Rabindranath Tagore, Helene   Meyer-Franck

Das Heim und die Welt

ISBN/EAN: 9783337360252

Hergestellt in Europa, USA, Kanada, Australien, Japan

Cover: Foto ©Andreas Hilbeck / pixelio.de

Weitere Bücher finden Sie auf **www.hansebooks.com**

RABINDRANATH TAGORE
GESAMMELTE
WERKE
SECHSTER BAND

DAS HEIM UND DIE WELT

MÜNCHEN
KURT WOLFF VERLAG

RABINDRANATH TAGORE

DAS HEIM
UND DIE WELT

ROMAN

MÜNCHEN
KURT WOLFF VERLAG

DAS HEIM UND DIE WELT

ERSTES KAPITEL

BIMALAS ERZÄHLUNG

I

Mutter, heute sehe ich wieder vor meinem Geiste dein rotes Stirnzeichen[1], den Sari[2], den du zu tragen pflegtest, mit seinem breiten, roten Saum, und deine wundervollen Augen voll Tiefe und Frieden. Sie kamen am Anfang meiner Lebensbahn wie das erste Licht des dämmernden Morgens und gaben mir goldenen Vorrat mit auf den Weg.

Das Antlitz meiner Mutter war dunkel, aber es hatte einen Heiligenschein, und ihre Schönheit beschämte alle Eitelkeit der Schönen.

Jeder sagt, daß ich meiner Mutter ähnlich sehe. In meiner Kindheit mochte ich dies gar nicht hören. Ich hatte das Gefühl, daß Gott ungerechterweise eine Hülle um meine Glieder gelegt hätte, — daß mein dunkles Antlitz mir eigentlich nicht zukäme, sondern durch irgend ein Versehen mir zuteil geworden wäre. Alles, was ich von Gott als Entschädigung dafür erbitten konnte, war, daß ich zu der Idealgestalt eines Weibes heranwachsen möchte, wie sie die großen Heldengedichte schildern.

Als der Heiratsantrag für mich kam, prüfte der begleitende Astrolog meine Handfläche und sagte: »Dies Mädchen hat gute Zeichen. Sie wird eine ideale Ehefrau werden.«

Und alle Frauen, die es hörten, sagten: »Das ist kein Wunder, denn sie gleicht ihrer Mutter.«

Ich wurde mit einem Radscha[3] vermählt. Als Kind war ich ganz vertraut mit den Schilderungen von Märchenprinzen. Aber das Gesicht meines Gatten war nicht so, daß die

Phantasie ihn ins Märchenland verpflanzen würde. Es war dunkel, ebenso dunkel wie meines. Das Gefühl der Scheu, das ich wegen meines Mangels an körperlicher Schönheit hatte, wich dadurch etwas; doch zugleich empfand ich im Herzen ein leises Bedauern.

Aber wenn unser Antlitz dem prüfenden Blick der Sinne ausweicht und sich ins Heiligtum des Herzens rettet, da kann es sich selbst vergessen. Ich weiß noch aus der Erfahrung meiner Kindheit, wie hingebende Liebe die Schönheit selbst ist, von innen gesehen. Wenn meine Mutter die verschiedenen Früchte, die sie selbst mit ihren liebenden Händen sorgfältig geschält hatte, auf dem weißen Steinteller ordnete und sanft mit dem Fächer wedelte, um die Fliegen zu verscheuchen, während mein Vater beim Mahl saß, strömte ihre dienende Liebe in einer Schönheit aus, die über alle äußere Form war. Schon in meiner frühen Kindheit konnte ich die Macht dieser Schönheit fühlen. Sie war erhaben über alle Worte und Zweifel und Berechnungen, sie war ganz Musik.

Ich erinnere mich noch deutlich, wie ich nach meiner Heirat früh am Morgen vorsichtig und leise aufzustehen pflegte, um meines Gatten Füße ehrfurchtsvoll zu berühren[4], ohne ihn zu wecken, und wie mir in solchen Augenblicken war, als ob das rote Abzeichen auf meiner Stirn wie der Morgenstern strahlte.

Eines Tages wachte er zufällig auf und fragte mich lächelnd: »Was ist das, Bimala? Was tust du denn da?«

Ich werde nie vergessen, wie ich mich schämte, daß er mich ertappt hatte. Er konnte möglicherweise denken, daß ich versuchte, mir heimlich ein Verdienst zu erwerben. Aber nein, nein! Dies hatte nichts mit Verdienst zu tun. Es war mein Frauenherz, das anbeten mußte, wenn es lieben sollte.

Das Haus meines Schwiegervaters gehörte zu den altangesehenen seit den Zeiten der Pâdischâhs[5]. Es hielt zum Teil noch an den altindischen Gesetzen Manus und Paraschars fest, zum Teil hatten sich mongolische und afghanische Sitten bei ihm eingebürgert. Aber mein Gatte war durchaus modern. Er war der erste aus seinem Hause, der die Universität besuchte und zum Magister promovierte. Sein ältester Bruder war dem Trunk ergeben und jung gestorben, ohne Kinder zu hinterlassen. Mein Gatte trank nicht und hatte keine Neigung zu Ausschweifungen. Diese Enthaltsamkeit war der Familie so fremd, daß sie vielen kaum schicklich erschien. Sie waren der Ansicht, daß Enthaltsamkeit nur denen ziemte, die nicht vom Glück begünstigt sind. Denn der Mond hat Platz für Flecke, nicht die Sterne.

Die Eltern meines Gatten waren schon lange tot, und seine alte Großmutter war die Herrin des Hauses. Mein Gatte war ihr Augapfel, ihr höchstes Kleinod. Und so wurden ihm nie Schwierigkeiten gemacht, wenn er sich nicht an die alten Bräuche hielt.

Als er Miß Gilby ins Haus brachte, damit sie mich unterrichte und mir Gesellschaft leiste, setzte er seinen Willen durch, trotz der geschwätzigen, giftigen Zungen zu Hause und draußen.

Mein Gatte hatte damals gerade seine erste akademische Prüfung bestanden und bereitete sich auf die zweite vor; daher mußte er in Kalkutta wohnen und Vorlesungen an der Universität hören. Er pflegte mir jeden Tag zu schreiben, nur ein paar schlichte Zeilen, aber seine kühn geschwungene, charaktervolle Handschrift blickte mich, ach, so zärtlich an! Ich bewahrte seine Briefe in einer Schachtel von Sandelholz und bedeckte sie jeden Tag mit frischen Blumen aus dem Garten.

Damals war schon das Bild des Prinzen aus dem Märchen verblaßt wie der Mond im Licht des Morgens. In meinem Herzen thronte jetzt der Fürst meiner wirklichen Welt. Ich war seine Königin. Ich hatte meinen Platz an seiner Seite. Doch mein höchstes Glück bestand darin, daß mein wahrer Platz zu seinen Füßen war.

Inzwischen bin ich in den Geist der modernen Zeit eingeführt und habe seine Sprache sprechen gelernt. Daher ist es mir, als ob diese schlichten Worte, die ich jetzt hier schreibe, schamhaft erröteten. Abgesehen von meiner Bekanntschaft mit der modernen Lebenshaltung würde mein natürliches Gefühl mir sagen, daß, wie es nicht von meinem Willen abhing, daß ich als Weib auf diese Welt kam, so auch die Hingebungsfähigkeit in der Liebe eines Weibes sich nicht lernen läßt wie eine abgedroschene Stelle aus einer romantischen Dichtung, die ein Schulmädchen andächtig in schöner Rundschrift in ihr Heft schreibt.

Aber mein Gatte gab mir nie Gelegenheit, ihm meine Verehrung zu zeigen. Das war gerade seine Größe. Es sind Schwächlinge, die von ihren Frauen unbedingte Hingabe als ihr Recht fordern; das ist eine Erniedrigung für beide.

Seine Liebe zu mir schien die meine noch zu übertreffen, indem sie mich mit Huldigungen und Reichtümern überschüttete. Aber ich hatte mehr das Bedürfnis zu geben als zu empfangen; denn die Liebe will nicht geschont und behütet sein: sie ist eine Landstreicherin, deren Blumen besser im Staub der Straße als in den Kristallvasen des Gesellschaftszimmers gedeihen.

Mein Gatte konnte nicht ganz mit den alten überlieferten Gewohnheiten brechen, die in unserer Familie herrschten. Daher war es für uns schwer, uns zu jeder beliebigen Tagesstunde zu sehen[6]. Ich wußte genau die Zeit, wo er zu mir kommen konnte, und so war unser Zusammensein immer mit liebender Sorgfalt vorbereitet. Es kam wie der Reim eines Gedichtes im regelmäßigen Schritt des Rhythmus.

Wenn ich am Nachmittage meine Tagesarbeit beendet und

mein Bad genommen hatte, steckte ich mein Haar auf, erneuerte das rote Stirnzeichen und legte meinen sorgfältig gefältelten Sari an und dann, nachdem ich mich körperlich und geistig von allen häuslichen Pflichten freigemacht hatte, widmete ich mich zu dieser bestimmten festlichen Stunde ganz dem Einen. Die Zeit mit ihm an jedem Tage war kurz, und doch war sie unendlich.

Mein Gatte pflegte zu sagen, daß Mann und Weib gleich seien in ihrer Liebe, weil sie gleichen Anspruch aneinander hätten. Ich widersprach ihm nicht, aber mein Herz sagte mir, daß die Liebe bei zwei Menschen in Wirklichkeit nie auf gleicher Höhe steht; nur hebt die höhere bei dem Zusammensein den andern zur gleichen Höhe empor. Daher herrscht dauernd die Freude der höheren Liebe; sie sinkt nie auf die Stufe der gemeinen Alltäglichkeit herab.

Mein Geliebter, es war deiner würdig, daß du nie Verehrung von mir erwartetest. Aber wenn du sie gelitten hättest, so hättest du mir in Wahrheit einen Dienst erwiesen. Du zeigtest mir deine Liebe, indem du mich schmücktest, mich ausbildetest, indem du mir alles gabst, um was ich dich bat und um was ich dich nicht bat. Ich sah die Tiefe deiner Liebe in deinen Augen, wenn du mich anblicktest. Ich habe den heimlichen Seufzer des Schmerzes gesehen, den du aus Liebe zu mir unterdrücktest. Du liebtest meinen Körper, als ob er eine Blume aus dem Paradiese wäre. Du liebtest mein ganzes Wesen, als ob die Vorsehung es dir als seltene Gabe anvertraut hätte.

Diese verschwenderische Liebe machte mich stolz und ließ mich glauben, daß der Reichtum, der dich an meine Tür zog, ganz mir gehörte. Aber solche Eitelkeit hemmt nur den Strom der freien Hingabe in der Liebe eines Weibes. Wenn ich als Königin throne und Huldigung fordere, so wächst diese Forderung beständig, sie ist nie befriedigt. Kann eine Frau ihr wahres Glück in dem bloßen Bewußtsein finden, daß sie Macht über einen Mann hat? Das einzige Heil des

Weibes ist es, ihren Stolz in Liebe aufzugeben.

Ich muß heute daran denken, wie damals, in jenen Tagen unseres Glückes, die Flammen des Neides rings um uns aufsprangen. Dies war nur natürlich; war ich doch durch bloßen Zufall und ohne mein Verdienst zu meinem Glück gekommen. Aber die Vorsehung läßt den Born des Glückes nicht endlos fließen, wenn die Ehrenschuld nicht immer wieder manchen langen Tag hindurch bezahlt und somit der Besitz des Glückes gesichert wird. Gott gibt uns wohl Gaben, aber die Kraft, sie recht zu fassen und festzuhalten, müssen wir selbst haben. Ach um die Gaben, die unwürdigen Händen entgleiten!

Sowohl die Mutter wie die Großmutter meines Gatten waren wegen ihrer Schönheit berühmt gewesen. Und auch meine verwitwete Schwägerin war von seltener Schönheit. Als nun das Schicksal sie dafür so einsam ließ, gelobte die Großmutter, nie zu verlangen, daß ihr einziger Enkel bei seiner Heirat auf Schönheit sähe. Nur die glückverheißenden Zeichen verschafften mir den Eintritt in diese Familie; — sonst hatte ich keinen Anspruch darauf, hier zu sein.

In diesem Hause des Luxus war nur wenigen seiner Frauen die ihnen gebührende Achtung zuteil geworden. Sie hatten sich jedoch an die Art und Weise der Familie gewöhnt und es fertig gebracht, ihren Kopf über Wasser zu halten, getragen von ihrer Würde als Fürstinnen eines alten Hauses, wenn auch ihre Tränen in schäumendem Wein ertränkt und ihr Weinen vom Geklingel der Fußspangen tanzender Mädchen übertönt wurde. War es mein Verdienst, daß mein Gatte keine geistigen Getränke anrührte noch seine Mannheit auf den Weibermärkten vergeudete? Welchen Zauber wußte ich, der den wilden, unsteten Sinn des Mannes bändigte? Es war mein Glück, nichts weiter. Denn meiner Schwägerin gegenüber war das Schicksal sehr gefühllos gewesen. Ihr Festtag war zu Ende, als es noch früh am Abend war, und das Licht ihrer Schönheit erleuchtete umsonst die leeren Hallen und brannte herab, nachdem die Musik längst verstummt war.

Meine Schwägerin begegnete den modernen Anschauungen meines Gatten mit Verachtung. Wie lächerlich, daß er das Familienschiff, das mit dem ganzen Reichtum seines altehrwürdigen Ruhmes beladen war, unter der Flagge solch einer unbedeutenden kleinen Frau segeln ließ! Wie oft mußte ich die Geißel des Spottes fühlen! »Diebin, die sich die Liebe eines Gatten gestohlen, Heuchlerin, die sich unter der Schamlosigkeit ihres neumodischen Putzes verbirgt!« Die bunten modernen Gewänder, mit denen mein Gatte mich zu schmücken liebte, erweckten ihre eifersüchtige Wut. »Schämt sie sich denn gar nicht, ein Schaufenster aus sich zu machen, — und noch dazu bei ihrem Äußern!«

Mein Gatte merkte dies alles, aber seine Sanftmut kannte keine Grenzen. Er bat mich inständig, ihr zu verzeihen.

Ich weiß noch, wie ich einmal zu ihm sagte: »Die Seele der Frau ist so klein und verkrüppelt.« »Wie die Füße der Chinesinnen«, erwiderte er. »Hat die Gesellschaft sie nicht so eingezwängt, daß sie klein und verkrüppelt werden mußten? Sie sind nur Opfer eines launischen Schicksals. Wie kann man sie dafür verantwortlich machen?«

Es gelang meiner Schwägerin immer, alles, was sie wollte, von meinem Gatten zu bekommen. Er überlegte nicht erst, ob ihre Bitten berechtigt oder vernünftig wären. Aber am meisten empörte mich, daß sie ihm gar nicht dankbar dafür war. Ich hatte meinem Gatten versprochen, auf ihr Schelten nichts zu erwidern, aber dies brachte mich innerlich nur um so mehr auf. Ich fühlte, daß Güte eine Grenze hat und, wenn man über diese hinausgeht, leicht in Schwäche ausartet. Ja, soll ich ganz aufrichtig sein? Ich habe oft gewünscht, daß mein Gatte die Männlichkeit haben möchte, etwas weniger gut zu sein.

Meine Schwägerin, die Bara Rani[7], war noch jung und machte keinen Anspruch auf Heiligkeit. Im Gegenteil, ihre Reden und Späße hatten leicht etwas Keckes. Auch die jungen Mädchen, die sie um sich hatte, waren ziemlich unverschämt. Aber niemand verwies ihr ihre Art; war dies doch der Ton, an den man im Hause gewöhnt war. Was sie mir vor allem mißgönnte, war, so schien es mir, das Glück, einen so untadelhaften Gatten zu haben. Er jedoch empfand weniger die Fehler ihres Charakters als die Traurigkeit ihres Schicksals.

II

Mein Gatte hatte den sehnlichen Wunsch, mich aus der Abgeschlossenheit meines Frauengemaches hinaus in die Welt zu führen.

Eines Tages sagte ich zu ihm: »Wozu brauche ich die Welt da draußen?«

»Die Welt da draußen braucht dich vielleicht«, erwiderte er.

»Wenn sie so lange ohne mich fertig geworden ist, kann sie es auch noch etwas länger. Sie wird schon nicht aus Sehnsucht nach mir zugrunde gehen.«

»Ach, meinetwegen mag sie zugrunde gehen. Darum mache ich mir keine Sorge. Ich denke an mich selbst.«

»O, wirklich! Was ist es denn mit dir?«

Mein Gatte lächelte schweigend.

Ich kannte seine Art und wehrte mich sogleich dagegen:

»Nein, nein, so entkommst du mir nicht. Ich muß wissen, was es ist.«

»Läßt sich denn alles mit Worten sagen?«

»Bitte, höre auf in Rätseln zu sprechen! Sag' mir...«

»Was ich möchte, ist, daß wir draußen auch in der Welt unser Leben ganz miteinander teilten. Hier bleiben wir uns beide noch etwas schuldig.«

15

»Fehlt denn irgend etwas in der Liebe, die wir hier zu Hause einander geben?«

»Hier gehst du ganz in mir auf. Du weißt weder, was du hast, noch, was dir fehlt.«

»Ich mag nicht hören, wenn du so redest.«

»Ich möchte, daß du mitten in das Leben und Treiben hinauskämest und die Wirklichkeit kennenlerntest. Du bist nicht dazu geschaffen, nur Tag für Tag deine häuslichen Pflichten zu erfüllen und dein ganzes Leben in der Plackerei des Haushalts zwischen den engen Mauern zuzubringen, die die Traditionen um die Frau aufgerichtet haben. Erst wenn wir draußen in der Welt der Wirklichkeit uns sehen und erkennen, wird unsere Liebe vollkommen und wahr sein.«

»Wenn uns hier irgend etwas daran hindert, uns ganz zu erkennen, kann ich nichts sagen. Aber ich meinesteils fühle nicht, daß irgend etwas fehlt.«

»Gut, aber wenn auch das Hindernis nur auf meiner Seite ist, solltest du da nicht helfen, es zu beseitigen?«

Solche Gespräche wiederholten sich öfters. Eines Tages sagte er: »Der Mensch, der Verlangen hat nach seinem geschmorten Fisch, hat in seiner Gier keine Gewissensbisse, wenn er den Fisch nach seinem Bedürfnis zerschneidet. Aber der, der den Fisch liebt, möchte sich im Wasser an ihm freuen, und wenn das unmöglich ist, wartet er am Ufer, und selbst wenn er nach Hause kommt, ohne ihn erblickt zu haben, so hat er den Trost, zu wissen, daß der Fisch gut aufgehoben ist. Jemanden in seiner Vollkommenheit besitzen dürfen, ist der höchste Gewinn, aber wenn dies unmöglich ist, so ist der zweithöchste, auf den Besitz zugunsten der Vollkommenheit des andern zu verzichten.«

Ich hörte meinen Gatten nicht gern so über diesen Gegenstand sprechen, aber nicht das war der Grund, weshalb ich mich weigerte, die Frauengemächer zu verlassen. Seine Großmutter war noch am Leben. Mein Gatte hatte mehr als neunundneunzig Prozent des Hauses mit dem zwanzigsten Jahrhundert angefüllt, sehr gegen ihren Geschmack, aber doch hatte sie es, ohne zu klagen, geduldet. Sie würde es ebenso geduldet haben, wenn die Gemahlin des Radscha[8] ihre Zurückgezogenheit aufgegeben hätte. Sie war sogar darauf gefaßt, daß dies geschehen könnte. Aber mir schien die Sache nicht wichtig genug, um ihr diesen Schmerz anzutun. Ich habe in Büchern gelesen, daß man uns als »Vögel im Käfig« bezeichnet. Ich weiß nicht, wie es mit andern ist, aber für mich umschloß dieser Käfig so viel, daß es in der ganzen Welt nicht Platz gehabt hätte, — so empfand ich es wenigstens damals.

Die Großmutter, die schon sehr alt war, hielt sehr viel von mir. Ihrer Liebe lag wohl der Gedanke zugrunde, daß ich mit Hilfe der mir günstigen Sterne es vermocht hatte, die Liebe meines Gatten zu gewinnen. Hatten nicht die Männer von Natur den Hang, in Laster zu versinken? Keine von den andern war mit all ihrer Schönheit imstande gewesen, ihren Gatten davon zurückzuhalten, daß er Hals über Kopf dem höllischen Abgrund zustürzte, der ihn verschlang und vernichtete. Sie glaubte, daß ich das Mittel gewesen sei, jene Leidenschaften auszulöschen, die den Männern ihrer Familie so verderblich geworden waren. Daher hütete sie mich wie ihren größten Schatz und zitterte, sobald mir nur das Geringste fehlte.

Die Großmutter mochte die Kleider und Schmucksachen nicht leiden, die mein Gatte in europäischen Läden kaufte, um sie mir umzuhängen. Aber sie überlegte: Die Männer müssen nun einmal irgendein närrisches Steckenpferd haben, das allemal viel Geld kostet. Es hat keinen Zweck, zu versuchen, sie daran zu hindern; man kann nur froh sein, wenn sie sich nicht ganz dabei zugrunde richten. Wenn mein Nikhil nicht immer damit beschäftigt wäre, seine Frau mit schönen Kleidern zu umhängen, wer weiß, an wen er sonst sein Geld verschwenden würde. Daher ließ sie, immer wenn ein neues Kleid für mich ankam, meinen Gatten rufen und freute sich mit ihm darüber.

Und so kam es, daß sie es war, die ihren Geschmack änderte. Ja, sie wurde so sehr von dem modernen Geist beeinflußt, daß kein Abend hingehen durfte, ohne daß ich ihr Geschichten aus englischen Büchern erzählte.

Nach dem Tode seiner Großmutter wollte mein Gatte gern, daß ich mit ihm nach Kalkutta übersiedelte. Aber ich konnte mich nicht dazu entschließen. War dies nicht unser Haus, das sie in allen Leiden und Kümmernissen unter ihrer sorgenden Hut gehabt hatte? Würde nicht ein Fluch mich treffen, wenn ich es verließe und fortzöge in die Stadt? Dies war der Gedanke, der mich zurückhielt, als ihr leerer Platz mich vorwurfsvoll ansah. Diese edle Frau war mit acht Jahren in dies Haus gekommen, und als sie starb, war sie achtundsiebzig. Sie hatte kein glückliches Leben gehabt. Das Schicksal hatte Pfeil auf Pfeil gegen ihre Brust geschleudert und hatte doch nur immer mehr die unzerstörbare Kraft ihrer Seele hervorströmen lassen. Dies große Haus war durch ihre Tränen geweiht. Was sollte ich fern von ihm, im Staub von Kalkutta?

Mein Gatte hatte die Vorstellung, daß wir auf diese Weise meiner Schwägerin den Trost verschaffen könnten, Herrin im Hause zu sein, und zugleich unserm Leben mehr Raum verschaffen würden, sich auszudehnen. Aber gerade hierin konnte ich ihm nicht zustimmen. Sie hatte mir das Leben zur Plage gemacht, sie mißgönnte meinem Gatten sein Glück, und dafür sollte sie jetzt belohnt werden! Und wenn wir nun eines Tages hierher zurückkehren wollten? Würde ich da den ersten Platz wiederbekommen?

»Was willst du mit dem ersten Platz?« pflegte mein Gatte zu sagen. »Gibt es denn nichts Wertvolleres im Leben?«

Die Männer verstehen solche Dinge nie. Sie haben ihre Nester draußen, sie kennen nicht die ganze Bedeutung des häuslichen Lebens. In diesen Dingen sollten sie der weiblichen Führung folgen. — So dachte ich damals.

Für mich war der Hauptpunkt der, daß man sein Recht vertreten müsse. Fortgehen und alles in den Händen des Feindes lassen, das wäre so gut wie das Eingeständnis einer Niederlage gewesen.

Aber warum zwang mein Gatte mich nicht, mit ihm nach Kalkutta zu gehen? Ich weiß den Grund. Er machte keinen Gebrauch von seiner Gewalt, gerade weil er sie hatte.

III

Wenn jemand nach und nach die Kluft zwischen Tag und Nacht ausfüllen wollte, so würde er eine Ewigkeit dazu brauchen. Aber die Sonne geht auf, und die Dunkelheit ist verscheucht — ein Augenblick genügt, einen unendlichen Abstand zu überwinden.

Eines Tages begann in Bengalen die neue Zeit der Swadeschi-Bewegung[9]; aber wie es dazu kam, davon hatten wir keine klare Vorstellung. Es war kein allmählicher Übergang von der Vergangenheit zur Gegenwart. Das ist, glaube ich, der Grund, warum die neue Epoche wie eine Flut über unser Land kam, die Deiche durchbrechend und all unsre Klugheit und Furcht mit sich fortreißend. Wir hatten nicht einmal Zeit, darüber nachzudenken oder zu begreifen, was geschehen war oder was geschehen sollte.

Mein Herz und meine Sinne, meine Hoffnungen und meine Wünsche flammten auf in der Leidenschaft dieser neuen Zeit. Wenn auch bis jetzt die Mauern des Heims, das meinem Geiste doch letzten Endes die Welt bedeutet hatte, noch nicht zerbrochen waren, so blickte ich doch über sie hinaus in die Weite und hörte vom fernen Horizonte her eine

Stimme, deren Worte ich zwar nicht deutlich verstand, aber deren Ruf mir unmittelbar zum Herzen ging.

Seit der Zeit, wo mein Gatte auf der Universität studierte, hatte er versucht, dahin zu wirken, daß unser Volk die Dinge, die es brauchte, im eigenen Lande erzeugte. Es gibt in unserer Gegend sehr viele Dattelpalmen. Er versuchte, einen Apparat zu erfinden, womit der Saft aus den Früchten ausgepreßt und dann zu Zucker und Sirup verkocht würde. Man sagte mir, der Apparat funktioniere sehr gut, aber er preßte doch noch mehr Geld aus dem Unternehmer heraus als Saft aus den Datteln. Bald kam mein Gatte zu dem Schluß, daß unsre Versuche, unsre Industrie wieder zu beleben, keinen Erfolg haben konnten, solange wir keine eigene Bank hatten. Er versuchte damals, mich in die Volkswirtschaft einzuführen. Dies allein hätte nun zwar nicht viel geschadet, aber er hatte es sich in den Kopf gesetzt, auch seinen Landsleuten seine Ideen beizubringen und so den Weg für eine Bank zu bahnen; und dann eröffnete er auch tatsächlich ein kleines Bankgeschäft. Die hohen Zinsen jedoch, die bewirkten, daß die Dorfleute begeistert herbeiströmten, um ihr Geld hineinzutun, richteten bald die Bank gänzlich zugrunde.

Die alten Gutsverwalter waren bekümmert und ängstlich. Die Feinde triumphierten. Von der ganzen Familie blieb nur meines Gatten Großmutter gelassen und ruhig. Sie schalt mich, indem sie sagte: »Warum quält ihr ihn alle so? Kümmert ihr euch sonst um das Schicksal des Gutes? Wie oft habe ich schon erlebt, daß dies Gut dem Steuereinnehmer verpfändet wurde! Sind die Männer denn wie die Frauen? Die Männer sind geborene Verschwender und können nur Geld durchbringen. Sieh einmal, mein Kind, du solltest dich glücklich schätzen, daß dein Gatte nicht auch noch seine Gesundheit durchbringt!«

Die Liste derer, die von meinem Gatten unterstützt wurden, war sehr lang. Wer nur einen neuen Webstuhl oder eine neue Reisenthülsungsmaschine erfinden wollte, dem stand er bei bis zum gänzlichen Ruin. Aber was mich am meisten ärgerte, war die Art, wie Sandip Babu ihn ausbeutete, indem er seine Arbeit für die Swadeschi-Bewegung als Vorwand gebrauchte. Was es auch war, sei es nun, daß er eine Zeitung gründen oder eine Vortragsreise für die Sache unternehmen wollte, oder daß er nach Ansicht seines Arztes Luftveränderung brauchte, mein Gatte gab immer hin, ohne zu fragen. Und dies gewährte er Sandip Babu noch außer der festgesetzten Summe, die dieser regelmäßig für seinen Unterhalt von ihm erhielt. Das Merkwürdigste dabei war, daß mein Gatte und Sandip Babu in ihren Ansichten gar nicht übereinstimmten.

Sobald der Sturm der Swadeschi-Bewegung auch mir ins Blut gefahren war, sagte ich zu meinem Gatten: »Ich muß alle meine ausländischen Kleider verbrennen.«

»Warum willst du sie verbrennen?« sagte er. »Du brauchst sie ja nicht zu tragen, solange du nicht willst.«

»Solange ich nicht will! Mein ganzes Leben lang...«

»Gut, trage sie denn nicht mehr! Aber wozu gleich feierlich einen Scheiterhaufen errichten?«

»Wolltest du mich in meinem Entschluß hindern?«

»Was ich dir sagen möchte, ist dies: Warum wollt ihr nicht lieber versuchen aufzubauen? Ihr solltet auch nicht einmal den zehnten Teil eurer Kraft in diesem zerstörenden Haß vergeuden.«

»Dieser Haß wird uns die Kraft geben, aufzubauen.«

»Das ist, als ob ihr sagtet, ihr könntet das Haus nicht erleuchten, ohne es anzuzünden.«

Bald kam ein neuer Verdruß. Als Miß Gilby zuerst in unser Haus gekommen war, hatte es große Aufregung gegeben, die sich dann allmählich beruhigte, als man sich an sie gewöhnte. Jetzt wurde die ganze Sache von neuem aufgerührt. Ich hatte mich vorher nicht darum gekümmert, ob Miß Gilby Europäerin oder Indierin sei, aber jetzt war es mir nicht mehr einerlei. Ich sagte zu meinem Gatten: »Wir müssen Miß Gilby aus dem Hause schaffen.«

Er schwieg.

Ich wurde heftig, und er ging traurig fort.

Nachdem ich mich ausgeweint hatte, war ich des Abends, als wir uns wiedersahen, etwas ruhiger gestimmt. »Ich kann Miß Gilby nicht durch einen Nebel von abstrakten Theorien ansehen,« sagte mein Gatte, »nur weil sie Engländerin ist. Kannst du nach einer so langen Bekanntschaft nicht über die Schranke eines bloßen Namens wegkommen? Kannst du nicht daran denken, daß sie dich liebt?«

Ich war ein wenig beschämt und antwortete etwas gereizt: »Meinethalben laß sie bleiben. Ich bin nicht darauf erpicht, sie fortzuschicken.«

Und Miß Gilby blieb.

Aber eines Tages hörte ich, daß ein junger Bursche sie auf dem Wege zur Kirche beschimpft hatte. Es war ein Junge, den wir unterstützten. Mein Gatte wies ihn aus dem Hause. Es gab an jenem Tage niemand, der meinem Gatten diese Tat verzeihen konnte, — selbst ich nicht. Diesmal ging Miß Gilby von selbst. Sie weinte, als sie kam, um uns Lebewohl zu sagen, aber mein Zorn schmolz nicht. Den armen Jungen so zu verklatschen, — und dabei war er ein so prächtiger Junge, der über seiner Begeisterung für die nationale Sache Essen und Trinken vergaß.

Mein Gatte brachte Miß Gilby in seinem eigenen Wagen zur Bahn. Ich fand, daß er viel zu weit ging. Und als übertriebene Gerüchte von diesem Vorfall Anlaß zu einem öffentlichen Skandal gaben, über den die Zeitungen herfielen, fand ich, daß ihm ganz recht geschehen sei.

Ich war durch meines Gatten Tun oft in Unruhe versetzt, aber nie vorher hatte ich mich seiner geschämt; doch jetzt mußte ich für ihn erröten. Ich wußte nicht genau, und es war mir auch gleichgültig, welches Unrecht der arme Noren Miß Gilby getan hatte oder getan haben sollte; aber wie konnte man in solcher Zeit über so etwas zu Gericht sitzen! Ich hätte die Gesinnung, die den kleinen Noren antrieb, der Engländerin seine Verachtung zu zeigen, nicht unterdrücken mögen. Ich konnte nicht anders als ein Zeichen von Schwäche darin sehen, daß mein Gatte eine so einfache Sache nicht begriff. Und daher errötete ich für ihn.

Und doch lag es nicht so, daß mein Gatte sich weigerte, die Swadeschi-Bewegung zu unterstützen oder daß er irgendwie der nationalen Sache entgegenarbeitete. Er war nur nicht imstande, sich mit ganzem Herzen dem Geist des »Bande Mataram«[10] hinzugeben.

»Ich will gern meinem Lande dienen,« sagte er, »aber die Gerechtigkeit steht mir höher als das Vaterland. Wer Götzendienst mit seinem Vaterlande treibt, ruft einen Fluch darauf herab.«

Fußnoten:

Das Abzeichen des Frauenstandes bei den Hindus und das Symbol der hingebenden Liebe, die dieser Stand in sich schließt.

Das Hauptgewand der Hindufrauen.

Radscha (Rajah), indischer Fürst.

Dies ist eine äußere Form der Verehrung und geschieht, indem man mit der Hand die Füße des Betreffenden und dann das eigene Haupt leicht berührt. Es ist nicht allgemein Sitte, daß die Frau ihrem Gatten ihre Verehrung in dieser Weise bezeugt. (Der englische Ausdruck ist: to take the dust of one's feet.)

Titel der islamischen Landesfürsten.

Es würde nicht als schicklich angesehen werden, wenn ein Mann beständig in dem Frauengemach aus und ein ginge, außer zu den bestimmten Stunden, die dem Mahl oder der Ruhe gewidmet sind.

Bara = älter; Tschota = jünger. In vornehmen Häusern behalten die Witwen, obgleich sie nur auf eine lebenslängliche Rente vom Vermögensanteil ihres Gatten Anspruch haben, doch den Rang nach ihrem Alter, und die Titel Bara und Tschota bleiben bei den älteren und jüngeren Zweigen der Familie, wenn auch der jüngere Zweig der herrschende ist.

Das Ansehen der Gemahlin des Radscha ist von höchster Wichtigkeit bei den vornehmen Hindus.

Die nationale Bewegung, welche im Anfang mehr wirtschaftlichen als politischen Charakter hatte, da sie hauptsächlich auf Ermutigung der einheimischen Industrie gerichtet war.

»Heil dir, Mutter!«, die Anfangsworte eines Liedes von Bankim Chatterjee, dem berühmten bengalischen Romanschreiber. Das Lied ist jetzt zur Nationalhymne geworden, und Bande Mataram wurde seit der Zeit der Swadeschi-Bewegung zum nationalen Losungsruf.

ZWEITES KAPITEL

BIMALAS ERZÄHLUNG

IV

Um diese Zeit geschah es, daß Sandip Babu mit seinen Anhängern in unsere Gegend kam, um Reden im Dienste der Swadeschi-Bewegung zu halten.

Es soll eine große Versammlung in unsrer Tempelhalle stattfinden. Wir Frauen sitzen dort auf der einen Seite, hinter einem Vorhang. Das Triumphgeschrei Bande Mataram kommt näher, und ein Schauer läuft durch alle meine Adern. Plötzlich strömt eine Schar von barfüßigen Jünglingen im gelben Asketengewand und Turban in den Tempelhof, wie ein schlammgeröteter Bach beim ersten Regenguß sich in das ausgetrocknete Flußbett ergießt. Der ganze Raum ist angefüllt von einer ungeheuren Menge, durch die man Sandip Babu trägt, auf einem großen Stuhl thronend, den zehn bis zwölf Jünglinge auf den Schultern tragen.

Bande Mataram! Bande Mataram! Bande Mataram! Es ist, als ob der Himmel bersten und in tausend Stücke zerreißen wollte.

Ich hatte Sandip Babus Bild schon früher gesehen. Es war etwas in seinem Gesicht, was ich nicht mochte. Nicht, daß er häßlich war, — im Gegenteil, er hatte ein auffallend schönes Gesicht. Doch, ich weiß nicht, es schien mir, daß trotz all der Schönheit zuviel gemeiner Stoff hineingearbeitet war. Das Licht in seinen Augen schien mir nicht ganz echt zu sein. Darum mochte ich nicht, daß mein Gatte unbedenklich allen seinen Forderungen nachgab. Den Verlust des Geldes konnte ich schon ertragen, aber es ärgerte mich, daß er meinen Gatten hinterging und seine Freundschaft ausbeutete. Sein Benehmen war nicht das eines Asketen, nicht einmal das eines Menschen in beschränkten Verhältnissen, sondern durchaus stutzerhaft und verriet Liebe zum Luxus... Eine ganze Reihe solcher Betrachtungen kommen mir heute wieder in den Sinn, aber genug davon!

Als Sandip Babu jedoch an jenem Nachmittag zu sprechen anfing und die Herzen der Menge bei seinen Worten wogten und schwollen, als ob sie alle Schranken durchbrechen wollten, sah ich ihn wunderbar verklärt. Besonders als seine Züge plötzlich von einem Strahl der untergehenden Sonne erleuchtet wurden, die langsam unter die Linie des Tempeldaches sank, da erschien er mir wie ein Gottgesandter.

Von Anfang bis zu Ende war seine Rede ein stürmischer Ausbruch. Sein Vertrauen auf den Sieg der Sache war felsenfest. Ich weiß nicht, wie es kam, aber ich merkte plötzlich, daß ich den Vorhang ungeduldig zurückgeschlagen und den Blick fest auf ihn gerichtet hatte. Aber niemand unter der Menge beachtete, was ich tat. Nur einmal bemerkte ich, wie seine Augen mich anfunkelten, wie die Sterne des schicksalsvollen Orions.

Ich hatte mich ganz vergessen. Ich war nicht mehr die Gemahlin des Radscha, sondern die einzige Vertreterin von Bengalens Frauen. Und er war der Streiter für Bengalen. Wie der Himmel sein Licht über ihn ausgegossen hatte, so mußte auch der Segen einer Frau ihn für seine Aufgabe weihen...

Es schien mir ganz deutlich, daß, seit er mich erblickt hatte, das Feuer seiner Rede noch leidenschaftlicher emporgeflammt war. Indras Roß ließ sich nicht bändigen, und nun kam das Rollen des Donners und das Leuchten der Blitze. Ich sagte mir, daß seine Rede sich an meinen Augen entzündet hatte; denn wir Frauen wachen nicht nur über das Feuer des häuslichen Herdes, sondern über die Flamme der Seele selbst.

Als ich an jenem Abend heimkehrte, strahlte ich von einem neuen Gefühl des Stolzes und der Freude. Der Sturm in mir hatte mein ganzes Wesen aufgewühlt und seinen Schwerpunkt verschoben. Wie die Jungfrauen der alten Griechen hätte ich gern meine langen, glänzenden Flechten abgeschnitten, um eine Bogensehne für meinen Helden daraus zu machen. Wenn mein äußerer Schmuck mit meinen Gefühlen in Verbindung gestanden hätte, so würden Halsband und Armspangen ihren Verschluß gesprengt und sich wie ein Schauer von Meteoren über die Versammlung ergossen haben. Ich fühlte, daß ich ein persönliches Opfer bringen mußte, um den Sturm der leidenschaftlichen Erregung in mir aushalten zu können.

Als mein Gatte später nach Hause kam, zitterte ich vor Angst, er könne etwas sagen, was mit dem Siegeslied, das noch in meinen Ohren klang, in Disharmonie wäre; ich fürchtete, sein Wahrheitsfanatismus könne ihn verleiten, sich über irgend etwas, was am Nachmittag gesagt war, mißbilligend zu äußern. Denn dann würde ich ihm offen getrotzt und ihn gedemütigt haben. Aber er sagte kein Wort... und dies war mir auch nicht recht. Er hätte sagen sollen: »Sandip hat mich zur Vernunft gebracht. Jetzt sehe ich ein, wie sehr ich mich diese ganze Zeit geirrt habe.«

Ich hatte das Gefühl, daß er aus Ärger und Bosheit schwieg, daß er sich eigensinnig der Begeisterung verschloß. Ich fragte ihn, wie lange Sandip Babu bei uns bleiben würde.

»Er wird morgen in der Frühe nach Rangpur aufbrechen«, sagte mein Gatte.

»Muß es schon morgen sein?«

»Ja, er hat versprochen, dort zu reden.«

Ich schwieg eine Weile, dann fragte ich wieder: »Könnte er es nicht möglich machen, noch einen Tag zu bleiben?«

»Das wird er schwerlich können. Aber warum möchtest du

es?«

»Ich möchte ihn zum Mittagessen einladen und ihn dabei selbst bedienen.«

Mein Gatte war überrascht. Er hatte mich oft gebeten, dabei zu sein, wenn er nahe Freunde zum Mittagessen bei sich hatte, aber ich hatte mich nie dazu überreden lassen. Er sah mich einen Augenblick schweigend und aufmerksam an, mit einem Blick, den ich nicht ganz verstand.

Plötzlich überkam mich ein Gefühl der Scham.

»Nein, nein,« rief ich, »das geht auf keinen Fall.«

»Warum nicht?« sagte er. »Ich will ihn selbst fragen; wenn es irgend möglich ist, wird er sicher morgen noch bleiben.«

Es erwies sich als durchaus möglich.

Ich will ganz aufrichtig sein. An jenem Tage machte ich meinem Schöpfer Vorwürfe, daß er mich nicht mit hervorragender Schönheit geschmückt hatte, — nicht daß ich damit hätte Herzen stehlen wollen, sondern weil Schönheit verklärt. An diesem großen Tage sollten die Männer die Gottheit des Landes im Weibe erkennen. Aber ach, die Augen der Männer erkennen die Gottheit nicht, wenn es ihr an äußerer Schönheit fehlt. Würde Sandip Babu die Schakti[11] unseres Landes in mir offenbart sehen? Oder würde er mich nur für eine gewöhnliche Hausfrau halten?

An jenem Morgen besprengte ich mein herabhängendes Haar mit wohlriechendem Wasser und band es in einen losen Knoten mit einem rotseidenen Bande, das ich geschickt hindurchschlang. Das Mittagessen sollte schon um zwölf sein, da hatte ich begreiflicherweise nicht die Zeit, es nach meinem Bade noch in der gewohnten Weise in Flechten hochzustecken. Ich zog einen goldgesäumten weißen Sari an, und auch mein kurzärmeliges Muslinjäckchen hatte einen Goldsaum.

Ich war der Meinung, daß meine Kleidung eigentlich recht diskret sei und daß nicht leicht etwas einfacher hätte sein können. Aber meine Schwägerin, die zufällig vorbeiging, blieb plötzlich vor mir stehen, sah mich von Kopf zu Fuß an und lächelte mit zusammengepreßten Lippen ein vielsagendes Lächeln. Als ich sie nach dem Grunde fragte, sagte sie: »Ich bewundere deinen Aufputz.«

»Was ist daran so Belustigendes?« fragte ich sehr geärgert.

»Er ist prächtig«, sagte sie. »Ich dachte mir eben, daß eine von jenen tiefausgeschnittenen englischen Taillen ihn vollkommen machen würde.« Nicht nur ihr Mund und ihre Augen, sondern ihr ganzer Körper schien von unterdrücktem Lachen zu zucken, als sie das Zimmer verließ.

Ich war sehr, sehr böse und wollte im ersten Augenblick alles ausziehen und meine Alltagskleider anlegen. Ich kann nicht genau sagen, was mich hinderte, diesem Impuls zu folgen. Die Frauen sind die Zierde der Gesellschaft — so redete ich mir ein — und mein Gatte würde es nicht mögen, wenn ich nicht standesgemäß gekleidet vor Sandip Babu erschiene.

Meine Absicht war, erst zu erscheinen, nachdem sie sich schon zum Mittagessen gesetzt hatten.

Bei der Beaufsichtigung des Bedienens hätte ich die erste Scheu am besten überwinden können. Aber das Essen war nicht zur rechten Zeit fertig, und es wurde spät. Inzwischen ließ mein Gatte mich rufen, um mir den Gast vorzustellen.

Ich war schrecklich verlegen, als ich Sandip Babu ins Gesicht sehen sollte. Es gelang mir jedoch, mich zu fassen, und ich sagte: »Es tut mir sehr leid, daß es mit dem Essen so spät wird.«

Er kam ohne jede Verlegenheit auf mich zu und nahm an meiner Seite Platz. »Ein Mittagessen,« sagte er, »bekomme ich irgendwie jeden Tag, aber die Göttin des Überflusses bleibt hinter der Szene. Nun, da die Göttin selbst erschienen ist, macht es wenig, wenn das Essen auf sich warten läßt.«

Er war im Privatverkehr eben so emphatisch wie in seinen öffentlichen Reden. Er zögerte nicht und schien daran gewöhnt, unaufgefordert den Platz einzunehmen, den er sich wählte. Er erhob mit solcher Zuversicht den Anspruch auf Vertraulichkeit, daß man sich im Unrecht gefühlt hätte, wenn man sie ihm hätte streitig machen wollen.

Es war mir ein schrecklicher Gedanke, daß Sandip Babu mich für ein schüchternes, altmodisches Häufchen Unbedeutendheit halten könnte. Aber ich hätte ihn um mein Leben nicht mit geistreichen Erwiderungen bezaubern oder blenden können. Wie war ich nur auf den unglücklichen Einfall gekommen, so fragte ich mich zornig, solche lächerliche Figur vor ihm zu spielen?

Als das Mittagessen vorüber war, wollte ich mich zurückziehen, aber Sandip Babu, kühn wie immer, stellte sich mir in den Weg.

»Sie müssen mich nicht für so materiell halten«, sagte er. »Nicht das Mittagessen veranlaßte mich zu bleiben, sondern Ihre Einladung. Wenn Sie jetzt die Flucht ergriffen, so würden Sie mit Ihrem Gast kein ehrliches Spiel treiben.«

Wenn er diese Worte nicht in heiterm und ungezwungenem Ton gesagt hätte, so hätten sie mich wohl verstimmt. Aber ich mußte mir ja sagen, er stand meinem Gatten so nahe, daß ich mich als seine Schwester ansehen konnte.

Während ich versuchte, mich innerlich auf diesen vertraulichen Ton einzustellen, kam mir mein Gatte zu Hilfe, indem er sagte: »Könntest du denn nicht wiederkommen, wenn du dein Mittagessen gehabt hast?«

»Aber Sie müssen uns Ihr Wort geben, bevor wir Sie fortlassen«, sagte Sandip Babu.

»Ich verspreche es«, sagte ich mit einem leichten Lächeln.

»Ich will Ihnen sagen, warum ich Ihnen nicht trauen kann«, fuhr Sandip Babu fort. »Nikhil ist nun schon neun Jahre verheiratet, und diese ganze Zeit sind Sie mir ausgewichen. Wenn Sie dies nun wieder neun Jahre lang tun, werden wir uns überhaupt nicht wiedersehen.«

Ich ging auf den Geist seiner Bemerkung ein und fragte leise: »Aber warum sollten wir uns selbst dann nicht wiedersehen?«

»Mein Horoskop sagt mir, daß ich früh sterben werde. Keiner von meinen Vorfahren hat sein dreißigstes Jahr überlebt. Ich bin jetzt siebenundzwanzig.«

Er wußte, daß dies Eindruck machen würde. Und er mußte diesmal einen leisen Ton von Besorgnis in meiner Stimme hören, als ich flüsternd sagte: »Der Segen des ganzen Landes wird sicher den bösen Einfluß der Sterne abwenden.«

»Dann muß die Gottheit des Landes selbst diesem Segen ihre Stimme leihen. Dies ist der Grund, warum ich so eifrig wünsche, Sie möchten wiederkommen, damit mein Talisman schon heute anfangen kann zu wirken.«

Sandip Babu hatte eine solche Art, alles im Sturm zu nehmen, daß ich gar nicht dazu kam, ihm etwas übelzunehmen, was ich einem andern nie erlaubt haben würde.

»Also«, schloß er lachend, »werde ich Ihren Gatten so lange als Geisel hierbehalten, bis Sie zurückkommen.«

Als ich im Begriff war zu gehen, rief er: »Darf ich Sie um eine Kleinigkeit bemühen?«

Ich wandte mich etwas erschrocken um.

»Erschrecken Sie nicht«, sagte er. »Es ist nur ein Glas Wasser. Sie haben vielleicht bemerkt, daß ich beim Essen kein Wasser trank. Ich trinke es etwas später.«

Ich mußte hierauf etwas Interesse zeigen und nach dem Grund fragen. Er erzählte mir, daß er seit länger als einem halben Jahr an Verdauungsbeschwerden gelitten und nun endlich, nachdem er alle möglichen allopathischen und homöopathischen Mittel vergeblich versucht hatte, mit einheimischen Heilmitteln ganz wundervolle Resultate erzielt hätte.

»Sehen Sie,« fügte er mit einem Lächeln hinzu, »Gott hat selbst meine Gebrechen so eingerichtet, daß sie nur dem Bombardement mit Swadeschi-Pillen weichen.«

Hier mischte sich mein Gatte ein. »Du mußt zugeben,« sagte er, »daß du eine ebenso große Anziehungskraft für ausländische Medizin hast, wie die Erde für Meteore. Du hast in deinem Wohnzimmer drei Schränke...«

Sandip Babu unterbrach ihn. »Weißt du, was die sind? Die sind die Strafpolizei. Sie sind da, nicht weil man ihrer bedarf, sondern weil sie uns durch die moderne Gesellschaftsordnung aufoktroyiert sind, daß sie uns Geldstrafen auferlegen oder andere Unbill zufügen.«

Mein Gatte kann Übertreibungen nicht leiden, und ich merkte, daß er verstimmt war. Aber jede Verzierung ist eine Übertreibung. Sie stammt nicht von Gott, sondern vom Menschen. Ich weiß noch, wie ich einmal mich meinem Gatten gegenüber verteidigte, als ich eine Unwahrheit gesagt hatte: »Nur die Bäume und Tiere und Vögel sagen die Wahrheit ganz nackt, weil es diesen armen Dingern an Erfindungsgabe fehlt. Hierin zeigen die Menschen ihre Überlegenheit über die niedern Geschöpfe, und die Frauen sind noch den Männern über. Wie reicher Schmuck der Frau wohl ansteht, so auch Ausschmückung der Wahrheit.«

Als ich hinaustrat auf den Korridor, der zu den Frauengemächern führte, sah ich meine Schwägerin an einem Fenster stehen, durch das man ins Empfangszimmer sehen konnte. Sie versuchte durch die Jalousien zu spähen.

»Du hier?« fragte ich überrascht.

»Auf dem Lauscherposten«, erwiderte sie.

V

Als ich zurückkam, entschuldigte sich Sandip Babu. »Ich fürchte, ich habe Ihnen den Appetit verdorben«, sagte er besorgt.

Ich schämte mich sehr. Ich war wirklich unziemlich schnell mit meinem Essen fertig geworden. Man konnte mir leicht nachrechnen, daß ich in der Zeit nicht viel hatte essen können. Aber mir war nicht der Gedanke gekommen, daß jemand nachrechnen würde.

Ich hatte das Gefühl, daß Sandip Babu meine Beschämung merkte, was sie natürlich noch erhöhte. »Ich wußte wohl,« sagte er, »daß der Impuls des scheuen Wildes Sie von mir trieb, um so mehr weiß ich es zu würdigen, daß Sie Ihr Versprechen halten.«

Mir wollte keine passende Antwort einfallen, und so setzte ich mich errötend und voll Unbehagen auf das eine Ende des Sofas. Die Vision, die ich von mir selbst gehabt hatte, als die im Weibe verkörperte Gottheit, die durch ihre bloße Gegenwart Sandip Babu krönte, in stolzer Majestät, diese Vision war mir ganz entschwunden.

Sandip Babu begann absichtlich eine Diskussion mit meinem Gatten. Er wußte, daß sein scharfer Verstand in schlagfertigen Entgegnungen am besten zur Geltung kam. Ich habe seitdem oft beobachtet, daß er sich nie eine Gelegenheit zum Wortgefecht entgehen ließ, wenn ich zufällig dabei war.

Er kannte meines Gatten Ansichten über den Bande-Mataram-Kult und begann in herausforderndem Tone: »Also du gibst nicht zu, daß man bei der patriotischen Werbearbeit auch versuchen soll, auf die Phantasie zu wirken?«

»Man darf schon auf sie wirken, Sandip, aber ich halte nichts davon, wenn man alles damit machen will. Ich möchte mein Vaterland, so sehen, wie es in Wahrheit ist, und darum würde ich mich scheuen und es für unwürdig halten, mit hypnotisierenden patriotischen Reden zu arbeiten.«

»Aber was du hypnotisierende Reden nennst, ist für mich Wahrheit. Ich glaube an mein Vaterland wie an meinen Gott. Mir ist die Menschheit heilig. Gott offenbart sich sowohl im Menschen wie in seinem Vaterlande.«

»Wenn du das wirklich glaubst, dann sollte es für dich keinen Unterschied geben zwischen den verschiedenen Menschen und den verschiedenen Ländern.«

»Ganz recht. Aber mein Gefühl ist begrenzt und kann nicht die ganze Menschheit umfassen, daher verehre ich sie hier in meinem Volke.«

»Ich habe nichts gegen diese Verehrung als solche, aber wie willst du Gott verehren, wenn du andere Völker hassest, in denen er sich gleichfalls offenbart?«

»Der Haß ist auch ein Diener der Anbetung. Ardschuna gewann Mahadevas Gnade[12] dadurch, daß er mit ihm rang. Gott wird am Ende mit uns sein, wenn wir bereit sind, uns ihm im Streite zu stellen.«

»Wenn dem so ist, so sind beides seine Diener, die, welche deinem Volke dienen, und die, welche ihm schaden. Aber wozu dann noch Patriotismus predigen?«

»Wenn es sich um das eigene Volk handelt, ist es etwas anderes. Da spricht das Herz deutlich und verlangt, daß wir ihm dienen.«

»Wenn du die Konsequenz dieser Beweisführung ziehst, so mußt du sagen, daß, da Gott sich in uns offenbart, wir vor allen Dingen uns selbst dienen müssen, weil unser natürlicher Instinkt dies fordert.«

»Nun höre einmal, Nikhil, dies ist alles nur dürre Logik. Begreifst du denn nicht, daß es so etwas wie Gefühl gibt?«

»Ich will dir offen sagen, Sandip,« erwiderte mein Gatte, »gerade mein Gefühl ist verletzt, wenn ihr Ungerechtigkeit zur Pflicht zu machen sucht, und Gottlosigkeit zum sittlichen Ideal. Wenn ich nicht imstande bin zu stehlen, so liegt die Ursache nicht in meinen logischen Fähigkeiten, sondern in einem gewissen Gefühl von Selbstachtung und Treue gegen meine Ideale.«

Ich kochte innerlich. Zuletzt konnte ich nicht länger schweigen. »Ist nicht die Geschichte jedes Landes,« rief ich, »sei es nun England, Frankreich, Deutschland oder Rußland, die Geschichte von Diebstählen, die für das Vaterland begangen wurden?«

»Sie müssen für diese Diebstähle zahlen; sie müssen schon jetzt dafür zahlen; ihre Geschichte ist noch nicht zu Ende.«

»Auf jeden Fall,« fiel Sandip Babu ein, »meine ich, wir sollten es ebenso machen wie sie. Laß uns nur einstweilen die Koffer unsres Landes mit gestohlenen Schätzen füllen, und dann mögen, wie bei den andern Ländern, Jahrhunderte darüber hingehen, ehe wir dafür zahlen, wenn es überhaupt dazu kommt. Denn ich frage dich, wo findest du für diese ›Zahlen‹ ein Beispiel in der Geschichte?«

»Als Rom für seine Sünde zahlte, wußte es niemand. Die ganze Zeit schien sein Glück unbegrenzt zu sein. Aber siehst du denn nicht das eine: wie sie unter der Last ihrer politischen Lügen und Verrätereien zusammenbrechen?«

Ich hatte nie vorher Gelegenheit gehabt, bei einer Diskussion zwischen meinem Gatten und seinen Freunden zugegen zu sein. Immer, wenn er mit mir stritt, konnte ich fühlen, wie ungern er mich in die Enge trieb. Dies kam daher, daß er mich so liebte. Heute sah ich zum erstenmal seine Fechtkunst im Wortstreite.

Dennoch wollte mein Herz nicht für ihn Partei nehmen. Ich suchte nach einer Antwort, aber ich fand keine. Wenn jemand sich auf den Standpunkt der Gerechtigkeit stellt, so klingt es häßlich, wenn man ihm sagt, daß nicht alles, was gut ist, für das Leben taugt.

Plötzlich wandte sich Sandip Babu an mich mit der Frage:

»Was sagen denn Sie dazu?«

»Ich bin nicht für feine Unterscheidungen«, brach ich los. »Ich will Ihnen ganz kurz und einfach sagen, wie ich empfinde. Ich bin nur ein Mensch und habe als solcher meine Begierden. Ich möchte meinem Vaterlande Gutes verschaffen. Zur Not würde ich es mit Gewalt nehmen oder stehlen. Ich habe meine Galle. Ich könnte um meines Vaterlandes willen in Wut geraten. Ich könnte, wenn es darauf ankäme, Mord und Totschlag begehen, um seine Schmach zu rächen. Ich habe das Bedürfnis, mich zu begeistern, und das, was mich begeistern soll, wie mein Vaterland, muß mir in sinnfälliger Gestalt entgegentreten. Es muß ein sichtbares Symbol haben, das seinen Zauber auf mich ausübt. Ich möchte mein Vaterland personifizieren können und es Mutter, Göttin, Durga[13] nennen — und ich würde in seinem Dienst die Erde mit dem Blut meiner Opfergaben röten. Ich bin ein Mensch, kein ›Heiliger‹.«

Sandip Babu sprang begeistert auf und rief: »Hurrah!« — Im nächsten Augenblick verbesserte er sich und rief: »Bande Mataram.«

Ein leiser Zug von Schmerz ging über das Gesicht meines Gatten. Seine Stimme klang sehr sanft, als er zu mir sagte: »Auch ich bin kein Heiliger, auch ich bin ein Mensch. Und daher darf ich niemals dulden, daß das Böse, das in mir ist, zu einem Götzenbild des Vaterlandes herausgeputzt wird — niemals!«

Sandip Babu aber rief: »Sieh, Nikhil, wie die Wahrheit im Herzen des Weibes Fleisch und Blut annimmt. Das Weib versteht es, grausam zu sein; sein Wüten ist wie ein blinder Sturm. Es ist schön in seiner Furchtbarkeit. Bei dem Manne ist es häßlich, weil es den nagenden Wurm des Gedankens und der Vernunft in sich birgt. Ich sage dir, Nikhil, unsre Frauen sind es, die das Vaterland retten werden. Jetzt ist nicht die Zeit für ängstliche Skrupel. Wir müssen, ohne zu schwanken und ohne zu überlegen, brutal sein. Wir müssen sündigen. Wir müssen unsern Frauen rote Sandelpaste geben, daß sie unsre Sünde salben und auf den Thron setzen. Erinnerst du dich noch der Worte des Dichters:

Komm Sünde, schöne Sünde,
Und gieß mit deinen brennend heißen Küssen
Feurigen roten Wein in unser Blut!
Gebieterisch laß die Trompete tönen
Und kröne unsre Stirne mit dem Kranz
Jauchzender Zügellosigkeit!
O Göttin, große Schänderin, komm, salbe
Die Brust uns schamlos mit dem schwarzen Schlamm
    der Schande!

Fort mit jener Gerechtigkeit, die den Feind nicht lächelnd ins Verderben schleudern kann!«

Ein kalter Schauer durchlief mich, als Sandip Babu so stolz erhobenen Hauptes, dem Impuls des Augenblicks folgend, alles verhöhnte, was die Menschen in allen Ländern und zu allen Zeiten als ihr Höchstes geehrt haben.

Aber in wildem Trotz aufstampfend, fuhr er fort: »Ich erkenne dich, schöner Feuergeist, der das Heim zu Asche verbrennt, um mit seiner Flamme die ganze Welt zu erleuchten. Gib uns den unbezwinglichen Mut, uns in die tiefste Hölle des Verderbens zu stürzen! Gib allem, was tödlich ist, den Reiz deiner Schönheit!«

Es war nicht klar, wen Sandip Babu mit diesen letzten Worten anrief. Vielleicht war es die Gottheit, der sein Bande Mataram galt. Vielleicht waren es die Frauen seines Vaterlandes im allgemeinen. Vielleicht auch war es ihre Vertreterin, die Frau, die vor ihm stand. Er hätte noch im gleichen Tone fortgefahren, wenn mein Gatte sich nicht plötzlich erhoben und leicht seine Schulter berührend gesagt hätte: »Sandip, Tschandranath Babu ist hier.«

Ich fuhr zusammen, und als ich mich umsah, erblickte ich einen alten Herrn von ehrwürdigem Äußern, der ruhig abwartend an der Tür stand, in Zweifel, ob er hereinkommen oder sich zurückziehen sollte. Auf seinem Antlitz lag ein mildes Licht wie das der untergehenden

Sonne.

Mein Gatte trat zu mir heran und flüsterte: »Dies ist mein Lehrer, von dem ich dir so oft erzählt habe. Begrüße ihn, wie sich's gebührt!«

Ich neigte mich tief und berührte ehrfurchtsvoll seine Füße. Er segnete mich und sagte: »Möge Gott Sie immer schützen, Mütterchen!«

Ach, ich hatte in jenem Augenblick solchen Segen so nötig.

Fußnoten:

Kraft, Macht, insbesondere die magische Kraft eines Gottes; sodann personifiziert als weibliche Gottheit. Speziell als Name der Gemahlin Schivas, die auch Kali heißt. (Übers.)

Ardschuna, der Hauptheld des Pāndustammes in dem großen Heldenepos Mahābhārata. Mahādēva, »der große Gott«, Beiname Vischnus, der in diesem Epos in menschlicher Gestalt auftritt, als Krischna, ein Vetter Ardschunas, dem er als Wagenlenker dient. (Übers.)

Ein andrer Name der Gemahlin Schivas, die sonst Uma, Kali usw. heißt. (Übers.)

NIKHILS ERZÄHLUNG

I

Einst war ich so zuversichtlich in meinem Glauben, daß ich meinte, ich würde alles tragen können, was mein Gott mir auferlegte. Ich wurde nie auf die Probe gestellt. Jetzt, glaube ich, ist die Stunde gekommen.

Ich pflegte meine Seelenstärke zu prüfen, indem ich mir alle möglichen Übel, die mir zustoßen könnten, vorstellte — Armut, Kerker, Schande, Tod, — selbst den Tod Bimalas. Und wenn ich mir dann sagte, daß ich die Kraft haben würde, das alles mit Standhaftigkeit zu ertragen, so sagte ich sicher nicht zuviel. Nur eines war mir niemals in den Sinn gekommen, und das ist es, woran ich heute denke und wovon ich nicht weiß, ob ich es wirklich ertragen kann. Es ist, als ob ein Dorn mir irgendwo im Herzen sitzt und mich beständig sticht, während ich bei meiner täglichen Arbeit bin. Er scheint selbst weiterzustechen, wenn ich schlafe. Sobald ich morgens erwache, fühle ich, daß das Antlitz des Himmels seinen Glanz verloren hat. Was ist es? Was ist geschehen?

Mein Gefühl ist so empfindlich geworden, daß selbst mein vergangenes Leben, das den Schein des Glückes trug, jetzt mein Herz mit seiner Lüge martert, und die Sorge und Schande, die an mich heranschleichen, zeigen sich immer unverhüllter, je mehr sie versuchen, ihr Antlitz zu verbergen. Mein Herz ist ganz Auge geworden. Gerade die Dinge die verborgen bleiben sollten, die ich nicht sehen will, drängen sich mir auf.

Jetzt ist endlich der Tag gekommen, wo mein unglückliches Los sich in einer langen Reihe von Schicksalsschlägen offenbaren soll. Ganz unerwartet ist die bittre Not in dem Herzen eingekehrt, wo Überfluß zu herrschen schien. Den Lohn, den ich für neun Jahre meiner Jugend der Täuschung zahlte, muß ich jetzt der Wahrheit mit Zinsen zurückerstatten, und ich werde mein Leben lang daran zu zahlen haben.

Was nützt es, daß ich meinen Stolz gewaltsam aufrechtzuerhalten suche? Warum soll ich nicht zugeben, daß ich Mängel habe? Vielleicht fehlt mir das unüberlegte Draufgängertum, das die Frauen an den Männern lieben. Aber ist Stärke nur Entfaltung von Muskelkraft? Darf Stärke unbedenklich die Schwachen in den Staub treten?

Doch was nützen alle diese Erwägungen? Würdigkeit kann man nicht dadurch erwerben, daß man darüber disputiert. Und ich bin unwürdig, unwürdig, unwürdig!

Aber wenn ich auch unwürdig bin, — besteht nicht der wahre Wert der Liebe darin, daß sie dem Unwürdigen immer wieder aus der Fülle ihres eigenen Überflusses spendet? Für die Würdigen gibt es viele Arten von Belohnungen auf Gottes Erde, aber die Liebe hat Gott besonders den Unwürdigen vorbehalten.

Bis jetzt war Bimala, meine häusliche Bimala, das Produkt der räumlichen Enge und der gewohnheitsmäßigen kleinen Pflichten. Ich fragte mich, ob die Liebe, die sie mir gab, aus der Tiefe ihres Herzens quelle oder die gewohnheitsmäßige Ausübung einer anerzogenen Pflicht sei.

Ich sehnte mich danach, Bimala in ihrer ganzen Wahrheit und Kraft aufblühen zu sehen. Aber ich bedachte nicht, daß man alle Ansprüche aufgeben muß, die sich auf herkömmliche Rechte gründen, wenn ein Mensch sich in seinem wahren Wesen frei entfalten soll.

Warum hatte ich daran nicht gedacht? Geschah es aus dem Gefühl stolzer Sicherheit im Besitz meines Weibes? Nein. Es geschah, weil ich das vollste Vertrauen auf die Liebe setzte. Ich war eitel genug, zu glauben, daß ich die Kraft in mir hätte, den Anblick der Wahrheit in seiner erschreckenden Nacktheit zu ertragen. Ich wußte, daß ich die Vorsehung versuchte, aber ich beharrte bei meinem stolzen Entschluß, die Probe siegreich zu bestehen.

In einem Punkte hatte Bimala mich nicht verstanden. Sie konnte nicht wirklich begreifen, daß in meinen Augen jede Anwendung von Gewalt Schwäche ist. Nur die Schwachen wagen es nicht, gerecht zu sein. Sie weichen der Verantwortlichkeit aus und versuchen auf unerlaubten Richtwegen schnell zum Ziel zu kommen. Es macht Bimala ungeduldig, wenn man Geduld zeigt. Sie liebt am Manne das Ungestüme, Heftige, Ungerechte. Ihrer Ehrfurcht muß etwas Furcht beigemischt sein.

Ich hatte gehofft, daß Bimala, wenn sie in voller Freiheit draußen in der Welt lebte, bald von dieser Schwäche frei werden würde. Aber jetzt bin ich sicher, daß diese tief in ihrer Natur wurzelt. Sie liebt das Geräuschvolle. Wenn sie die einfache Kost des Lebens recht genießen soll, muß sie so scharf gewürzt sein, daß ihr Zunge und Gaumen brennen. Aber mein Grundsatz war immer, meine Pflicht nie mit wildem Ungestüm zu tun, noch mich durch den feurigen Wein der Erregung dazu anzustacheln. Ich weiß, es wird Bimala schwer, diese Eigenschaft an mir zu achten, da sie meine Skrupel für Schwäche hält, und sie ist böse auf mich, daß ich nicht in blindem Eifer losstürme mit dem Ruf: Bande Mataram.

Und was diesen Punkt anbetrifft, so habe ich es darin mit allen meinen Landsleuten verdorben, weil ich in ihren Lärm nicht einstimme. Sie sind sicher, daß ich entweder Verlangen nach irgendeinem Titel habe oder mich vor der Polizei fürchte. Die Polizei wiederum meint, daß ich zuviel Sanftmut zeige, um nicht irgendeinen geheimen Anschlag zu planen.

Aber mein Gefühl sagt mir, daß die, welche sich nicht für ihr Vaterland begeistern können, wenn sie es so sehen, wie es in Wahrheit ist, oder die die Menschen nicht lieben können, gerade in ihrer Menschlichkeit, — die ein Geschrei erheben und ihr Vaterland zum Götzen machen müssen, um ihren Begeisterungsrausch aufrecht zu erhalten, — daß diese den Rausch selbst mehr als ihr Vaterland lieben.

Wenn wir versuchen, den Gegenstand unsrer Begeisterung höher zu stellen als die Wahrheit, so zeigen wir damit, daß wir von Natur unfrei sind. Unsre kranke Lebenskraft muß entweder von irgendeinem Wahn in Schwung gebracht oder durch irgendeine weltliche oder geistliche Autorität angetrieben werden, um in Bewegung zu kommen. Solange wir uns der Wahrheit verschließen und nur durch hypnotische Einwirkung zur Tat gedrängt werden können, solange müssen wir uns sagen, daß wir noch nicht imstande sind, uns selbst zu regieren.

Als neulich Sandip mir vorwarf, daß es mir an Phantasie fehle und daß ich daher mein Vaterland nicht als lebendige Idealgestalt sehen könne, stimmte Bimala ihm zu. Ich sagte nichts zu meiner Verteidigung, denn was hilft es zum Glück, wenn man im Wortstreit siegt? Ihre abweichende Meinung beruhte ja nicht auf Mangel an Einsicht, sondern hatte ihren Grund in der Andersartigkeit ihrer Natur.

Sie machen mir Phantasielosigkeit zum Vorwurf, — das heißt bei ihnen, daß ich wohl Öl in meiner Lampe habe, aber keine Flamme. Dies ist aber gerade der Vorwurf, den ich ihnen mache. Ich möchte ihnen sagen: Ihr seid dunkel wie die Feuersteine. Ihr müßt zu heftigen Zusammenstößen kommen und Lärm machen, um Funken hervorzubringen. Doch diese vereinzelten Blitze dienen nur eurer Eitelkeit, aber helfen euch nicht zu klarem Sehen.

Ich habe seit einiger Zeit bemerkt, daß Sandip von groben Begierden beherrscht wird. Seine Sinnlichkeit trübt sein religiöses Gefühl und macht ihn tyrannisch in seinem Patriotismus. Sein Verstand ist scharf, aber seine Natur ist roh, und so verherrlicht er seine selbstsüchtigen Gelüste unter hochtönenden Namen. Der billige Trost des Hasses ist ihm ebensosehr Bedürfnis wie die Befriedigung seiner Begierden. Bimala hat mich früher oft vor seiner Geldgier gewarnt. Ich gab ihr innerlich recht, aber ich konnte mich nicht überwinden, mit Sandip zu feilschen. Ich schämte mich sogar, mir selber einzugestehen, daß er mich ausbeutete.

Doch heute wird es schwer sein, Bimala begreiflich zu machen, daß Sandips Vaterlandsliebe nur eine andre Form seiner begehrlichen Eigenliebe ist. Bimalas Heldenverehrung für Sandip hält mich um so mehr davon zurück, mit ihr über ihn zu sprechen, weil ich fürchte, daß eine leise Regung von Eifersucht mich unbewußt zu Übertreibungen verleiten könnte. Es kann sein, daß der Schmerz in meinem Herzen mir Sandips Bild schon verzerrt. Und doch ist es vielleicht besser, mich auszusprechen, als meine Gefühle weiter in mir nagen zu lassen.

II

Ich kenne meinen Lehrer nun schon dreißig Jahre. Weder Verleumdung noch Mißgeschick, noch der Tod selbst haben irgendwelche Schrecken für ihn. Nichts hätte mich retten können, der ich in die Traditionen dieser unsrer Familie hineingeboren war, wenn er nicht in den Mittelpunkt meines Lebens sein eignes gestellt hätte, mit seinem Frieden und seiner Wahrheit und mit seinen Idealen. In ihm war für mich das Gute selbst Gestalt geworden.

Mein Lehrer kam an jenem Tage zu mir und sagte: »Ist es nötig, daß du Sandip noch länger hier zurückhältst?«

Er hatte von Natur ein so feines Empfinden für alle Anzeichen des Übels, daß er sofort die Gefahr gespürt hatte. Er zeigt nicht leicht seine innere Bewegung, aber an jenem Tage sah ich, wie die dunklen Schatten kommenden Unheils ihn schreckten. Weiß ich doch, wie sehr er mich liebt.

Beim Tee sagte ich zu Sandip: »Ich erhalte eben einen Brief von Rangpur. Sie beklagen sich, daß ich dich selbstsüchtig hier festhalte. Wann willst du dahin reisen?«

Bimala war dabei, den Tee einzuschenken. Ein Ausdruck der Enttäuschung ging über ihr Gesicht. Sie warf Sandip schnell einen fragenden Blick zu.

»Ich habe mir gerade überlegt,« sagte Sandip, »daß dieses Hin- und Herwandern doch eine ungeheure Kraftverschwendung für mich bedeutet. Ich glaube, daß ich viel stärker und nachhaltiger wirken kann, wenn ich von einem Mittelpunkt aus arbeite.«

Dabei sah er Bimala an und sagte: »Meinen Sie nicht auch?«

Bimala zögerte einen Augenblick, dann sagte sie: »Beides scheint mir gut, — sowohl von einem Mittelpunkt aus zu arbeiten als im Umherreisen. Die Art, die Ihnen am meisten Befriedigung verschafft, ist für Sie die richtige.«

»Dann will ich ganz offen sein,« sagte Sandip. »Ich habe nirgends etwas gefunden, das allein imstande gewesen wäre, meine Begeisterung dauernd wachzuhalten. Das ist der Grund, warum ich immer umherreiste und das Volk entflammte, um aus seiner Begeisterung wieder Kraft für mich zu schöpfen. Heute haben Sie mir die Sendung an mein Volk erteilt. Solch Feuer habe ich nie in einem Menschen gefunden. Von Ihnen werde ich die Flamme leihen, mit der ich ringsum im Lande das Feuer entzünden werde. Nein, wenden Sie sich nicht beschämt ab! Schüchternheit und Bescheidenheit ziemen sich nicht mehr für Sie. Sie sind die Königin unsres Bienenstockes und wir, die Arbeitsbienen, werden uns um Sie scharen. Sie werden unser Mittelpunkt sein und uns zu unsrer Arbeit anfeuern.«

Bimala errötete über und über in verschämtem Stolz, und ihre Hand zitterte, als sie fortfuhr, den Tee einzuschenken.

Eines Tages kam mein Lehrer zu mir und sagte: »Warum reist ihr beiden nicht einmal zur Abwechselung nach Dardschiling? Du siehst nicht wohl aus. Bekommst du genug Schlaf?«

Am Abend fragte ich Bimala, ob sie Lust hätte, eine kleine Reise in die Berge zu machen. Ich wußte, daß sie sich sehnlich wünschte, den Himalaja zu sehen. Aber sie wollte nicht... Die Sache des Vaterlandes hinderte sie wohl!

Ich darf mein Vertrauen nicht verlieren, ich werde warten. Die Durchfahrt von der engen zur weiten Welt ist stürmisch. Wenn sie sich an die Freiheit gewöhnt hat, werde ich wissen, wo mein Platz ist. Wenn ich erkenne, daß ich in die Einrichtungen der Welt da draußen nicht hineinpasse, so werde ich nicht hadern mit meinem Schicksal, sondern schweigend gehen... Gewalt anwenden? Wozu? Vermag Gewalt etwas gegen die Wahrheit?

SANDIPS ERZÄHLUNG

I

Der Unfähige sagt: Was mir zugeteilt wird, ist mein. Und der Schwache stimmt ihm zu. Aber die ganze Welt lehrt uns: Das nur ist wirklich mein, was ich mir erobern kann. Mein Vaterland ist noch nicht dadurch mein, daß ich darin geboren bin. Es wird erst mein an dem Tage, wo ich imstande bin, es mir zu unterwerfen.

Jeder Mensch hat von Natur ein Recht auf Besitz, und daher ist Habsucht etwas Natürliches.

Die Natur in ihrer Weisheit will nicht, daß wir ruhig verzichten. Wonach mein Sinn verlangt, das muß meine Umgebung mir schaffen. Dies ist hier auf Erden das einzig wahre Verhältnis zwischen unsrer innern und äußern Welt. Überlaßt die sittlichen Ideale den armen, bleichsüchtigen Geschöpfen, die zu matt sind, um zu begehren, und zu schwach, um zuzugreifen. Die, welche mit ganzer Seele begehren und mit ganzem Herzen genießen, für die es keine Bedenken und Skrupel gibt, sie sind die Auserwählten und Gesalbten der Vorsehung. Für sie breitet die Natur ihre reichsten und schönsten Schätze aus. Sie schwimmen durch Ströme, springen über Mauern, stoßen Türen ein, um sich das zu verschaffen, was ihnen der Mühe wert scheint. Auf diese Weise die Dinge erlangen ist Genuß; denn jedes Ding erhält erst dadurch seinen Wert, daß man darum kämpft.

Die Natur ist ganz bereit, sich hinzugeben, aber nur dem Räuber. Denn sie hat Lust an diesem ungestümen Verlangen, an dieser gewaltsamen Entführung. Und daher legt sie ihren Kranz nicht um den magern, dürren Hals des Asketen. Die Musik des Hochzeitsmarsches ertönt. Ich darf die Hochzeitsstunde nicht vorbeigehen lassen. Mein Herz ist

47

voll Verlangen. Denn — wer ist der Bräutigam? Ich bin es. Die Braut gehört dem, der mit der Fackel in der Hand zur rechten Stunde kommt. Der Bräutigam im Hochzeitssaal der Natur kommt unerwartet und ungeladen.

Sollte ich mich schämen? Nein, ich kenne keine Scham! Ich fordere alles, was ich haben möchte, und oft halte ich mich nicht erst mit Fordern auf, bevor ich es nehme. Die, welche verzichten, weil sie sich nicht trauen zuzugreifen, suchen diesen Verzicht mit einer Würde zu umkleiden, indem sie ihn Bescheidenheit nennen.

Die Welt, in die wir geboren sind, ist eine Welt der Wirklichkeit. Wenn ein Mensch vom Markt der wirklichen Dinge mit leeren Händen und leerem Magen fortgeht und seinen Sack nur mit hochtrabenden Worten füllt, warum ist er denn überhaupt in diese rauhe Welt gekommen? Wurden diese Leute von den Epikuräern des Jenseits angestellt, um in ihrem Lustgarten, wo ätherische Blumen und Früchte blühen und reifen, nach alten, lieblichen Melodien ihre frommen Lieder zu singen? Ich stimme in diese Melodien nicht ein, und jene ätherischen Früchte sind mir nicht nahrhaft genug.

Was ich begehre, begehre ich ganz und unbedingt. Ich möchte es zerdrücken und zerkneten mit Händen und Füßen; ich möchte mich vom Kopf bis zur Zehe damit salben, ich möchte es verschlingen und mich ganz damit anfüllen. Die quiekenden Pfeifen derer, die sich durch ihr moralisches Fasten aufgerieben haben, bis sie dürr und bleich geworden sind wie verhungertes Ungeziefer in einem lange verlassenen Bett, werden nie an mein Ohr dringen.

Ich möchte mich nicht verstellen, denn das wäre Feigheit. Aber wenn ich mich nicht zur Verstellung entschließen könnte, wo Verstellung nötig ist, das würde auch feige sein. Aus Habsucht baut ihr eure Mauern; aus Habsucht durchbreche ich sie. Ihr gebraucht eure Macht; ich gebrauche meine Geschicklichkeit. Dies sind die Wirklichkeiten des Lebens. Auf ihnen beruhen König- und Kaiserreiche und alle die großen Unternehmungen der Menschen.

Aber jene Avatáras[14], die von ihrem Paradiese herabsteigen, um in einem heiligen Kauderwelsch zu uns zu sprechen — sie predigen uns leere Worte. Daher muß sich ihre ganze Weisheit, trotz des Beifalls, den sie finden, doch schließlich in die Schlupfwinkel der Schwächlinge flüchten. Die Starken, die Beherrscher der Welt, verachten sie. Die, welche den Mut hatten, dies einzusehen, haben Erfolg gehabt, während jene armen Wichte von ihrer Natur nach der einen Seite und von den Avatáras nach der andern gezerrt werden; sie setzen den einen Fuß in das Boot der Wirklichkeit und den andern in das Boot des Wesenlosen und sind auf diese Weise in einer jämmerlichen Lage, da sie weder feststehen noch vorwärtskommen können.

Es gibt viele Menschen, die nur geboren zu sein scheinen, um sich mit Todesgedanken zu plagen. Vielleicht hat dieser über dem Leben hängende Tod etwas von der Schönheit des Sonnenuntergangs, die sie bezaubert. Nikhil lebt solch ein Leben, wenn man es überhaupt Leben nennen kann. Vor Jahren hatte ich über diesen Punkt eine lange Auseinandersetzung mit ihm.

»Es ist wahr,« sagte er, »daß man nur durch Gewalt etwas erlangen kann. Aber was heißt denn Gewalt? Und was heißt erlangen? Die Kraft, an die ich glaube, ist die Kraft des Entsagens.«

»Dich reizt also der Ruhm gänzlichen Bankrotts, der Ruhm, all deiner Habe ledig zu werden?« rief ich aus.

»Genau so, wie es das Küchlein reizt, seiner Schale ledig zu werden«, erwiderte er. »Die Schale ist sicher etwas Wirkliches, und doch wird sie aufgegeben für Licht und Luft, die beide nichts Greifbares sind. Du würdest das wohl einen armseligen Tausch nennen?«

Wenn Nikhil einmal anfängt, in Gleichnissen zu reden, so ist es aussichtslos, ihm klarzumachen, daß er nur mit Worten operiert, nicht mit Wirklichkeiten. Nun, meinetwegen mag er glücklich sein mit seinen Gleichnissen. Wir sind die Fleischfresser auf dieser Welt; wir haben Zähne und Krallen, wir verfolgen und packen zu und zerreißen. Wir geben uns nicht damit zufrieden, das Gras, das wir am Morgen gegessen haben, am Abend noch einmal wiederzukäuen. Jedenfalls können wir uns die Tür zu unserm Lebensunterhalt nicht von euch Gleichniskrämern verriegeln lassen. In solchem Fall müssen wir einfach rauben und stehlen; denn leben müssen wir nun einmal.

Die Leute werden sagen, daß ich ein neues Lebensprinzip aufstelle, weil man in dieser Welt anders zu reden pflegt, obgleich man in Wirklichkeit immer danach handelt. Daher können sie nicht wie ich einsehen, daß dies das einzig herrschende Sittlichkeitsprinzip ist. Ich weiß als Tatsache, daß meine Ansicht durchaus keine abstrakte Theorie ist, denn sie hat sich im praktischen Leben bewährt. Ich habe gefunden, daß meine Art immer die Herzen der Frauen erobert, die mit den Füßen auf dem Boden der Wirklichkeit stehen und nicht wie die Männer in mit Ideendunst gefüllten Ballons im Traumland umherschweifen.

Die Frauen spüren in meinen Zügen, meinem Wesen, meiner Haltung, meiner Rede eine despotische Leidenschaft, — nicht eine Leidenschaft, die vom Fieber der Askese verdorrt ist, nicht eine Leidenschaft, die bei jedem Schritt in Zweifel und Bedenken rückwärts sieht, sondern eine vollblütige Leidenschaft. Sie kommt schäumend und brausend wie die Flut daher und brüllt ihr Verlangen hinaus. Die Frauen fühlen im innersten Herzen, daß diese unbezähmbare Leidenschaft das Lebensblut der Welt ist; sie kennt kein Gesetz als sich selbst und daher ist sie siegreich. Daher haben sie sich so oft willig von der Flutwelle meiner

Leidenschaft hinreißen lassen, ohne zu fragen, ob Leben oder Tod das Ende ist.

Die, welche ihre Sehnsucht auf das Jenseits richten, geben ihrer Begehrlichkeit nur eine andere Richtung. Es wird sich zeigen, wie hoch der hervorstürzende Strahl ihres Springbrunnens steigen wird, und wie lange seine Wasser spielen. Soviel ist gewiß: die Frauen sind nicht für diese blassen Geschöpfe geschaffen, — für diese idealistischen Lotusesser.

»Wahlverwandtschaft!« Wenn es meinem Zweck entsprach, habe ich oft gesagt, daß Gott bestimmte Paare für einander geschaffen hat und daß ihre Vereinigung die einzig legitime Vereinigung ist, die höher ist, als alle Vereinigungen durch das Gesetz. Denn obgleich der Mensch seiner Natur folgen möchte, ist er nicht zufrieden, wenn er sich nicht hinter irgendeiner Phrase verstecken kann — und dies ist der Grund, warum die Welt so von Lügen überschwemmt ist.

»Wahlverwandtschaft!« Warum sollte es nur eine geben? Man kann sie mit Tausenden haben. Ich habe mich der Natur gegenüber nie verpflichtet, all meine unzähligen Wahlverwandtschaften zu übersehen um einer einzigen willen. Ich habe in meinem bisherigen Leben schon viele entdeckt, aber darum ist die Tür der nächsten nicht verschlossen, — und diese nächste sehe ich deutlich vor Augen. Und auch sie hat ihre Wahlverwandtschaft mit mir entdeckt.

Und nun?

Wenn ich sie nun nicht gewinne, will ich ein Feigling heißen.

Fußnoten:

Verkörperung göttlicher Wesen, die als Menschen oder Tiere auf der Erde geboren werden.

DRITTES KAPITEL

BIMALAS ERZÄHLUNG

VI

Wo war nur mein Schamgefühl geblieben? Ich hatte keine Zeit, über mich nachzudenken. Meine Tage und Nächte gingen in einem Wirbel dahin, in einem Strudel, dessen Mittelpunkt ich war. Überlegung und Zartgefühl konnten gar nicht an mich heran.

Eines Tages machte meine Schwägerin meinem Gatten gegenüber die Bemerkung: »Bis jetzt waren es immer die Frauen dieses Hauses, die weinen mußten. Jetzt kommen die Männer an die Reihe.«

»Wir müssen aufpassen, daß sie auch richtig drankommen«, fuhr sie dann, zu mir gewandt, fort. »Ich sehe, du bist kampfgerüstet, Tschota Rani[15]. Schleudere ihnen nur deine Pfeile mitten ins Herz!«

Sie musterte mich mit scharfem Blick von oben bis unten. Nichts von dem Farbenglanz, den meine Kleidung, mein Schmuck, meine Rede, mein ganzes Wesen ausstrahlten, entging ihr. Heute schäme ich mich, davon zu sprechen, aber damals fühlte ich keine Scham. Es war etwas in mir am Werk, dessen ich mir selbst nicht bewußt war. Ich pflegte mich übermäßig zu putzen, aber fast mechanisch, ohne besondere Absicht. Wohl wußte ich, wie ich Sandip Babu am besten gefallen würde, aber dazu bedurfte ich keiner besonderen Eingebung, denn er sprach ganz offen vor allen darüber.

Eines Tages sagte er zu meinem Gatten: »Weißt du noch, Nikhil, als ich unsre Bienenkönigin zuerst sah, da saß sie so ehrbar da in ihrem goldgesäumten Sari. Ihre Augen sahen fragend ins Leere, wie verirrte Sterne, als ob sie jahrtausendelang am Rande der Finsternis gestanden und nach etwas Unbekanntem ausgeschaut hätte. Aber als ich sie sah, fühlte ich, wie ein Schauer mich durchlief. Es war mir, als ob der goldene Saum ihres Sari ihr eigenes inneres Feuer war, das aus ihr hervorbrach und sie umzüngelte. Das ist die Flamme, die wir brauchen, das sichtbare Feuer! Hören Sie einmal, Bienenkönigin, Sie müßten uns wirklich die Gunst erweisen, sich noch einmal als lebendige Flamme zu kleiden.«

Bis dahin war ich wie ein kleines Bächlein am Rande eines Dorfes gewesen. Ton und Rhythmus waren anders als jetzt. Aber da kam die Flut vom Meere herauf; meine Brust wogte, meine Ufer wichen, und die lauten Trommelschläge der Meereswogen peitschten meinen Lauf zu tollem Rasen. Ich wußte nicht, was die Stimme in meinem Blut sagen wollte. Wo war mein früheres Selbst geblieben? Von woher strömte all dieser Glanz auf mich? Sandips hungrige Augen brannten wie geweihte Lampen vor meinem Schrein. Jeder seiner Blicke verkündete, daß ich ein Wunder war an Schönheit und Macht; und der laute Schall seines Lobes, ob er es nun aussprach oder nicht, übertönte alle andern Stimmen in meiner Welt. Hatte der Schöpfer mich von neuem geschaffen? so fragte ich mich staunend. Wollte er mich dafür entschädigen, daß er mich so lange vernachlässigt hatte? Ich, die ich vorher ganz unscheinbar und unbedeutend gewesen war, war plötzlich schön geworden und fühlte mich als Krone Bengalens.

Denn Sandip Babu war nicht irgendeiner. In ihm flossen Millionen Geister des Landes zusammen. Wenn er mich die Königin des Bienenstocks nannte, so jubelte der ganze Chor von begeisterten Patrioten mir zu. So kam es, daß der laute Spott meiner Schwägerin mich gar nicht mehr berühren konnte. Meine Beziehungen zu der ganzen Welt waren verwandelt. Sandip Babu machte es mir klar, wie das ganze Land meiner bedurfte. Mir wurde es damals nicht schwer, das zu glauben, denn ich fühlte in mir die Kraft, alles zu tun. Ich war von göttlicher Kraft erfüllt. Es war etwas, was ich nie vorher gefühlt hatte, was höher war, als ich selbst. Ich hatte keine Zeit zu forschen, welcher Art es war. Es schien zu mir zu gehören und doch über mich hinauszugehen. Es umfaßte ganz Bengalen.

Sandip Babu pflegte mich in allen wichtigen und unwichtigen Dingen, die die nationale Sache angingen, um Rat zu fragen. Zuerst war ich sehr verlegen und zögerte mit der Antwort, aber das verlor sich bald. Was ich auch vorschlug, immer schien mein Rat ihn in Erstaunen zu setzen. Dann geriet er in Begeisterung und sagte: Wir Männer können nur denken. Ihr Frauen habt eine Art, ohne Denken zu verstehen. Die Frau ist Gottes Phantasie entsprungen; den Mann hat er aus dem Stoff herausgehämmert.

Sandip Babu erhielt aus allen Teilen des Landes Briefe, die er mir zeigte, um meine Meinung zu hören. Gelegentlich war er anderer Ansicht als ich. Aber ich versuchte nicht, ihn zu überzeugen. Dann ließ er mich wohl nach ein paar Tagen rufen — als ob ihm plötzlich eine neue Erkenntnis aufgegangen wäre — und sagte: »Ich habe mich doch geirrt; Sie hatten ganz recht mit Ihrer Ansicht.« Er gestand mir oft, daß er immer, wo er meinem Rat entgegengehandelt, die Sache verkehrt gemacht hätte. So kam ich allmählich zu der Überzeugung, daß hinter allem, was geschah, Sandip Babu stände und daß Sandip Babu selbst von dem einfachen Verstand einer Frau geleitet würde. Der Stolz auf eine große Verantwortlichkeit erfüllte mein ganzes Wesen.

Mein Gatte hatte keinen Platz in unserm Rat. Sandip Babu behandelte ihn wie einen jüngeren Bruder, den man persönlich wohl sehr gern hat, dessen Rat in Geschäften man aber nicht brauchen kann. Er pflegte mit nachsichtigem Lächeln von meines Gatten kindlicher Naivität zu sprechen, indem er sagte, daß seine merkwürdigen Theorien und verkehrten Ideen einen Anstrich von Humor hätten, der sie um so liebenswürdiger machte. Es war anscheinend gerade diese Liebe zu Nikhil, die Sandip Babu bewog, ihn nicht mit den Sorgen um das Vaterland zu belasten.

Die Natur hat in ihrer Apotheke viele Betäubungsmittel, die sie heimlich anwendet, wenn sie Lebensbeziehungen verräterisch abschneiden will, so daß niemand die Operation bemerkt, bis man endlich erwacht und sieht, was für ein großer Schnitt gemacht ist. Als das Messer geschäftig war, die innersten Bande meines Lebens abzuschneiden, war mein Geist so umwölkt von den betäubenden Gasdünsten, daß ich nicht im geringsten merkte, welche Grausamkeit da an mir begangen wurde. So ist wohl die Natur der Frau. Wenn ihre Leidenschaft geweckt wird, so verliert sie das Empfinden für alles andere. Wir Frauen gleichen dem Fluß: solange wir innerhalb unsrer Ufer bleiben, spenden wir Fruchtbarkeit mit allem, was wir haben; sobald wir sie überfluten, bringen wir Zerstörung mit allem, was wir sind.

Fußnoten:

Bimala war als Gattin des jüngeren Bruders die Tschota Rani oder jüngere Herrin.

SANDIPS ERZÄHLUNG

II

Irgend etwas muß nicht in Ordnung sein. Ich merkte neulich etwas.

Seit meiner Ankunft war Nikhils Zimmer eine Art Zwischending geworden, halb Frauengemach, halb Herrenzimmer: Bimala hatte Zutritt von den Frauengemächern aus und ich von der andern Seite. Wenn wir nur langsamer zu Werke gegangen wären und unsern Vorteil mit etwas mehr Vorsicht wahrgenommen hätten, so hätten wir wohl kaum Anstoß bei andern erregt. Aber wir ließen uns so von unserer Leidenschaft treiben, daß wir gar nicht an die Folgen dachten.

Sobald Bima in Nikhils Zimmer kommt, merke ich es irgendwie in meinem. Ich höre das Klingeln von Fußspangen oder andere kleine Geräusche; die Tür wird vielleicht ein klein wenig energischer geschlossen als nötig ist; der Bücherschrank ist etwas gequollen und knarrt, wenn man ihn heftig öffnet. Wenn ich hineinkomme, finde ich Bima, die den Rücken zur Tür gewandt hat und ganz darin vertieft ist, eins von den Büchern auf den Borten auszusuchen. Und wie ich ihr meine Hilfe bei dieser schwierigen Aufgabe anbiete, schrickt sie zusammen und lehnt ab; und dann kommen wir ganz von selbst auf andere Sachen zu sprechen.

Neulich, an einem unheilvollen[16] Donnerstagnachmittag, kam ich auf den Wink dieser Geräusche hastig aus meinem Zimmer. Auf dem Korridor stand ein Mann Wache. Ich ging weiter, ohne ihn auch nur anzusehen; aber als ich mich der Tür näherte, vertrat er mir den Weg und sagte: »Nicht da hinein, Herr!«

57

»Nicht da hinein! Warum?«

»Die Herrin ist drinnen.«

»Gut, sage der Herrin, daß Sandip Babu sie zu sprechen wünscht.«

»Das geht nicht, Herr. Das ist gegen den Befehl.«

Ich war in hohem Grade aufgebracht. »Ich befehle es dir,« sagte ich mit erhobener Stimme, »geh und melde mich!«

Der Bursche war durch meine Haltung etwas verblüfft.

Inzwischen hatte ich mich der Tür genähert. Ich hatte sie beinahe erreicht, als er mir folgte und meinen Arm ergriff, indem er sagte: »Nein, Herr, Sie dürfen nicht hinein.«

Was! Ein Bedienter wagte mich anzurühren! Ich machte meinen Arm mit einem Ruck frei und gab dem Mann eine schallende Ohrfeige. Im selben Augenblick kam Bima aus dem Zimmer und sah, wie der Mann im Begriff war, frech gegen mich zu werden.

Ich werde nie das Bild vergessen, wie sie in ihrem Zorn dastand! Daß Bima schön ist, ist meine eigene Entdeckung. Die meisten Leute hier würden an ihr nichts Besonderes finden. Diese Tölpel würden ihre große, schlanke Gestalt »schmächtig« nennen. Aber gerade diese Biegsamkeit bewundere ich, sie ist wie ein lebenspendender Springbrunnen, der aus der Tiefe der mütterlichen Erde aufsteigt. Ihre Hautfarbe ist dunkel, aber von einem leuchtenden Dunkel wie die scharfe, blitzende Schneide eines Schwertes.

»Nanku!« gebot sie, als sie in der Tür stand, den Arm gebieterisch ausgestreckt, »geh fort!«

»Seien Sie nicht böse auf ihn«, sagte ich. »Wenn er Befehl hat, so bin ich es, der fortgehen muß.«

Bimas Stimme zitterte noch, als sie erwiderte: »Sie dürfen nicht fortgehen. Kommen Sie herein!«

Dies war keine Bitte, sondern auch ein Befehl! Ich folgte ihr, als sie eintrat, setzte mich, nahm einen Fächer, der auf dem

Tische lag und fing an, mich zu fächeln. Bima kritzelte mit einem Bleistift etwas auf ein Blatt Papier, rief einen Diener und gab es ihm mit den Worten: »Bring' dies dem Maharadscha!«

»Verzeihen Sie mir«, sagte ich. »Ich war so außer mir, daß ich Ihren Diener schlug.«

»Ihm geschah ganz recht«, sagte Bima.

»Aber der arme Bursche hatte im Grunde doch keine Schuld. Er gehorchte nur seinem Befehl.«

In diesem Augenblick kam Nikhil herein. Ich stand hastig auf und trat ans Fenster, den Rücken dem Zimmer zugekehrt.

»Der Türhüter Nanku hat Sandip Babu beleidigt«, sagte Bima zu Nikhil.

Nikhil schien so ehrlich überrascht, daß ich nicht umhin konnte, mich umzuwenden und ihn anzustarren. Sollte er leugnen wollen? Selbst ein ungewöhnlich guter Mann kann vor seiner Frau seinen Wahrheitsstolz nicht aufrechterhalten, wenn die Frau danach ist.

»Er hatte die Frechheit, Sandip Babu den Weg zu vertreten, als er hier herein wollte«, fuhr Bima fort. »Er sagte, er habe Befehl...«

»Befehl von wem?« fragte Nikhil.

»Wie soll ich das wissen?« rief Bima ungeduldig, während ihr vor Zorn und Scham die Tränen in die Augen traten.

Nikhil ließ den Mann rufen und fragte ihn aus. »Es war nicht meine Schuld«, wiederholte Nanku trotzig. »Ich hatte Befehl.«

»Wer gab dir den Befehl?«

»Die Bara Rani.«

Eine Weile schwiegen wir alle. Nachdem der Mann hinaus war, sagte Bima: »Nanku muß fort.« Nikhil antwortete nicht. Ich sah, daß sein Gerechtigkeitsgefühl sich dagegen sträubte. Immer neue Schwierigkeiten stiegen vor ihm auf.

Aber diesmal war die Lösung besonders schwer. Bima war nicht die Frau, die eine Sache hingehen ließ. Sie mußte sich ihrer Schwägerin gegenüber behaupten, dadurch, daß sie den Burschen bestrafte. Und als Nikhil stumm blieb, sprühten ihre Augen Blitze. Sie wußte nicht, wie sie ihre Verachtung für die Schwachmütigkeit ihres Gatten zum Ausdruck bringen sollte. Nach einer Weile verließ Nikhil das Zimmer, ohne ein Wort gesagt zu haben.

Am nächsten Tag war Nanku nicht zu sehen. Auf meine Frage sagte man mir, daß er auf eins der andern Güter geschickt und daß es nicht sein Schade sei.

Ich konnte ab und zu einen schnellen Blick werfen, der mir zeigte, welche Verheerungen der hierdurch hervorgerufene Sturm hinter der Szene anrichtete. Ich kann nur sagen, daß Nikhil ein merkwürdiges Geschöpf ist, ganz anders als andere.

Das Resultat war, daß Bima mich von jetzt ab ohne weiteres zu einer gemütlichen Unterhaltung ins Wohnzimmer rufen ließ, ohne irgendeinen Vorwand oder Versuch, dem Zusammensein den Schein des Zufälligen zu geben. So gaben wir fast jede Zurückhaltung auf, und was bisher stillschweigend verstanden war, wurde jetzt offen ausgesprochen. Die Gemahlin eines Radscha lebt sonst in einer Sternenregion, die dem gewöhnlichen Sterblichen so fern ist, daß kein Weg zu ihr hinführt. Welch ein Triumph der siegreich fortschreitenden Wahrheit war es doch, daß allmählich, aber unaufhaltsam ein Schleier verhüllender Sitte nach dem andern fiel, bis sich endlich die Natur in ihrer wahren Gestalt zeigte.

Triumph der Wahrheit? Ja, der Wahrheit! Die gegenseitige Anziehung zwischen Mann und Weib ist die Grundlage alles Seins. Die ganze Welt der Materie, vom Staubkörnchen aufwärts, ist diesem Gesetz unterworfen. Und doch versuchen die Menschen, sie hinter einem Schleier von

Worten verborgen zu halten, und wollen mit hausbackenen Verordnungen und Verboten ein Hausgerät aus ihr machen.

Wenn trotz alledem die Natur beim Rufe der Wahrheit erwacht, welch ein Zähneknirschen und Sich-an die-Brust-Schlagen! Aber kann man mit dem Sturm streiten? Er gibt sich nicht die Mühe zu antworten, sondern schüttelt nur seinen Gegner.

Ich genieße den Anblick dieser Wahrheit, die sich mir immer mehr enthüllt. Wie lieblich sind diese zitternden Schritte, dies Sichabwenden; wie lieblich sind diese kleinen Betrügereien, womit Bima nicht nur andere, sondern auch sich selbst täuscht! Verstellung ist die beste Waffe des Wirklichen dem Unwirklichen gegenüber, denn die Feinde des Wirklichen suchen es immer zu verunehren, indem sie es roh nennen, und daher muß es sich verstecken oder verstellen. Es darf nicht offen bekennen: »Ja, ich bin roh, weil ich wahr bin. Ich bin Fleisch und Blut. Ich bin Leidenschaft. Ich bin Hunger, der ohne Erbarmen und ohne Scham zupackt.«

Ich sehe jetzt alles klar vor mir. Der Vorhang flattert, und durch den Spalt kann ich die Vorbereitungen für die Katastrophe sehen. Das kleine rote Band, das sich voll geheimen Verlangens durch die üppigen Haarmassen schlängelt, ist der züngelnde Blitz in der Gewitterwolke. Ich fühle die Glut ihrer Leidenschaft bei jeder Bewegung ihres Gewandes, mehr als sie selbst vielleicht sie spürt.

Bima ist sich der Wirklichkeit nicht bewußt, weil sie sich ihrer schämt. Denn die Menschen haben dieser Wirklichkeit einen schlimmen Namen gegeben, sie nennen sie Satan. Und so muß sie sich in Gestalt einer Schlange in den Garten des Paradieses schleichen und der erwählten Gefährtin des Mannes ihre Geheimnisse ins Ohr flüstern und sie zum Abfall bringen. Dann ist es aus mit aller Ruhe, bis der Tod das Ende ist.

Meine arme kleine Bienenkönigin lebt wie im Traum. Sie weiß nicht, welchen Weg sie geht. Es wäre nicht ratsam, sie vor der Zeit aufzuwecken. Es ist am besten, daß ich so tue, als ob ich auch keine Ahnung hätte.

Neulich beim Mittagessen starrte sie mich eigentümlich an, ohne zu ahnen, was solche Blicke bedeuten. Als mein Blick dem ihren begegnete, wandte sie sich ab. »Sie wundern sich über meinen Appetit«, sagte ich. »Ich kann alles verbergen, nur nicht, daß ich gern esse. Aber warum wollen Sie für mich erröten, wenn ich mich nicht schäme?«

Sie errötete nur noch tiefer und stotterte: »Nein, nein, ich sah nur...«

»Ich weiß«, unterbrach ich sie. »Die Frauen haben eine Schwäche für begehrliche Männer, denn gerade durch unsere Begierden beherrschen sie uns. Die Nachsicht, die sie mir immer gezeigt haben, hat mich nur noch schamloser gemacht. Es macht mir gar nichts, wenn Sie zusehen, wie all die guten Sachen bei mir verschwinden. Ich werde darum doch jeden Bissen genießen.«

Neulich las ich ein englisches Buch, in dem sexuelle Fragen mit sehr kühnem Realismus behandelt werden. Ich hatte es im Wohnzimmer liegen lassen. Als ich am Nachmittag des folgenden Tages hineinkam, um irgend etwas zu holen, saß Bima da, mit dem Buch in der Hand. Als sie meine Schritte hörte, warf sie es eilig hin und legte ein anderes Buch darüber — einen Band Gedichte von Felicia Hemans.

»Ich habe nie begreifen können,« begann ich, »warum die Frauen so verlegen sind, wenn man sie bei der Lektüre von Gedichten überrascht. Wir Männer — Juristen, Mechaniker oder was sonst — hätten wohl einen Grund, uns zu schämen. Wenn wir Gedichte lesen wollen, so sollten wir sie in tiefer Nacht, bei verschlossenen Türen lesen. Aber ihr Frauen seid der Poesie so verwandt. Der Schöpfer selbst ist ein lyrischer Dichter; zu seinen Füßen muß Dschajadeva[17] seine göttliche Kunst geübt haben.«

Bima antwortete nicht, sondern errötete nur verlegen. Sie tat, als ob sie das Zimmer verlassen wollte. Doch ich hielt sie zurück. »Nein, nein, bitte, lesen Sie weiter! Ich will nur ein Buch nehmen, das ich hier habe liegen lassen, und machen, daß ich fortkomme.« Dabei nahm ich mein Buch vom Tisch. »Es ist ein Glück, daß Ihnen nicht einfiel, hier hinzusehen,« fuhr ich fort, »sonst hätten Sie Lust bekommen, mich zu schelten.«

»Wirklich! Warum?« fragte Bima.

»Weil es keine Poesie ist«, sagte ich. »Es enthält nur nackte Tatsachen, und stellt sie ganz ungeschminkt dar, ohne Ziererei. Ich wollte, Nikhil läse es einmal.«

»Warum möchten Sie das?« fragte Bima mit leichtem Stirnrunzeln.

»Weil er ein Mann ist, einer von uns. Das einzige, was ich gegen ihn habe, ist, daß er diese Welt nicht sieht, wie sie ist, sondern sich an einem Traumbild von ihr ergötzt. Haben Sie nicht bemerkt, daß dies ihn dazu verleitet, unsere nationale Swadeschi-Bewegung wie ein Stück Dichtung anzusehen, die genau nach einem bestimmten Rhythmus fortschreiten muß? Wir aber kommen mit unsrer Prosa wie mit Keulen dazwischen und schlagen den ganzen Rhythmus zuschanden.«

»Was hat Ihr Buch mit der Swadeschi-Bewegung zu tun?«

»Das würden Sie gleich wissen, wenn Sie es gelesen hätten. Nikhil will immer nach fertigen Grundsätzen vorgehen, bei der Swadeschi-Bewegung wie bei allen andern Dingen; daher rennt er bei jeder Wendung gegen die menschliche Natur an und fängt dann an, sie zu schmähen. Er will nicht einsehen, daß die menschliche Natur älter ist als alle schönen Grundsätze und sie auch alle überleben wird.«

Bima schwieg einen Augenblick, dann sagte sie ernst: »Ist es nicht in der menschlichen Natur begründet, daß sie versucht, über sich hinauszukommen?«

Ich mußte innerlich lächeln. »Das sind nicht deine Worte«, dachte ich bei mir. »Die hast du von Nikhil gelernt. Du selbst bist ein gesundes Menschenkind. Dein Blut hat die Stimme der Natur vernommen. Weiß ich denn nicht, daß das Feuer des Lebens in allen deinen Adern brennt? Wie lange wird es ihnen noch gelingen, dich mit dem kalten Umschlag der Moral abzukühlen?«

»Die Schwachen sind in der Mehrheit«, sagte ich laut. »Sie vergiften die Ohren der Menschen, indem sie solche Schlagworte beständig wiederholen. Die Natur hat ihnen Kraft versagt — nun suchen sie auf diese Weise die andern zu schwächen.«

»Wir Frauen sind schwach«, erwiderte Bimala. »Daher müssen wir wohl an der Verschwörung der Schwachen teilnehmen.«

»Ihr Frauen schwach!« rief ich lachend. »Die Männer verherrlichen eure Zartheit und Zerbrechlichkeit, und darum haltet ihr euch selbst für schwach. Aber gerade ihr Frauen seid die Starken. Die Männer machen ein großes Wesen aus ihrer sogenannten Freiheit, aber die sich selbst kennen, wissen, wie unfrei sie sind. Sie haben selbst die heiligen Schriften verfaßt, um sich dadurch zu binden; aus ihrem Idealismus haben sie goldene Ketten für die Frauen geschmiedet, mit denen sie sie körperlich und geistig fesseln. Wenn die Männer nicht in so hohem Maße die Fähigkeit hätten, sich in ihren eigenen Netzen zu fangen, so hätte nichts ihnen die Freiheit nehmen können. Aber ihr Frauen habt Leib und Seele der Wirklichkeit geöffnet. Ihr habt sie in euch empfangen und aus euch geboren. Ihr habt sie an euren Brüsten genährt.«

Bima ist sehr belesen für eine Frau und nicht leicht dahin zu bringen, meine Beweisgründe anzuerkennen. »Wenn dem so wäre,« wandte sie ein, »so würden die Frauen wohl bald allen Reiz für die Männer verloren haben.«

»Die Frauen sehen diese Gefahr«, erwiderte ich. »Sie wissen, daß die Männer getäuscht sein wollen, und so täuschen sie sie denn auch, wo sie können, mit ihren eigenen Redensarten. Sie wissen, daß der Mann in seinem Hang zum Laster den Rausch mehr als gesunde Nahrung liebt, und daher bieten sie sich ihm als Rauschmittel dar. Die Frau brauchte sich nicht zu verstellen, wenn sie es nicht um des Mannes willen täte.«

»Warum wollen Sie denn aber die Illusion zerstören?«

»Um der Freiheit willen. Ich möchte, daß mein Vaterland frei wäre. Ich möchte aber auch, daß wir Menschen frei wären gegeneinander.«

III

Ich weiß wohl, daß es nicht ratsam ist, einen Schlafwandelnden plötzlich zu wecken. Aber ich bin von Natur so ungestüm, daß eine zögernde Gangart mir unmöglich ist. Ich wußte damals, daß ich viel wagte. Ich wußte, daß der erste Stoß solcher Ideen den Menschen ganz aus dem Gleichgewicht bringen kann. Aber bei den Frauen ist immer der Verwegenste der Sieger.

Wir waren auch schon gerade im besten Gange — da mußte Nikhils alter Lehrer Tschandranath Babu hereingestapft kommen! Es ließe sich ganz gut auf dieser Welt leben, wenn diese Schulmeister nicht wären, die sie einem verekeln und einem Lust machen, davonzulaufen. Die Menschen von Nikhils Art möchten immer aus der Welt eine Schule machen. Und nun kam diese Verkörperung einer Schule gerade im kritischen Moment herein.

Wir behalten alle immer in irgendeinem Winkel unsres Herzens noch etwas vom Schuljungen und ich, selbst ich, fühlte mich etwas eingeschüchtert. Die arme Bima aber ging gleich artig und feierlich an ihren Klassenplatz als Erste. Sie schien sich plötzlich zu erinnern, daß sie geprüft werden sollte.

Es gibt Leute, die sind wie Weichensteller: sie sind immer bereit, den Zug unsrer Gedanken auf ein andres Geleise zu bringen.

Kaum war Tschandranath Babu da, so suchte er auch schon nach einem Vorwande, wieder hinauszugehen. »Ich bitte um Verzeihung,« murmelte er, »aber...«

Doch bevor er ausreden konnte, ging Bima schnell auf ihn zu, und sich ehrfurchtsvoll vor ihm verneigend, sagte sie: »O, bitte, gehen Sie nicht fort! Wollen Sie sich nicht setzen?« Sie sah aus wie ein Ertrinkender, der nach einem Halt sucht — der kleine Feigling.

Aber vielleicht irrte ich mich. Wahrscheinlich war ein klein wenig weibliche Tücke dabei. Sie wollte vielleicht ihren Wert in meinen Augen erhöhen. Oder sie wollte mir damit nur sagen: »Bilde dir nur keinen Augenblick ein, daß du mich ganz überwunden hast! Meine Ehrfurcht vor Tschandranath Babu ist doch noch größer.«

Nun meinetwegen, verehre ihn, soviel du willst! Davon leben ja die Schulmeister. Aber da ich keiner bin, kann ich solche leeren Komplimente entbehren.

Tschandranath Babu fing an, von der Swadeschi-Bewegung zu sprechen. Ich dachte, ich wollte ihn in seinem Monolog fortfahren lassen. Es ist immer das Gescheiteste, einen alten Mann so lange reden zu lassen, bis er von selbst aufhört. Er hat dabei das Gefühl, daß er die Welt in Ordnung bringt, und ahnt nicht, wie fern die wirkliche Welt von ihm und seinem Geschwätz ist.

Aber selbst mein schlimmster Feind kann mir nicht nachsagen, daß ein Übermaß von Geduld mein Fehler ist. Und als Tschandranath Babu sagte: »Wenn wir erwarten, Früchte zu ernten, wo wir nicht gesät haben, so...« mußte ich ihn unterbrechen. »Wer will denn Früchte haben?« rief ich. »Wir richten uns nach dem Verfasser der Gita[18], der sagt, daß wir nur an unser Handeln, nicht an die Früchte unsres Handelns denken sollen.«

»Was ist es denn aber, was ihr haben wollt?« fragte Tschandranath Babu.

»Dornen!« rief ich aus. »Sie sind umsonst zu haben.«

»Aber die Dornen belästigen nicht nur die andern«, erwiderte er. »Wer sie sät, tritt sie sich selbst in die Füße.«

»Das sind alles ganz schöne Schulregeln«, entgegnete ich. »Wir wollen einstweilen unsre brennende Sehnsucht stillen. Augenblicklich stechen u n s die Dornen noch nicht; später, wenn wir sie fühlen, können wir ja noch immer bereuen. Aber warum sollte uns der Gedanke überhaupt schrecken? Wenn wir am Ende sterben müssen, haben wir Zeit genug, abzukühlen. Solange die Flamme brennt, laß uns sieden und überkochen!«

Tschandranath Babu lächelte. »Kocht, soviel ihr wollt,« sagte er, »aber haltet dies nur nicht für Arbeit oder Heldentum! Die Völker, die in der Welt etwas erreicht haben, haben es durch Handeln, nicht durch Überkochen erreicht. Aber die, welche die Arbeit immer gescheut haben, wollen, wenn sie einmal plötzlich zum Bewußtsein ihrer elenden Lage kommen, die Befreiung auf rechtlosem und gewaltsamem Wege erlangen.«

Ich gürtete gerade meine Lenden, um einen zermalmenden Ausfall gegen ihn zu machen, als Nikhil zurückkam. Tschandranath Babu erhob sich und sagte, zu Bima gewandt: »Jetzt muß ich gehen, Mütterchen, ich habe zu arbeiten.«

Als er fort war, zeigte ich Nikhil das Buch, das ich in der Hand hatte. »Ich erzählte gerade unsrer Bienenkönigin von diesem Buch«, sagte ich.

Neunundneunzig Prozent aller Menschen wollen durch

Lügen getäuscht werden, aber dieser ewige Schulmeisterzögling läßt sich leichter mit der Wahrheit selbst täuschen. Ihm gegenüber ist Offenheit der beste Betrug. Daher war es beim Spiel mit ihm das Einfachste für mich, meine Karten offen auf den Tisch zu legen.

Nikhil las den Titel auf dem Einband, aber er sagte nichts.

»Diese Schriftsteller«, fuhr ich fort, »fegen mit ihrem Besen den ganzen Staub von Redensarten weg, mit dem die Menschen unsre Welt zugedeckt haben. Daher sagte ich eben gerade, ich möchte, du läsest es einmal.«

»Ich habe es gelesen«, sagte Nikhil.

»Nun, und was sagst du?«

»Es ist ganz gut für die, die sich Mühe geben, wirklich nachzudenken, aber für die andern ist es Gift.«

»Was meinst du damit?«

»Wer predigt, daß alle gleichen Anspruch auf Eigentum haben, darf nicht selbst ein Dieb sein. Denn wenn er das ist, predigt er Lügen. Und wer eine Leidenschaft in sich nährt, der wird dies Buch nicht richtig verstehen.«

»Die Leidenschaft«, rief ich aus, »ist gerade unser bester Führer. Wenn wir ihm mißtrauen, so können wir ebensogut unsre Augen ausreißen, um besser zu sehen.«

Nikhil wurde sichtlich erregt. »Die Leidenschaft«, sagte er, »hat nur ihr Recht, solange wir sie zügeln. Wenn wir das, was wir richtig sehen wollen, auf unsre Augen drücken, so verletzen wir sie nur, aber wir sehen nichts. Und ebenso blendet uns auch die Heftigkeit der Leidenschaft, die keinen Raum lassen will zwischen sich und dem Gegenstande.«

»Es ist eure geistige Ziererei,« erwiderte ich, »die euch veranlaßt, in sittlichem Zartgefühl zu schwelgen und die rauhe Seite der Wahrheit nicht sehen zu wollen. Dadurch hüllt ihr nur die Dinge in einen verklärenden Nimbus, statt mit voller Kraft an die Arbeit zu gehen.«

»Aufwand von Kraft, wo Kraft nicht am Platze ist, fördert

die Arbeit nicht«, sagte Nikhil ungeduldig. »Aber warum streiten wir über diese Dinge? Müßiges Streiten mit Worten nimmt nur den frischen Blütenstaub von der Wahrheit.«

Ich wollte gern, daß Bima sich an der Diskussion beteiligte, aber bis jetzt hatte sie noch kein Wort gesagt. Hatte ich ihr vielleicht einen zu rauhen Stoß versetzt, so daß sie jetzt, von Zweifeln bestürmt, den Wunsch hatte, wieder bei dem Schulmeister in die Lehre zu gehen? Und doch brauchte sie diesen Stoß. Man muß vor allem erst einmal einsehen, daß die Dinge nicht so fest stehen, wie man geglaubt hat.

»Ich bin ganz froh, daß ich dies Gespräch mit dir hatte,« sagte ich zu Nikhil, »denn ich wollte gerade unsrer Bienenkönigin dies Buch zu lesen geben.«

»Warum nicht?« sagte Nikhil. »Wenn ich es lesen konnte, warum sollte Bimala es nicht auch lesen? Was ich besonders betonen möchte, ist dies, daß die Leute in Europa alles vom wissenschaftlichen Standpunkt aus ansehen. Aber der Mensch ist mehr als bloße Physiologie oder Biologie oder Psychologie oder Soziologie. Vergiß das um Gottes willen nicht! Er ist unendlich viel mehr, als was die Naturwissenschaft von ihm lehrt. Du lachst über mich und nennst mich einen Schulmeisterzögling, aber das bist du, nicht ich. Denn du suchst die Wahrheit über den Menschen bei deinen naturwissenschaftlichen Lehrern und nicht in deinem eignen Innern.«

»Aber wozu all diese Aufregung?« spottete ich.

»Weil ich sehe, daß du darauf ausgehst, den Menschen zu schmähen und herabzusetzen.«

»Aber woraus in aller Welt schließt du das?«

»Aus allem, was du sagst und tust und womit du mein Gefühl verletzest. Du richtest beständig deine Angriffe gegen alles Große und Selbstlose und Schöne im Menschen.«

»Wie kommst du auf diese verrückte Idee?«

Nikhil erhob sich plötzlich. »Ich sage es dir gerade heraus,

Sandip,« sagte er, »du kannst den Menschen in mir tödlich verwunden, aber du kannst ihn nicht töten. Darum bin ich bereit, alles zu erdulden, ganz bewußt, mit offenen Augen.«

Mit diesen Worten verließ er eilig das Zimmer.

Ich stand noch ganz verblüfft da und sah ihm nach, als ich plötzlich ein Buch fallen hörte, und als ich mich umwandte, sah ich Bima, die ihm schnell und sichtlich betreten folgte, wobei sie vermied, mir nahe zu kommen.

Ein merkwürdiges Geschöpf ist doch dieser Nikhil! Er fühlt die Gefahr, die sein Heim bedroht, warum weist er mir nicht die Tür? Ich weiß, er wartet, daß Bima ihm das Stichwort gibt. Sagt sie ihm, daß ihre Ehe ein Irrtum gewesen ist, so beugt er sein Haupt und gibt zu, daß er einen großen Fehler gemacht hat. Er hat nicht die Geistesstärke, sich klar zu machen, daß es der größte aller Fehler ist, einen Fehler einzugestehen. Er ist ein typisches Beispiel dafür, wie Idealismus zu Schwäche führt. Ich kenne nicht seinesgleichen; er ist ein zu sonderbarer Kauz! Er eignet sich kaum als Figur für einen Roman oder ein Drama, viel weniger noch für das wirkliche Leben.

Und Bima? Ich fürchte, mit ihrem Traumleben ist es jetzt zu Ende. Sie hat endlich verstanden, wohin die Straße führt, auf die sie sich mitreißen ließ. Jetzt muß sie entweder ganz bewußt weiter oder umkehren. Wahrscheinlich aber wird sie bald einen Schritt vorwärtsgehen, und dann wieder einen Schritt zurückweichen. Aber das beunruhigt mich nicht. Wenn man Feuer gefangen hat, so brennen die Flammen nur um so wilder, je mehr man hin und her rennt. Der Schreck, den sie bekommen hat, wird ihre Leidenschaft nur noch mehr anfachen.

Vielleicht ist es besser, wenn ich gar nicht viel zu ihr sage, sondern ihr nur ein paar moderne Bücher zu lesen gebe. Auf diese Weise kann sie allmählich zu der Überzeugung kommen, daß ein Mensch mit modernen Ansichten die

Leidenschaft als die höchste Wahrheit anerkennt und ehrt, statt sich ihrer zu schämen und Entsagung zu predigen. Wenn sie sich an irgend so ein Wort wie »modern« halten kann, so wird sie schon Kraft haben, weiterzugehen.

Sei dem, wie ihm wolle, ich muß das Spiel verfolgen bis zum Ende des fünften Aktes. Ich kann mich leider nicht rühmen, nur als Zuschauer dabei zu sein, der vorn in der königlichen Loge sitzt und ab und zu Beifall klatscht. Ich fühle, wie es an meinem Herzen reißt und in allen meinen Nerven zuckt. Wenn ich abends das Licht gelöscht habe und im Bett liege, so fühle ich mich von kleinen Berührungen, kleinen Blicken und kleinen Worten umschwirrt, die die Dunkelheit anfüllen. Wenn ich des Morgens aufstehe, so zittre ich vor lebhafter Erwartung, es ist, als ob mein Blut nach dem Takt einer Musik durch meine Adern läuft...

Auf dem Tisch stand ein Doppelrahmen mit Bimas und Nikhils Photographien. Ich hatte Bima herausgenommen und zeigte ihr gestern die leere Seite, indem ich sagte: »Der Geiz macht den Diebstahl zu einer Notwendigkeit, daher haben beide an der Sünde teil, der Geizige wie der Dieb. Meinen Sie nicht auch?«

Bima lächelte ein wenig und sagte nur: »Es war kein gutes Bild.«

»Was soll man machen?« sagte ich. »Ein Bild bleibt immer nur ein Bild. Ich muß mich schon damit zufrieden geben, so wie es ist.«

Bima nahm ein Buch auf und begann darin zu blättern. »Wenn Sie unzufrieden sind,« sagte ich, »so muß ich mich wohl bemühen, den leeren Platz auszufüllen.«

Heute habe ich ihn ausgefüllt. Diese Photographie von mir wurde vor vielen Jahren gemacht. Damals waren meine Züge noch jugendlich, und mein Geist war es auch. Damals hegte ich noch Illusionen über diese Welt und über das Jenseits. Der Glaube betrügt die Menschen, aber er hat ein

Gutes: er gibt ihren Zügen einen höhern Glanz.

Mein Bild steht jetzt neben Nikhils, denn sind wir beide nicht alte Freunde?

Fußnoten:

Im Hindu-Kalender als Unglückstag bezeichnet.

Der letzte bedeutende Sanskrit-Dichter, der im 12. Jahrhundert in Bengalen lebte; Verfasser des Gitagovinda, einer Art lyrischen Dramas, das die Liebe des Gottes Krischna (= Vischnu) und der Hirtin Radha in glühenden Farben schildert, aber von den Anhängern der Vischnu-Religion in mystisch allegorischem Sinne verstanden wird. (Übers.)

Die Bhagavad-Gîtâ (»Gesang des Erhabenen«), eine der berühmtesten indischen Dichtungen, ein religiös-philosophisches Lehrgedicht, das als Episode dem großen Epos Mahâbhârata eingelegt ist. (Übers.)

VIERTES KAPITEL

NIKHILS ERZÄHLUNG

III

Ich habe mich nie viel mit mir selbst beschäftigt. Jetzt aber versuche ich oft, Abstand von mir zu nehmen, um mich zu sehen, wie Bima mich sieht. Was für ein Bild trübseliger Feierlichkeit bietet doch ein Mensch wie ich, der die Dinge immer zu ernst nimmt.

Es ist ganz gewiß besser, die Sorgen wegzulachen, als die Welt mit Tränen zu überschwemmen. Nur so kann die Welt wirklich weitergehen. Wir genießen unsere Speise und unsern Schlaf nur, weil wir die Sorgen, die überall, zu Hause und draußen, auf uns warten, wie leere Schatten verscheuchen können. Wenn wir sie nur einen Augenblick ernst nehmen, wo würde da unser Appetit und unser Schlaf bleiben?

Aber ich selbst kann mich nicht als einen dieser Schatten verscheuchen, und daher liegt die Last meiner Sorge beständig schwer auf dem Herzen meiner Welt.

Warum stellst du dich nicht hoch oben auf die große Heerstraße des Weltalls und fühlst dich als einen Teil des Alls? Was ist dir Bima in diesem ungeheuren, jahrtausendelangen Strom der Menschheit? Dein Weib? Was ist ein Weib? Ein leerer Name, den du wie eine Seifenblase mit deinem eigenen Atem groß gemacht und Tag und Nacht sorglich gehütet hast, und der doch beim ersten Nadelstich von draußen zerplatzt.

Mein Weib, — und also in Wahrheit ganz mein eigen! Wenn sie nun aber sagt: »Nein, ich gehöre mir selber«, — soll ich da antworten: »Wie kann das sein? Gehörst du nicht mir?«

»Mein Weib«, — genügt dieser Name als Beweis, daß sie mir gehört, oder wird sie etwa sogar durch ihn mein Eigentum? Läßt sich eine ganze Persönlichkeit in diesen Namen einfangen?

Mein Weib! — Habe ich nicht in dieser kleinen Welt alles gehegt und geliebt, was es Reines und Holdes in meinem Leben gab? Ich ließ es keinen Augenblick von meinem Herzen, daß es mir nicht in den Staub fallen sollte. Was habe ich nicht alles auf ihrem Altar geopfert an Weihrauch der Verehrung und Musik der Leidenschaft, an Blumen, die der Frühling und der Herbst mir brachten! Wenn sie sich nun wie ein Papierboot in das schmutzige Wasser der Gosse hineintreiben läßt, — sollte ich da nicht auch...?

Da falle ich wieder in mein altes Pathos! Warum »schmutzig«? Und warum »Gosse«? Schmähworte, die man in einem Anfall von Eifersucht braucht, ändern die Tatsachen nicht. Wenn Bima nun einmal nicht mein ist, so ist sie es nicht, und kein Zürnen und Wüten und Streiten kann etwas daran ändern. Wenn mein Herz bricht — mag es brechen! Das wird die Welt nicht zugrunde richten — und mich auch nicht; denn der Mensch ist soviel größer als die Dinge, die er in diesem Leben verliert.

Aber das ist die Rücksicht auf die Gesellschaft ... Die überlaß ich der Gesellschaft selbst! Wenn ich weine, so weine ich für mich, nicht für die Gesellschaft. Wenn Bima sagt, daß sie mir nicht gehört, was frage ich dann danach, wo die ist, die die Gesellschaft als mein Weib ansieht!

Leid muß es geben; aber ich muß mich mit allen Mitteln, die in meiner Macht sind, gegen eine Form der Selbstquälerei schützen: ich darf nicht denken, daß das Leben seinen Wert verliert, wenn das Schicksal mich einmal zurücksetzt. Der volle Wert des Lebens darf nicht für die enge häusliche Welt eingesetzt werden; Erfolg oder Mißerfolg auf dem Gebiet meiner persönlichen Leiden und Freuden sind zu belanglos, als daß sie das ganze große Unternehmen des Lebens bankrott machen könnten.

Die Zeit ist gekommen, wo ich Bimala des ganzen ideellen Schmuckes entkleiden muß, mit dem ich sie behangen habe. Ich gab meiner eigenen Schwäche nach, als ich solchen Götzendienst mit ihr trieb. Ich war zu maßlos in meinem Begehren. Ich machte einen Engel aus Bimala, um meinen eigenen Genuß zu erhöhen. Aber Bimala ist, was sie ist. Es ist widersinnig, zu erwarten, daß sie mir zu Gefallen die Rolle eines Engels spielen sollte. Der Schöpfer ist nicht verpflichtet, mir Engel zu schicken, nur weil ich Verlangen nach einem Idealbild von Vollkommenheit habe, das nur in meiner Einbildung besteht.

Ich muß mir eingestehen, daß ich in Bimalas Leben nur ein Zufall gewesen bin. Ihrer Natur nach ist für sie vielleicht nur mit einem Menschen wie Sandip eine wahre Ehe möglich. Doch ich darf mir nun auch nicht in falscher Bescheidenheit sagen, daß ich es verdiene, hinter ihm zurückzustehen. Sandip hat gewiß manches sehr Anziehende, das auch auf mich sehr stark wirkte, aber ich bin doch sicher, daß er nicht größer ist als ich.

Wenn er heute den Siegeskranz davonträgt und ich übersehen werde, so wird der, der ihm den Preis zuerkennt, einmal dafür Rechenschaft ablegen müssen.

Ich sage dies nicht im Gefühl stolzer Überhebung. Die einfache Notwendigkeit zwingt mich, mir allen Wert, den ich wirklich habe, zu vergegenwärtigen, damit ich nicht ganz an mir selbst verzweifle. Möge daher doch durch die schreckliche Erfahrung des Leides mir wenigstens e i n e Befreiung zuteil werden — die Befreiung von dem Mangel an Selbstvertrauen!

Ich habe unterscheiden gelernt, was ich wirklich in mir habe und was ich törichterweise zu haben glaubte. Die

Abrechnung ist gemacht, und das, was übrig ist, bin ich selbst, — nicht ein verkrüppeltes Selbst in Fetzen und Lumpen, nicht ein krankes Selbst, das auf Krankenkost gesetzt werden muß, sondern eine Seele, die das Schlimmste erduldet und es überstanden hat.

Mein Lehrer ging eben durch das Zimmer und sagte, indem er mir die Hand auf die Schulter legte: »Mach, daß du zu Bett kommst, Nikhil, es ist spät in der Nacht.«

Ja, es ist so schwer für mich geworden, zu Bett zu gehen, bevor es spät ist und Bima fest schläft. Am Tage sehen wir uns und sprechen sogar miteinander; aber was soll ich sagen, wenn wir allein zusammen sind, in der Stille der Nacht? — Da schäme ich mich, körperlich und seelisch.

»Wie kommt es, mein Meister, daß Sie noch nicht schlafen?« fragte ich zurück. Mein Lehrer lächelte ein wenig, als er hinausging, und sagte: »Die Zeit des Schlafens ist für mich vorüber. Jetzt bin ich im Alter, wo man wacht.«

Bis hier hatte ich geschrieben und wollte gerade aufstehen und zu Bett gehen, da sah ich durch das Fenster vor mir, wie der schwere Mantel der Juliwolke sich plötzlich etwas öffnete und ein großer Stern hindurchschien. Er schien zu mir zu sagen: »Im Traumland knüpft man Bande, und sie zerreißen wieder, aber ich bin immer hier — die ewige Lampe der Hochzeitsnacht.«

Und plötzlich wurde mein Herz von der Gewißheit erfüllt, daß hinter dem Vorhang der körperlichen Dinge durch die Jahrtausende hindurch treu die ewige Liebe wacht und auf mich wartet. Manches Leben hindurch habe ich in manchem Spiegel ihr Bild gesehen, — in zerbrochenen Spiegeln, in gekrümmten Spiegeln, in staubigen Spiegeln. Und immer, wenn ich versuchte, mir den Spiegel ganz zu eigen zu machen, und ihn sorgfältig verschloß, dann sah ich das Bild nicht mehr. Aber wozu das alles? Was habe ich mit dem Spiegel, oder überhaupt auch mit dem Bild zu tun?

Meine Geliebte, dein Lächeln wird nie ersterben, und an jedem Morgen wird dein rotes Stirnzeichen mir neu leuchten.

»Welch kindischer Selbstbetrug!« spottet irgendein Teufel von seiner dunklen Ecke aus, — »mit solchem törichten Geschwätz bringt man Kinder zur Ruhe!«

Das mag sein. Aber Millionen und Abermillionen von Kindern schreien und müssen zur Ruhe gebracht werden. Kann es sein, daß all diese Scharen mit einer Lüge gestillt werden? Nein, die ewige Liebe kann mich nicht täuschen, denn sie ist wahr!

Sie ist wahr, darum habe ich sie so oft gesehen und werde sie immer wieder sehen, selbst wo ich irre gehe, und selbst durch den dichtesten Tränenschleier. Ich habe sie auf dem Marktplatz des Lebens gesehen und im Gedränge verloren und wiedergefunden; und ich werde sie wiederfinden, wenn ich durch die Spalte des Todes diesem Leben entronnen bin.

Ach, Grausame, spiele nicht länger mit mir! Wenn es mir nicht gelungen ist, dich zu finden, indem ich den Spuren deiner Füße auf dem Wege, dem Duft deines Haares in der Luft folgte, laß mich nicht ewig darum trauern und weinen! Der Stern, der durch den Wolkenmantel glänzt, sagt mir, daß ich nicht verzagen soll. Was ewig ist, muß unvergänglich sein.

Jetzt will ich zu meiner Bimala gehen. Sie wird ihre müden Glieder ausgestreckt haben und eingeschlafen sein, erschlafft von all den innern Kämpfen. Ich will einen Kuß auf ihre Stirn drücken, ohne sie aufzuwecken, — das soll mein Blumenopfer auf ihrem Altar sein. Ich glaube, wenn ich auch alles vergäße nach dem Tode, — all mein Irren und all mein Leiden, — die Erinnerung an diesen Kuß würde in mir nachzittern, denn der Kranz, der aus den Küssen der Liebe gewoben ist, wird einmal, nach vielen Existenzen, die ewige Liebe krönen.

Als der letzte Schlag verklungen war, der die zweite Stunde kündete, kam meine Schwägerin ins Zimmer. »Aber was machst du denn, lieber Bruder?« rief sie. »Geh doch um Gottes willen zu Bett und hör auf, dich so zu quälen! Ich kann es nicht ertragen, zu sehen, wie du leidest.« Die Tränen traten ihr in die Augen, als sie mich so bat.

Ich konnte kein Wort hervorbringen, sondern berührte nur in stummer Ehrfurcht ihre Füße und ging zu Bett.

BIMALAS ERZÄHLUNG

VII

Zuerst argwöhnte ich nichts, fürchtete nichts; ich fühlte nur, daß ich ganz meinem Vaterlande gehörte. Wie beglückend war diese rückhaltlose Hingabe! Nun wurde es mir offenbar wie der Mensch in völliger Selbstaufopferung seine höchste Seligkeit finden kann.

Ich glaube, daß dieser Rausch wohl allmählich ganz von selbst vorübergegangen wäre. Aber das wollte Sandip Babu nicht; ich sollte ihn erst ganz kennenlernen. Der Ton seiner Stimme war wie eine körperliche Berührung, jeder seiner Blicke warf sich bettelnd mir zu Füßen. Und hinter dem allen brannte eine Leidenschaft, so ungestüm, daß sie mich hätte mit den Wurzeln ausreißen und an den Haaren mit sich schleifen mögen.

Ich will der Wahrheit nicht ausweichen. Ich fühlte Tag und Nacht sein zehrendes Verlangen. Es hatte etwas so wahnsinnig Verlockendes, mich in den Abgrund solcher Leidenschaft zu stürzen. Wie furchtbar schien es, wie schmachvoll, und doch wie süß! Dazu kam meine unbezähmbare Neugier, die mich immer weitertrieb. Ich wußte so wenig von ihm, er konnte nie und auf keine Weise mein werden, und seine Jugend loderte in tausend Flammen auf — ach, wie voller Geheimnis war diese ungeheure, heiße Leidenschaft!

Im Anfang hatte ich ein Gefühl der Verehrung für Sandip, doch das schwand bald. Ich hörte sogar auf, ihn zu achten; ja, ich begann, auf ihn herabzusehen. Dennoch war mein Herz ein Instrument, das er meisterhaft zu spielen wußte. Was nützte es, wenn ich vor seiner Berührung zurückwich und sogar das Instrument selbst in mir haßte; es mußte doch seinem Zauber gehorchen.

Ich muß gestehen, es war etwas in mir, was... wie soll ich sagen?... etwas, was mich wünschen läßt, daß ich damals gestorben wäre.

Tschandranath Babu kommt immer, wenn er Zeit findet, zu mir. Er hat die Kraft, meinen Geist zu einer Höhe zu erheben, von der ich in einem Augenblick das Gebiet meines Lebens nach allen Seiten vor mir ausgebreitet sehe und erkenne, wo seine wirklichen Grenzen sind und daß ich töricht darüber hinausgehen wollte.

Aber was nützt das alles? Will ich denn wirklich Befreiung? Es ist, als ob ich nur ein Gebet habe: mag Leid über unser Haus kommen, mag das Beste in mir verkümmern und verdorren; wenn nur dieser süße Wahn mir bleibt!

Wenn ich vor meiner Heirat meinen verstorbenen Schwager sah, wie er wahnsinnig vor Trunkenheit seine Frau schlug und dann in rührseliger Reue schluchzend und heulend gelobte, keinen Branntwein wieder anzurühren, und wie er dann doch am selben Abend sich hinsetzte und ein Glas nach dem andern trank, dann war ich von Ekel gegen ihn erfüllt. Aber mein Rausch heute ist noch furchtbarer. Ich brauche mir das Gift nicht erst zu verschaffen und einzuschenken: es quillt in meinen Adern, und ich weiß nicht, wie ich ihm widerstehen soll.

Muß dies bis zum Ende meines Lebens so fortgehen? Bisweilen sehe ich mich selbst erschrocken an und denke, mein Leben ist ein Nachtmar, der plötzlich mit seiner ganzen Lüge verschwinden wird. Es ist so ganz losgelöst von allem, was war, und hat keine Beziehung mehr zu seiner Vergangenheit. Was es jetzt ist und wie es so werden konnte, kann ich nicht verstehen.

Eines Tages sagte meine Schwägerin mit höhnischem Lachen: »Was für eine rührend gastfreundliche Hausfrau wir doch haben! Ihr Gast will durchaus nicht weichen. Zu unsrer Zeit hatten wir auch Gäste; aber wir kümmerten uns nicht so ausgiebig um sie — wir waren törichterweise zu sehr in Anspruch genommen durch die Sorge für unsern Gatten. Der arme Nikhil muß es büßen, daß er zu modern ist. Er hätte als Gast kommen sollen, wenn er bleiben wollte. Jetzt sieht es so aus, als ob es für ihn Zeit wäre, zu gehen.«

Dieser Sarkasmus traf mich nicht; denn ich wußte, daß es diesen Frauen nicht gegeben ist, Art und Ursache meiner Hingebung zu verstehen. Das begeisternde Gefühl, meinem Vaterlande Opfer zu bringen, stählte mich damals, daß solche Pfeile mich nicht erreichen und verletzen konnten.

VIII

Seit einiger Zeit ist von der Sache des Vaterlandes gar nicht mehr die Rede. Den Gegenstand unsrer Unterhaltung bilden jetzt die sexuellen Probleme der Gegenwart und ähnliche Fragen, dazwischen etwas Poesie, sowohl altindische wie moderne englische, und das Ganze ist immer begleitet von einer tiefen Grundmelodie, wie ich sie nie vorher gehört habe, voll Männlichkeit und zwingender Gewalt.

Es war so weit gekommen, daß wir jeden Vorwand verschmähten. Wir hatten auch nicht den geringsten Scheingrund dafür, daß Sandip Babu noch immer da blieb und daß ich von Zeit zu Zeit vertrauliche Gespräche mit ihm hatte. Ich war in einem beständigen innern Kampf. Ich war zornig auf mich selbst, auf meine Schwägerin, auf die Einrichtung der Welt, und ich gelobte mir, nie wieder die Frauengemächer zu verlassen, und wenn ich daran sterben sollte.

Zwei Tage lang tat ich keinen Schritt hinaus. Da wurde es mir zum ersten Mal klar, wie weit es mit mir gekommen. Ich fand gar keinen Geschmack mehr am Leben. Was ich auch anrührte, hätte ich am liebsten gleich wieder hingeworfen. Ich fühlte, daß ich wartete, daß alle meine Nerven vom Kopf bis zu den Zehen gespannt waren auf etwas, — auf jemand; mein Blut fieberte vor Erwartung.

Ich versuchte, mich durch Arbeit abzulenken. Der Fußboden des Schlafzimmers war sauber genug, aber ich bestand darauf, daß er unter meiner Aufsicht noch einmal gescheuert wurde. Die Sachen lagen ganz ordentlich in den Schränken; ich zog sie alle heraus und ordnete sie anders. Ich fand am Nachmittag nicht einmal Zeit, mein Haar hochzustecken, ich band es nur lose zusammen und wirtschaftete umher und plagte jeden. Dann fing ich an, in der Vorratskammer zu kramen. Die Vorräte schienen mir sehr zusammengeschrumpft, und das konnte nicht mit rechten Dingen zugegangen sein, aber ich fand nicht den Mut, irgend jemand dafür zur Verantwortung zu ziehen, denn hätte der sich nicht fragen müssen: »Wo hatte sie denn die ganze Zeit ihre Augen?«

Kurz, ich benahm mich an jenem Tage wie eine Besessene. Am nächsten Tag versuchte ich, etwas zu lesen. Ich habe keine Ahnung, was ich las, aber plötzlich merkte ich, daß ich ganz unbewußt, mit dem Buch in der Hand, den Korridor entlang gegangen war, der zu den Außengemächern führte. Nun stand ich an einem Fenster, der Veranda gegenüber, die sich vor der Zimmerreihe auf der andern Seite des Hofes hinzieht. Es war mir, als ob das eine dieser Zimmer zu einem andern Ufer entwichen wäre und die Fähre aufgehört hätte zu fahren. Es war mir, als sei ich nur noch der Geist von der, die ich vor zwei Tagen gewesen, verurteilt, dazubleiben, wo ich war, ohne doch wirklich da zu sein, und immer sehnsüchtig hinüberstarrend.

Als ich da stand, sah ich Sandip aus seinem Zimmer auf die Veranda treten, eine Zeitung in der Hand. Ich konnte sehen, daß er furchtbar aufgeregt war. Der Hof, das Geländer vor ihm, alles schien seine Wut zu erregen. Er warf die Zeitung hin mit einer Gebärde, als hätte er die ganze Welt zerreißen mögen.

Ich fühlte, daß ich mein Gelübde nicht länger halten konnte. Ich war im Begriff, weiterzugehen, nach dem Wohnzimmer, als meine Schwägerin plötzlich hinter mir stand. »O Himmel, dies setzt allem die Krone auf!« rief sie aus, als sie wieder forthuschte. Danach hatte ich nicht mehr den Mut, weiterzugehen.

Als am nächsten Morgen mein Mädchen kam und rief: »Herrin, es ist hohe Zeit, die Vorräte herauszugeben«, warf ich ihr die Schlüssel hin mit den Worten: »Sag Harimati, daß sie es besorgt«, und setzte mich mit einer englischen Stickerei, die ich angefangen hatte, ans Fenster.

Da kam ein Diener mit einem Brief. »Von Sandip Babu«, sagte er. Welche unerhörte Dreistigkeit! Was sollte der Bote davon denken? Mein Herz zitterte, als ich den Brief erbrach. Er enthielt keine Anrede, sondern nur die Worte: »Eine dringende Angelegenheit — das Vaterland betreffend. Sandip.«

Im selben Augenblick hatte ich die Stickerei beiseite geworfen und war aufgesprungen. Ich ordnete mit ein paar Griffen mein Haar vor dem Spiegel, den Sari wechselte ich nicht erst, sondern zog nur schnell eine dazu passende Jacke an.

Ich mußte durch eine der Veranden, wo meine Schwägerin des Morgens zu sitzen und Betel zu schneiden pflegt. Ich bekämpfte meine Verlegenheit. »Wohin, Tschota Rani?« rief sie.

»Ins Wohnzimmer draußen.«

»So früh! Zu einer Matinee, wie?«

Und als ich ohne zu antworten weiterging, summte sie ein anzügliches Lied hinter mir her.

IX

Als ich die Tür des Wohnzimmers öffnete, sah ich Sandip,

der in einen illustrierten Katalog von Gemälden der Britischen Akademie vertieft war und der Tür den Rücken zukehrte. Er bildet sich ein, ein großer Kunstkenner zu sein.

Eines Tages sagte mein Gatte zu ihm:

»Wenn die Künstler je einen Lehrmeister brauchen, so werden sie nie darum in Verlegenheit sein, solange du da bist.« Es war sonst nicht die Art meines Gatten, zu spotten, aber in letzter Zeit ist er anders darin, und er verschont Sandip nie.

»Warum meinst du, daß die Künstler keine Lehrmeister brauchen?« fragte Sandip.

»Weil der Künstler ein Schöpfer ist«, erwiderte mein Gatte. »Darum sollten wir uns bescheiden damit begnügen, unsere Lehren über die Kunst aus dem Werk des Künstlers zu entnehmen.«

Sandip lachte über solche Bescheidenheit und sagte: »Du meinst, daß Demut das Kapital ist, das die meisten Zinsen einbringt. Ich bin aber der Überzeugung, daß die, denen es an Stolz fehlt, dem Rohr gleichen, das auf dem Wasser umhertreibt und keine Wurzeln im Boden hat.«

Die widersprechendsten Gefühle bewegten mich, wenn sie so redeten. Einerseits wünschte ich sehnlichst, daß mein Gatte in dem Streit siegte und daß Sandips Stolz gedemütigt würde. Und doch war es gerade dieser nicht zu beugende Stolz Sandips, der mich so anzog. Er leuchtete wie ein kostbarer Diamant, der keine Schüchternheit kennt und der Sonne selbst keck ins Antlitz strahlt.

Ich trat ein. Sandip mußte meine Tritte hören, als ich mich näherte, aber er tat, als hörte er nichts, und ließ seine Augen nicht von dem Buch.

Ich fürchtete, daß er anfangen würde, über Kunst zu reden, denn wenn er von Bildern spricht, kann ich meine Feinfühligkeit in bezug auf sie nicht unterdrücken und habe immer große Mühe, bei seinen Reden meine

Selbstbeherrschung zu bewahren. Daher war ich schon beinahe im Begriff umzukehren, als Sandip mit einem tiefen Seufzer aufsah und so tat, als ob ihn mein plötzlicher Anblick erschreckte. »Ach, da sind Sie!« sagte er.

In seinen Worten, in seinem Ton, in seinen Augen lag eine Welt von Vorwurf, als ob die Ansprüche, die er an mich hatte, meine Abwesenheit, wenn auch nur von ein paar Tagen, zu einem schweren Unrecht machten. Wohl empfand ich diese Haltung als eine Beleidigung für mich, aber ach, ich hatte nicht die Kraft, darüber zu zürnen.

Ich antwortete nicht, aber obgleich ich Sandip nicht ansah, konnte ich nicht umhin, seinen anklagenden Blick zu fühlen, der sich in meinem Gesicht festbohrte und nicht weichen wollte. Ich wünschte so sehr, er möchte etwas sagen, daß ich hinter seinen Worten Schutz finden könnte. Wie lange dies dauerte, weiß ich nicht, aber endlich konnte ich es nicht mehr aushalten. »Was ist das für eine Sache,« fragte ich, »worüber Sie mich zu sprechen wünschten?«

Sandip tat wieder überrascht, als er sagte: »Muß es sich denn immer erst um eine bestimmte Sache handeln? Ist Freundschaft an sich ein Verbrechen? O, Bienenkönigin, daß Sie das Höchste, was es auf Erden gibt, so gering schätzen! Darf man der Verehrung eines Herzens die Tür schließen wie einem verlaufenen Hunde?«

Ich fühlte wieder, wie mein Herz in mir zitterte. Jetzt mußte die Krisis kommen, zu ungestüm, um sich abwenden zu lassen. Freude und Angst kämpfen in mir um die Herrschaft. Würden meine Schultern stark genug sein, ihrem Ansturm standzuhalten, oder würde sie mich zu Boden werfen, das Antlitz in den Staub?

Ich zitterte am ganzen Körper. Mich mit Gewalt bezwingend, wiederholte ich: »Sie haben mich gerufen wegen einer Sache, die das Vaterland angeht, daher habe ich meine häuslichen Pflichten gelassen, um zu hören, was es gibt.«

»Das versuchte ich ja eben Ihnen klarzumachen«, sagte er mit einem sarkastischen Lachen. »Wissen Sie denn nicht, daß ich gekommen bin, um zu verehren? Habe ich Ihnen nicht gesagt, daß ich in Ihnen die Schakti unsers Vaterlandes verkörpert sehe? Es handelt sich doch nicht nur um unser geographisches Vaterland. Niemand kann sein Leben hingeben für eine Landkarte! Wenn ich Sie vor mir sehe, dann nur wird mir die ganze Schönheit meines Vaterlandes offenbar. Wenn Sie mich mit Ihren eigenen Händen salben, dann werde ich mich von meinem Vaterlande geweiht fühlen; und wenn ich mit diesem Bewußtsein im Herzen im Kampfe falle, so falle ich nicht in den Staub eines Landes, das die Landkarte zeigt, sondern mein Haupt sinkt nieder auf ein liebend ausgebreitetes Gewand — wissen Sie, an welches Gewand ich denke? An den erdroten Sari, den Sie neulich trugen, mit dem breiten, blutroten Saum. Ich sehe ihn immer vor mir. Das sind die Visionen, die im Leben Kraft und im Tode Freude geben!«

Sandips Augen sprühten Feuer, als er so sprach, aber ob es das Feuer der Begeisterung oder das Feuer der Leidenschaft war, hätte ich nicht sagen können. Ich mußte an den Tag denken, wo ich ihn zuerst reden hörte und wo ich zweifelte, ob er ein Mensch oder eine lebendige Flamme sei.

Ich konnte kein Wort hervorbringen. Es ist nicht möglich, hinter den Schranken äußeren Anstandes Schutz zu suchen, wenn in einem Augenblick das Feuer aufspringt und mit blitzendem Schwert und brüllendem Gelächter alles vernichtet, was der Geiz sorgsam aufgehäuft hat. Ich war in Todesangst, daß er sich vergessen und meine Hand ergreifen könnte. Denn er stand vor mir, am ganzen Körper bebend, wie eine züngelnde Flamme; seine Augen sprühten versengende Funken auf mich.

»Wollen Sie denn ewig mit Ihren kleinlichen Pflichten im

Haushalt Götzendienst treiben«, rief er nach einer Pause, »Sie, die Sie die Macht in sich haben, Leben oder Tod über uns zu verhängen? Soll diese Ihre Macht in einer Zenana verborgen bleiben? Werfen Sie alle falsche Scheu von sich, ich bitte Sie; machen Sie sich doch nichts aus dem Geflüster um Sie herum! Werfen Sie sich noch heute mit offenen Armen in den Strom der Freiheit draußen in der Welt!«

Wenn Sandip in dieser Weise seinen Kult des Vaterlandes mit seiner Verehrung für mich verwebt, so beginnt mein Blut zu tanzen, und alle Schranken, die mich zurückhalten, geraten ins Wanken. Seine Reden über Kunst und sexuelle Probleme, seine Unterscheidungen zwischen dem Wirklichen und Unwirklichen hatten nur den Geist des Widerspruchs in mir hervorgerufen, der mich hinderte, sachlich zu antworten. Aber dieser Geist ging jetzt in Flammen auf, und mit ihm mein Widerstand. Ich fühlte mich durch meine Weiblichkeit verklärt und einer Göttin gleich. Warum sollte ihr Glanz nicht sichtbar von meiner Stirn strahlen? Konnte meine Stimme nicht ein Wort finden, einen vernehmlichen Ruf, der wie eine heilige Zauberformel mein Vaterland weihte und entflammte?

Plötzlich stürzte mein Mädchen Rhema mit aufgelösten Haaren ins Zimmer. »Geben Sie mir meinen Lohn und lassen Sie mich gehen«, schrie sie. »In meinem ganzen Leben bin ich nicht so...« Das Übrige wurde von Schluchzen erstickt.

»Was ist denn geschehen?«

Es stellte sich heraus, daß Thako, das Mädchen meiner Schwägerin, sie ohne irgendwelchen Grund maßlos beschimpft hatte. Sie war in einem solchen Zustand, daß ich mich vergeblich bemühte, sie zu beruhigen, indem ich ihr sagte, ich wolle gleich nachher kommen und die Sache untersuchen.

Der Schlamm häuslichen Lebens, der unter den

Lotusblättern der Weiblichkeit lag, kam an die Oberfläche. Damit Sandip nicht noch mehr davon erblickte, eilte ich schnell zurück.

X

Meine Schwägerin war in ihr Betelnußschneiden vertieft, ein leises Lächeln spielte um ihre Lippen, als ob nichts Verdrießliches passiert wäre. Sie summte noch dasselbe Lied.

»Warum hat deine Thako die arme Khema so beschimpft?« brach ich los.

»Hat sie das? Das Weibsbild! Ich werde sie aus dem Hause peitschen lassen. Wie schändlich, dir deinen Morgen so zu verderben! — Aber was hat denn auch diese Dirne Khema für Manieren, daß sie hingeht und dich stört, wenn du beschäftigt bist? Plage du dich jedenfalls nicht mit solchen häuslichen Zänkereien, Tschota Rani! Überlaß das nur mir und geh wieder zu deinem Freunde!«

Wie plötzlich der Wind in den Segeln unsres Geistes umschlägt! Daß ich Sandip draußen aufgesucht hatte, war in der Beleuchtung des Zenana-Kodex etwas so Unerhörtes, daß ich nicht wußte, was ich antworten sollte und in mein Zimmer ging. Ich wußte, daß meine Schwägerin dahinter steckte, daß sie ihr Mädchen zu dieser Szene aufgereizt hatte. Aber ich fühlte mich auf so unsicherem Boden, daß ich keinen Gegenhieb wagte.

Erst neulich hatte ich gesehen, daß ich den unbeugsamen Stolz, mit dem ich von meinem Gatten die Entlassung Nankus gefordert hatte, nicht bis zu Ende aufrechterhalten konnte. Ich wurde plötzlich verlegen, als die Bara Rani kam und sagte: »Es ist wirklich ganz meine Schuld, lieber Bruder. Wir sind altmodische Leute, und mir wollte die Art deines Sandip Babu nicht recht gefallen, daher sagte ich dem Türhüter... aber wie konnte ich wissen, daß unsre Tschota Rani dadurch beleidigt sein würde? — Ich hätte gerade das

Gegenteil erwartet! Aber ich bin nun einmal so unverbesserlich einfältig!«

Was so herrlich scheint, wenn man es von der Höhe der nationalen Sache aus betrachtet, erscheint trübe und schmutzig, wenn man es von unten sieht. Und bald steigert sich Unwillen und Zorn zu Abscheu.

Ich schloß mich in mein Zimmer ein, setzte mich ans Fenster und dachte darüber nach, wie leicht das Leben doch sein würde, wenn man mit seiner Umgebung in Harmonie bleiben könnte. Wie einfach und selbstverständlich sitzt meine Schwägerin da auf der Veranda mit ihren Betelnüssen, und wie unerreichbar fern ist mir mein natürlicher Platz bei meinen häuslichen Pflichten gerückt! Wie soll das alles enden? fragte ich mich. Werde ich je aus diesem Zustande wie aus einem Fiebertraum erwachen und alles vergessen, oder werde ich zu einem Abgrund geschleppt, aus dem es in diesem Leben kein Entrinnen gibt? Wie brachte ich es nur fertig, mein Glück von mir zu stoßen und mein Leben so zu Grunde zu richten? Jeder Winkel dieses Schlafzimmers, das ich vor neun Jahren als junge Frau zuerst betrat, starrt mich erschrocken an.

Als mein Gatte von seinem Magisterexamen nach Hause kam, brachte er mir diese Orchidee mit, die aus einem fernen Lande jenseits des Meeres stammt. Unter diesen kleinen Blättern quoll solch eine Fülle von Blumen hervor, es sah aus, als ob die Schönheit selbst ihr Füllhorn ausgeschüttet hätte. Wir beschlossen, sie hier über dem Fenster aufzuhängen. Sie blühte nur das eine Mal, aber wir haben immer gehofft, daß sie noch einmal blühen würde. Aus Macht der Gewohnheit habe ich sie selbst in diesen Tagen noch begossen, und sie ist noch grün.

Es sind jetzt vier Jahre her, da rahmte ich ein Bild meines Gatten in Elfenbein und stellte es in die Nische da drüben. Wenn jetzt mein Blick zufällig darauf fällt, so muß ich die

Augen niederschlagen. Bis vorige Woche pflegte ich es regelmäßig jeden Morgen nach dem Bade mit Blumen zu schmücken, als eine Art Morgenopfer, das ich meiner Liebe brachte. Mein Gatte schalt mich oft darum.

»Es beschämt mich, daß du mich auf eine Höhe erhebst, auf die ich nicht gehöre«, sagte er eines Tages.

»Welch ein Unsinn!«

»Ich bin nicht nur beschämt, sondern auch eifersüchtig!«

»Nun höre ihn einer! Eifersüchtig auf wen denn, bitte?«

»Auf dies mein falsches Ich. Es zeigt nur, daß ich dir zu unbedeutend bin, daß du einen außerordentlichen Mann haben möchtest, vor dessen Überlegenheit du dich beugen kannst, und daher mußt du dir helfen, indem du dir ein andres Ich von mir machst.«

»Es macht mich nur böse, wenn du so redest«, sagte ich.

»Was nützt es, daß du böse mit mir bist«, erwiderte er. »Schilt dein Schicksal, daß es dir keine Wahl ließ, sondern dich zwang, mich blindlings zu nehmen. Nun mußt du beständig versuchen, seinen Fehler wieder gutzumachen, indem du in mir ein Muster aller Vollkommenheit zu sehen suchst.«

Ich war damals so gekränkt durch diesen bloßen Gedanken, daß mir die Tränen in die Augen traten. Und immer, wenn ich jetzt daran denke, muß ich die Augen vor jener Nische niederschlagen.

Denn jetzt habe ich ein andres Bild in meinem Schmuckkasten. Als ich neulich im Wohnzimmer aufräumte, nahm ich den Doppelrahmen fort, in dem Sandips Bild neben dem meines Gatten steckte. Diesem Bild opfere ich keine Blumen, sondern ich halte es unter meinem Schmuck verborgen. Es übt einen um so größeren Zauber auf mich, weil ich es heimlich aufbewahre. Ich betrachte es von Zeit zu Zeit bei verschlossenen Türen. Des Abends schraube ich die Lampe hoch und sitze da, mit dem Bild in der Hand, es unverwandt anstarrend. Und jeden Abend will ich es am Lampenfeuer verbrennen, um es nie mehr zu sehen; aber jeden Abend verberge ich es mit einem Seufzer wieder unter meinen Perlen und Diamanten.

Ach, ich elendes Weib! Welch ein Reichtum von Liebe faßte jedes dieser Schmuckstücke ein! Ach, warum bin ich nicht tot?

Sandip hatte mir klargemacht, daß es nicht in der Natur der Frau liegt, zu zaudern. Für sie gibt es weder rechts noch links, — sie geht immer geradeaus. Wenn die Frauen unsres Vaterlandes aus ihrem Schlaf erwachen, wiederholte er mir beständig, so werden sie mit Siegesgewißheit ihren Ruf erschallen lassen: »Ich will!«

»Ich will« — führte Sandip eines Tages aus, — war das erste Wort am Anfang der Schöpfung. Es wurde nicht von irgendeinem Grundsatz geleitet, sondern es wurde zu Feuer und wandelte sich zu Sonnen und Sternen. Es kennt keine Gerechtigkeit. Weil es den Menschen haben wollte, opferte es unbarmherzig Millionen von Jahren hindurch Millionen Tiere auf, um zu seinem Ziel zu kommen. Dieses furchtbare Wort »ich will« ist Fleisch geworden im Weibe, und daher versuchen die Männer in ihrer Feigheit mit allen Kräften, diese elementare Flut einzudämmen. Sie fürchten, daß sie, wenn sie lachend dahintanzt, alle Hecken und Stützen ihres Kürbisfeldes umreißen könnte. Die Menschen haben sich zu allen Zeiten geschmeichelt, diese Kraft sicher in den Schranken der Konvenienz eingeschlossen zu halten, aber sie sammelt sich an und wächst. Jetzt ist sie noch ruhig und tief wie ein See, aber allmählich wird ihr Druck immer stärker, die Deiche werden nachgeben, und die Kraft, die so lange stumm gewesen ist, wird brüllend hervorstürzen mit dem Ruf: »Ich will!«

Solche Worte Sandips hallen in meinem Herzen wider wie die Schläge einer Kriegstrommel. Sie bringen jeden Konflikt in mir zum Schweigen. Was kümmert es mich, was die Leute von mir denken? Was bedeutet mir jene Orchidee und jene Nische in meinem Schlafzimmer? Wodurch sollten sie die Macht haben, mich zu verkleinern und zu beschämen? Das Urfeuer der Schöpfung brennt in mir.

Ich fühlte mich versucht, die Orchidee herabzureißen und aus dem Fenster zu werfen, die Nische ihres Bildes zu berauben und dem schamlosen Geist der Zerstörung, der in mir wütete, die Zügel schießen zu lassen. Schon hatte ich den Arm erhoben, um es zu tun, da krampfte ein plötzliches Weh mein Herz zusammen, und Tränen stürzten mir aus den Augen. Ich warf mich nieder und schluchzte: »Wie soll dies alles enden, wie soll es enden?«

SANDIPS ERZÄHLUNG

IV

Wenn ich diese Seiten aus meiner Lebensgeschichte lese, so frage ich mich ernstlich: Ist dies Sandip? Bestehe ich denn nur aus Worten? Bin ich nur ein Buch mit einem Deckel von Fleisch und Blut?

Die Erde ist nicht ein totes Ding wie der Mond. Sie atmet, und der Atem ihrer Flüsse und Meere hüllt sie ein. Sie ist bedeckt mit einem Mantel aus ihrem eignen Staub, der in der Luft flattert. Der Zuschauer, der von draußen auf die Erde blickt, sieht nur das Licht, das dieser Atem und dieser Staub zurückwirft. Die Konturen der mächtigen Festländer kann er nicht deutlich unterscheiden.

Der Mensch, der lebendig ist wie die Erde, ist auch in den Nebel seiner Ideen eingehüllt, die er ausatmet. Die Konturen seines wahren Wesens bleiben verborgen, und es scheint, als ob er auch nur aus Licht und Schatten besteht.

Es scheint mir, daß ich in dieser meiner Lebensgeschichte gleichwie jene Planeten nur das Bild meiner idealen Welt entfalte. Aber ich bin nicht nur, was ich zu sein wünsche und glaube — ich bin auch, was ich nicht liebe und was ich nicht sein möchte. Meine Erschaffung hatte schon begonnen, ehe ich geboren wurde. Ich hatte keine Wahl in bezug auf meine Umgebung, und so muß ich versuchen, aus dem, was sich mir bietet, das Beste zu machen.

Meine Weltanschauung macht mich gewiß, daß das Große grausam ist. Gerecht sein ist für die Durchschnittsmenschen; es ist das Vorrecht der Großen, ungerecht zu sein. Die Oberfläche der Erde war eben. Der Vulkan stieß mit seinem feurigen Horn gegen sie und kam so zu seiner Höhe, — er versuchte nicht, dem, was ihm im

Wege stand, sondern nur sich selbst gerecht zu werden. Erfolgreiche Ungerechtigkeit und natürliche Grausamkeit sind die einzigen Kräfte gewesen, durch die der Einzelne oder die Nation zu Reichtum und Herrschaft gekommen ist.

Daher predige ich die große Lehre von der Ungerechtigkeit. Ich sage jedem: Befreiung ist auf Ungerechtigkeit gegründet. Ungerechtigkeit ist das Feuer, das fortwährend etwas verzehren muß, damit es nicht zu Asche wird. Wenn ein Einzelwesen oder Volk nicht mehr imstande ist, eine Ungerechtigkeit zu begehen, wird es hinweggefegt und auf den Kehrichthaufen der Welt geworfen.

Bis jetzt ist dies nur meine Theorie, mit der ich selbst noch nicht ganz eins geworden bin. In meiner Rüstung sind Sprünge, durch die etwas sehr Weiches und Empfindliches hindurchblickt. Weil, wie ich schon sagte, der wesentliche Teil meines Ichs schon vor meiner gegenwärtigen Existenz geschaffen wurde.

Von Zeit zu Zeit stelle ich meine Anhänger auf die Probe, um zu sehen, wie weit sie es in dieser Grausamkeit gebracht haben. Eines Tages gingen wir zu einem Picknick. Eine Ziege graste in der Nähe. Ich fragte: »Wer ist unter euch, der mit diesem Messer der Ziege dort lebendig ein Bein abschneiden und es mir bringen kann?« Während sie noch alle zögerten, ging ich selbst hin und tat es. Einer von ihnen wurde ohnmächtig bei dem Anblick. Aber als sie mich unbewegt sahen, berührten sie ehrfurchtsvoll meine Füße und sagten, daß ich über alle menschliche Schwäche erhaben sei. Das heißt, sie sahen an jenem Tage die Nebelhülle meiner Idee, aber bemerkten nicht mein inneres Wesen, das ein launenhaftes Schicksal weich und barmherzig geschaffen hat.

In dem gegenwärtigen Kapitel meines Lebens, dessen Interesse sich von Tag zu Tag mehr um Bimala und Nikhil konzentriert, bleibt auch viel unter der Oberfläche verborgen. Die Theorie, die mich beherrscht, formt mein inneres Leben; dennoch entzieht sich ein großer Teil meines Lebens ihrem Einfluß, und so entsteht ein Widerspruch zwischen meinem äußeren Leben und seinem inneren Plan, ein Widerspruch, den ich, so gut ich kann, zu verbergen suche, auch mir selber; denn sonst könnte er nicht nur meine Pläne, sondern mein Leben selbst zum Scheitern bringen.

Das Leben ist unbestimmt und voller Widersprüche. Wir Menschen versuchen mit unsern Ideen ihm eine besondere Gestalt zu geben, indem wir es in eine bestimmte Form pressen, — in die Bestimmtheit, die Erfolg hat. Alle Welteroberer, von Alexander bis auf die amerikanischen Millionäre, finden in Schwert oder Dollar das Sinnbild, nach dem sie ihr Wesen formen, und dies ist die Quelle ihres Erfolges.

Der Hauptstreitpunkt zwischen Nikhil und mir besteht darin, daß, obgleich unser beider Wahlspruch ist: »Erkenne dich selbst«, wir beide es auf ganz verschiedene Weise deuten und infolgedessen seine Selbsterkenntnis in meinen Augen das Gegenteil ist. »Wenn du auf deine Weise Erfolg gewinnst,« wandte Nikhil bei einer Gelegenheit ein, »so gewinnst du ihn auf Kosten der Seele, aber die Seele ist mehr wert als der Erfolg.«

Ich antwortete nur: »Deine Worte sind abstrakt.«

»Das kann ich nicht ändern«, erwiderte Nikhil. »Eine Maschine ist konkret genug, aber nicht so das Leben. Wenn du um der konkreten Greifbarkeit willen das Leben als eine Maschine ansehen willst, so mußt du dir nicht einbilden, daß du das Leben kennst. Die Seele ist nicht so konkret wie der Erfolg, und daher verlierst du sie nur, wenn du dem Erfolg nachjagst.«

»Wo ist sie denn, diese wunderbare Seele?«

»Da, wo sie sich im Unendlichen findet, jenseits allen

Erfolges.«

»Aber was hat alles dies mit unsrer Arbeit für das Vaterland zu tun?«

»Damit ist es dieselbe Sache. Wo unser Vaterland sich selbst als Endzweck setzt, da gewinnt es Erfolg auf Kosten seiner Seele. Wo es das Höchste und Größte als letztes Ziel sieht, da versäumt es vielleicht den Erfolg, aber es gewinnt an seiner Seele.«

»Gibt es dafür irgendein Vorbild in der Geschichte?«

»Der Mensch ist so groß, daß er nicht nur den Erfolg verschmähen, sondern auch das Vorbild entbehren kann. Vielleicht gibt es kein Vorbild dafür, ebensowenig wie das Samenkorn ein Vorbild für die Blume hat. Und dennoch ist der Trieb des Samenkorns auf die Blume gerichtet.«

Es ist nicht so, daß ich Nikhils Standpunkt gar nicht verstehe; darin liegt vielmehr die Gefahr für mich. Ich bin in Indien geboren, und das Gift seines Idealismus steckt mir im Blut. Wie laut ich auch gegen die Tollheit der Selbstverleugnung predige, ich kann mich selbst nicht ganz von ihr freimachen.

So kommen heutzutage bei uns solche sonderbaren Widersprüche zustande. Wir müssen unsre Religion haben und auch unsern Nationalismus, unsre Bhagavadgita und unser Bande Mataram. Die Folge ist, daß beide zu kurz kommen. Es ist, als ob man eine englische Militärkapelle neben unsern indischen Flöten spielen ließe. Ich muß es mir zur Lebensaufgabe machen, diesem fürchterlichen Durcheinander ein Ende zu machen.

Ich möchte, daß der europäische Stil bei uns zur Herrschaft käme, nicht der indische. Dann könnten wir stolz die Fahne der Leidenschaft hochflattern lassen, die die Natur uns mitgegeben hat auf das Schlachtfeld des Lebens. Die Leidenschaft ist schön und rein, — rein wie die Lilie, die aus dem schlammigen Boden kommt. Sie steigt über alles, was

97

sie beflecken will, empor und braucht keine Kunstmittel, um sich rein zu halten.

V

Eine Frage hat mich in diesen letzten Tagen gequält. Warum lasse ich zu, daß mein Leben sich so mit Bimalas verstrickt? Bin ich denn ein von der Strömung dahingetriebenes Stück Holz, das von jedem beliebigen Hindernis aufgehalten wird? Nicht als ob ich irgendwelche falsche Scham darüber empfände, daß Bimala der Gegenstand meines Begehrens geworden ist. Es ist nur zu klar, wie sehr sie mich braucht, und so betrachte ich sie als ganz rechtmäßig mein. Die Frucht hängt mit dem Stengel am Zweig, aber das ist kein Grund, weshalb der Stengel das Recht haben sollte, sie ewig festzuhalten. Die reife Frucht fühlt, wie sie sich immer mehr vom Stengel löst. Sie hat ihre ganze Süße für mich aufgespeichert: Hingabe an mich ist Erfüllung ihres Daseins, ihres eigensten Wesens, ist ihre wahre Sittlichkeit. Daher muß ich sie pflücken, denn ich darf sie nicht um diese Erfüllung ihres Daseins bringen.

Aber was mich verdrießt, ist, daß ich mich immer mehr verstricke. Bin ich nicht geboren, um zu herrschen, um mich auf mein eigenes Roß, die Menge, zu schwingen und, die Zügel in der Hand, sie zu treiben, wie ich will und wohin ich will, — der Preis für mich und für sie nur die Dornen und der Schmutz der Straße? Dies Roß wartet jetzt vor der Tür, es scharrt ungeduldig den Boden und kaut am Gebiß, und sein Wiehern erfüllt die Luft. Aber wo bin ich und was treibe ich, daß ich Tag für Tag die herrliche Gelegenheit versäume?

Ich glaubte einst, ich sei ein Sturmwind, und die abgerissenen Blumen, mit denen ich meinen Pfad bestreute, würden mich nicht im Fortschreiten hindern. Aber ich bin nur eine Biene, die immer um dieselbe Blume kreist. So trifft auch auf mich zu, was ich sagte: daß die Farbe, die der Mensch sich mit seinen Ideen gibt, nur auf der Oberfläche liegt. Der innere Mensch bleibt doch immer derselbe. Wenn jemand, der ganz in mich hineinsehen könnte, meine Biographie schriebe, so würde er beweisen, daß im Grunde gar kein Unterschied sei zwischen einem Kerl wie Pantschu und mir, oder selbst zwischen Nikhil und mir!

Gestern abend blätterte ich in meinem alten Tagebuch... ich las, wie ich gerade mein Examen gemacht hatte und mein Hirn von Philosophie zum Bersten vollgepfropft war. Selbst damals schon hatte ich mir gelobt, keinen Illusionen, weder eigenen noch fremden, Raum zu geben, sondern mein Leben auf der Grundlage der Wirklichkeit aufzubauen. Aber wie ist es tatsächlich bis jetzt damit gewesen? Wo ist die Festigkeit? Es gleicht vielmehr einem Netzwerk, das, obgleich der Faden überall zusammenhängt, doch zum größten Teil aus Löchern besteht. Ich mag versuchen, was ich will, sie lassen sich nicht wegbringen. Und gerade wie ich mich beglückwünsche, daß ich so sicher und unbeirrbar dem Faden folge, gerate ich in solch ein schlimmes Loch. Denn ich habe angefangen, Gewissensskrupel zu bekommen.

»Ich brauche es, es ist da; also nehme ich es mir.« — Das ist eine klare und gerade Politik. Wer kraftvoll und energisch sein Ziel verfolgt, muß es sicher am Ende erreichen. Aber die Götter wollen nicht, daß solche Reise leicht ist, daher senden sie die Sirene Mitgefühl aus, daß sie den Wanderer vom Wege abbringt, indem sie seinen Blick mit ihrem tränenvollen Nebelschleier trübt.

Ich sehe, die arme Bimala kämpft wie ein Wild, das in einer Schlinge gefangen ist. Welche Todesangst ist in ihren Augen! Wie hat sie sich wund gerissen an ihren Fesseln! Dieser Anblick sollte natürlich das Herz eines richtigen Jägers froh machen. Und ich bin auch froh, aber ich bin auch wieder gerührt; und daher stehe ich zögernd und kann mich nicht entschließen, die Schlinge zuzuziehen.

Ich weiß, es hat Augenblicke gegeben, wo ich hätte zu ihr hinstürzen, ihre Hände ergreifen und sie an meine Brust drücken können, ohne daß sie Widerstand geleistet hätte. Hätte ich es getan, sie hätte kein Wort gesagt. Sie wußte, daß eine Krisis drohte, die in einem Augenblick den Sinn der ganzen Welt verändert haben würde. Und wie sie so vor der Höhle stand, aus der das Unberechenbare und doch Erwartete hervorbrechen sollte, wurde ihr Antlitz bleich, und ihre Augen glühten in Angst und Leidenschaft. Wenn dieser Augenblick eingetreten wäre, so hätte in ihm eine Ewigkeit Gestalt gewonnen, die unser Schicksal mit verhaltenem Atem erwartete.

Aber ich habe diesen Augenblick entschlüpfen lassen. Ich habe nicht mit rücksichtsloser Kraft zugegriffen und mich dessen versichert, was schon fast mein war. Jetzt sehe ich klar, daß es in meiner Natur verborgene Elemente waren, die sich mir offen als Hindernisse in den Weg stellten.

Genau auf dieselbe Weise wurde auch Ravana, der für mich der wahre Held des Ramajana[19] ist, von seinem Schicksal ereilt. Er hielt Sita in seinem Asokagarten in Gewahrsam und wartete, daß sie sich ihm geneigt zeige, statt sie kurzerhand in seinen Harem zu führen. Diese schwache Stelle in seinem sonst so großartigen Charakter machte die ganze Entführungsgeschichte nutzlos. Eine ähnliche Anwandlung von Gewissensskrupeln bewog ihn, seinem verräterischen Bruder nachzugeben, statt vor ihm auf der Hut zu sein, und der Dank war, daß man ihn tötete.

So liegt die Tragik des Lebens im Menschen selbst begründet. Anfangs liegt sie als winziger Keim irgendwo tief unten verborgen, um schließlich doch hervorzubrechen und das ganze Gebäude zum Sturz zu bringen. Die eigentliche Tragik besteht darin, daß der Mensch sich nicht als das erkennt, was er wirklich ist.

VI

So ist es auch mit meinem Verhältnis zu Nikhil. Wenn ich auch weiß, daß er verrückt ist, und über ihn lache, ich kann mich nicht ganz von dem Gedanken frei machen, daß er mein Freund ist. Zuerst wies ich seinen Standpunkt einfach ab, aber neuerdings hat er angefangen, mich zu beschämen und zu versetzen. Daher habe ich versucht, wie früher mit ihm zu diskutieren und dabei den alten begeisterten Ton anzuschlagen, aber er klingt nicht echt. Ja, bisweilen lasse ich mich so weit verleiten, daß ich meine Natur verleugne und so tue, als ob ich seiner Meinung bin. Aber Verstellung liegt nicht in meiner Natur, und auch nicht in der Nikhils; dies eine haben wir wenigstens gemeinsam. Daher ist es mir jetzt lieber, wenn ich ihm gar nicht begegne, und ich habe angefangen, ihm, soviel ich kann, aus dem Wege zu gehen.

Dies alles sind Zeichen von Schwäche. Sobald ein Mensch die Möglichkeit eines Unrechts zugibt, wird es Tatsache und packt ihn an der Kehle, wie sehr er auch versucht, allen Glauben an seine Existenz abzuschütteln. Was ich Nikhil offen sagen möchte, ist, daß man Ereignissen wie diesen als großen Wirklichkeiten ins Gesicht sehen muß, und daß das, was als Wahrheit sein Recht hat, wahre Freunde nicht trennen sollte.

Es läßt sich nicht leugnen, daß ich tatsächlich schwächer geworden bin. Aber nicht diese Schwäche war es, durch die ich Bimala gewann; sie versengte sich die Flügel an der Glut der Vollkraft meiner rücksichtslosen Männlichkeit. Sobald Rauch diese Glut verdunkelt, wird sie unsicher und verwirrt und weicht zurück. Dann kehrt sich ihr Gefühl gegen mich, und sie möchte mir am liebsten den Kranz, mit dem sie mich geschmückt hat, wieder abnehmen, aber sie kann es nicht; und so schließt sie nur die Augen, um ihn nicht zu sehen.

Doch trotz alledem darf ich nicht von dem Pfad, den ich mir vorgezeichnet habe, abweichen. Ich darf auf keinen Fall die

Sache des Vaterlandes im Stich lassen, und am wenigsten im gegenwärtigen Augenblick. Bimala und mein Vaterland sollen mir hinfort eins sein. Der stürmische Wind aus Westen, der dem Lande den Schleier des Gewissens abgerissen hat, wird Bimala den Schleier des Weibes vom Antlitz reißen, und diese Entschleierung wird kein Gebot der Scham verletzen. Wenn das schaukelnde Schiff die Menge über den Ozean trägt und die Fahne des Bande Mataram über ihm flattert, so wird es zugleich die Wiege meiner Macht und meiner Liebe sein.

Bimala wird so verzückt sein, wenn sie die Befreiung ihres Vaterlandes im Geiste schaut, daß ihre Bande von ihr abfallen werden, ohne daß sie sich dessen schämt, ja sogar ohne daß sie es bemerkt. Ganz bezaubert von der Schönheit dieser furchtbaren, zerstörenden Macht, wird sie keinen Augenblick zögern, grausam zu sein. Ich habe in Bimalas Natur die Grausamkeit wahrgenommen, die die wesentliche Kraft alles Seins ist, — die Grausamkeit, die mit ihrer rücksichtslosen Gewalt die Schönheit der Welt wahrt.

Wenn man nur die Frauen von den künstlichen Fesseln befreien könnte, die die Männer ihnen angelegt, so hätten wir auf Erden ein lebendiges Ebenbild der Kali, der schamlosen, mitleidslosen Göttin. Ich gehöre zu den Dienern der Kali, und eines Tages werde ich ihr wahrhaft dienen, indem ich Bimala als ihre Inkarnation auf den Altar der Zerstörung erhebe. Zu solchem Dienst will ich mich bereiten.

Der Rückweg ist uns beiden für immer verschlossen. Wir werden einander berauben, werden einander hassen, aber nie mehr voneinander frei werden.

Fußnoten:

Râmâjâṇa, das zweite große Heldenepos der altindischen Literatur (neben dem Mahâbhârata). Der Hauptinhalt ist, wie dem Helden Râma seine treue Gattin Sîtâ von dem Dämonen Râvana geraubt wird und wie er sie mit Hilfe des Affenkönigs Hanuman wiedergewinnt. (Übers.)

FÜNFTES KAPITEL

NIKHILS ERZÄHLUNG

IV

Alles rauscht und wogt in der Flut des Augusts. Die jungen Reisähren glänzen wie die Glieder eines kleinen Kindes. Das Wasser ist in den Garten beim Hause gedrungen. Das Morgenlicht gießt sich wie die Liebe des blauen Himmels verschwenderisch über die Erde aus... Warum kann ich nicht singen? Der ferne Fluß schimmert von Licht; die Blätter glitzern; die Reisfelder erschauern in goldenem Leuchten; und in dieser Herbstsymphonie bleibe ich allein stumm. Der Sonnenschein der Welt trifft mein Herz mit seinen Strahlen, doch es wirft sie nicht zurück.

Wenn ich sehe, wie mir die Gabe versagt ist, meine Gefühle auszudrücken, dann weiß ich, warum ich einsam bin. Wer könnte auf die Dauer Tag und Nacht meine Gesellschaft ertragen? Bimala ist voll von Lebenskraft, und daher bin ich ihrer in all den neun Jahren unsrer Ehe keinen Augenblick überdrüssig geworden.

Mein Leben hat nur seine stumme Tiefe, aber kein murmelndes Rauschen. Ich kann wie der stille See nur aufnehmen, nicht fortreißen. Und daher ist meine Gesellschaft wie ein Fasten. Heute erkenne ich es klar, daß Bimala die ganze Zeit an meiner Seite gedarbt hat.

Wen soll ich darum tadeln? Wie Vidjapati kann ich nur klagen:

> August ist da. Wild schluchzt der Himmel auf,
> Und Tränenströme stürzen auf die Erde;
> Und, ach mein Haus ist leer.

Mein Haus, das sehe ich jetzt, war von Anfang an bestimmt, leer zu bleiben, weil seine Türen sich nicht öffnen lassen. Aber bis jetzt wußte ich nicht, daß seine Gottheit draußen saß. Ich war töricht genug zu glauben, daß sie mein Opfer angenommen und mir dafür ihre Gnade verliehen hätte. Aber ach, mein Haus ist die ganze Zeit leer gewesen.

Jedes Jahr um diese Zeit pflegten wir uns in einem Hausboot über die weite Fläche des Samalda treiben zu lassen. Ich sagte oft zu Bimala, daß jedes Lied immer wieder zu seiner Grundmelodie zurückkehren müsse. Die ursprüngliche Grundmelodie jedes Liedes findet sich in der Natur, wo der regenbeladene Wind über den rauschenden Strom hinfährt, wo die grüne Erde sich den Schattenschleier übers Antlitz zieht und ihr Ohr dem plaudernden Wasser zuneigt. Da ist es, wo am Anfang aller Zeiten Mann und Weib sich zuerst begegneten, — nicht zwischen Mauern. Und daher müssen wir beide wenigstens einmal im Jahr zur Natur zurückkehren, um unsre Liebe neu zu stimmen auf den ersten reinen Ton, in dem unsre Herzen sich fanden.

Die beiden ersten Jahre unsrer Ehe verbrachte ich unsern Hochzeitstag in Kalkutta, wo ich meine Examina machte. Aber von dem nächsten Jahre an, in den sieben folgenden Jahren haben wir jedesmal diesen Tag inmitten der blühenden Wasserlilien gefeiert. Jetzt beginnt eine andere Oktave meines Lebens.

Es wird mir schwer, nicht daran zu denken, daß der August in diesem Jahre wiedergekommen ist. Ob Bimala wohl daran denkt? Sie hat mich nichts merken lassen. Alles um mich her ist stumm.

August ist da. Wild schluchzt der Himmel auf,
Und Tränenströme stürzen auf die Erde.
Ach, und mein Haus ist leer.

Das Haus, das leer geworden ist, weil die Liebenden sich trennten, ist doch mitten in seiner Leere noch von Musik durchzittert. Aber das Haus, das leer geworden ist, weil die Herzen sich trennten, ist furchtbar in seinem Schweigen. Selbst der Schrei des Schmerzes ist dort nicht am Platz.

Dieser Schmerzensschrei muß in mir zum Schweigen gebracht werden. Solange ich fortfahre zu leiden, wird Bimala nie wahrhaft frei werden. Ich muß sie ganz freimachen, sonst werde ich mich selbst nie von der Lüge befreien können...

Ich glaube, eins habe ich jetzt angefangen zu verstehen. Der Mensch hat die Flamme der Liebe zwischen Mann und Weib so angefacht, daß sie über ihr rechtmäßiges Gebiet hinaus um sich gegriffen hat, und er ihr jetzt nicht mehr Halt gebieten kann. Der Mensch hat aus seiner Liebe einen Götzendienst gemacht. Aber es wird Zeit, daß die Menschenopfer an ihrem Altar aufhören ...

Ich ging heute morgen in mein Schlafzimmer, um ein Buch zu holen. Es ist lange her, daß ich es am Tage betreten habe. Ein Schmerz schnitt mir durch die Seele, als ich mich heute im Licht des Morgens darin umblickte. Am Kleiderriegel hing ein Sari von Bimala, zum Gebrauch fertig geplättet und gekräuselt. Auf dem Toilettentisch stand ihr Parfüm, daneben lagen ihr Kamm, ihre Haarnadeln, und da war auch die Scharlachpaste für das Stirnzeichen! Unten standen ihre goldgestickten kleinen Schuhe.

Einst, in früheren Zeiten, als Bimala ihre Abneigung gegen Schuhe noch nicht überwunden hatte, da brachte ich ihr diese von Lakhnau, um ihr Lust dazu zu machen. Das erstemal wollte sie vor Scham zu Boden sinken, als sie nur damit hinaus auf die Veranda gehen sollte.

Seitdem hat sie manches Paar zu Ende getragen, aber dies Paar hat sie immer wie einen Schatz aufbewahrt. Als ich ihr zuerst diese Schuhe zeigte, neckte ich sie mit einer merkwürdigen Gewohnheit, die sie hatte: »Ich habe dich überrascht, wie du meine Füße ehrfurchtsvoll berührtest, als du glaubtest, daß ich schliefe. Dies ist mein Liebesopfer, das die Füße meiner Gottheit, wenn sie wach ist, immer in Ehrfurcht berühren soll.« Allein sie wehrte erschrocken ab: »Du mußt nicht solche Sachen sagen, sonst werde ich nie deine Schuhe tragen!«

Dies Schlafzimmer, — es hat eine so feine Atmosphäre, die ich bis ins innerste Herz spüre. Ich habe bis heute nie gewußt, wie mein durstendes Herz seine Wurzeln ausgestreckt und sich um jeden einzelnen vertrauten Gegenstand geklammert hat. Ich sehe, es genügt noch nicht, wenn ich die Hauptwurzel ausreiße, um mein Leben zu befreien. Selbst diese kleinen Schuhe halten mich fest.

Mein wandernder Blick fiel auf die Nische. Mein Bild da blickt noch ebenso wie immer, obgleich die Blumen, die es schmückten, längst welk und trocken sind. Von allen Dingen im Zimmer sind sie mit ihrem Gruß allein aufrichtig. Sie sagen mir, daß sie nur noch da sind, weil es nicht der Mühe lohnte, sie fortzunehmen. Doch mag es sein; ich will die Wahrheit willkommen heißen, wenn sie auch in so dürrer und trostloser Gestalt mir erscheint, und will auf die Zeit hoffen, wo ich imstande sein werde, so unbewegt und ruhig auf alles hinzublicken, wie mein Bild da oben in der Nische.

Als ich noch dastand, trat Bimala hinter mir ein. Ich wandte hastig meinen Blick von der Nische ab zu dem Bücherregal und murmelte: »Ich wollte mir nur Amiels Tagebücher[20] holen.« Wozu brauchte ich ihr freiwillig eine Erklärung zu geben? Ich fühlte mich wie ein Übeltäter, ein Eindringling, der ein Geheimnis, das er nicht wissen soll, ausspäht. Ich konnte Bima nicht ins Gesicht sehen und eilte schnell hinaus.

V

Ich saß draußen in meinem Zimmer und hatte mir gerade

gesagt, daß es keinen Sinn hätte, wenn ich versuchte zu lesen oder mich irgendwie sonst zu beschäftigen, — es war mir, als ob alle meine künftigen Tage in eine feste Masse zusammenfrieren und sich für immer schwer auf meine Brust legen wollten, — da kam Pantschu, der Pächter eines benachbarten Zemindars[21] mit einem Korb voll Kokosnüsse und begrüßte mich ehrerbietig.

»Nun, Pantschu«, sagte ich. »Was soll denn dies?« Ich hatte Pantschu durch meinen Lehrer kennengelernt. Er war sehr arm, daher dachte ich, der arme Bursche wollte sich durch dies Geschenk ein kleines Trinkgeld verschaffen, um aus einer augenblicklichen Verlegenheit zu kommen. Ich nahm etwas Geld aus meiner Börse und hielt es ihm hin, aber er wehrte mit gefalteten Händen ab: »Nein, Herr, das kann ich nicht nehmen!«

»Warum nicht, was hast du denn?«

»Lassen Sie mich Ihnen beichten, Herr. Einmal, als ich sehr in Not war, stahl ich ein paar Kokosnüsse aus diesem Garten hier. Ich werde alt und kann jeden Tag sterben, daher bin ich gekommen, um sie Ihnen zurückzuzahlen.«

Amiels Tagebücher hätten mir an jenem Tage nicht helfen können, aber diese Worte Pantschus machten mir das Herz leichter. Es gibt doch noch andere Dinge im Leben als die Vereinigung oder Trennung von Mann und Weib. Darüber hinaus erstreckt sich die große Welt, und man hat erst das rechte Maß für seine eigenen Leiden und Freuden, wenn man mitten in dieser Welt steht.

Pantschu hängt mit großer Verehrung an meinem Lehrer. Ich weiß recht wohl, wie er sich abmüht, um das Notwendigste zum Leben aufzubringen. Er steht jeden Morgen vor Tagesgrauen auf, watet mit seinem Korb voll Betelpfefferblättern, Tabakrollen, farbigem Nähgarn, kleinen Kämmen, Spiegeln und anderm Kram, den die Dorffrauen lieben, durch das knietiefe Wasser des Sumpflandes und geht hinüber zu dem Namasudra-Viertel. Da tauscht er seine Waren gegen Reis ein, wodurch er etwas mehr bekommt, als er dafür bezahlt hat. Wenn er früh genug zurückkommt, geht er, nach einer eiligen Mahlzeit, noch einmal fort zum Konditor, wo er beim Schlagen des Zuckers für die Waffeln hilft. Sobald er heimkommt, setzt er sich hin und macht Schildpattspangen und plagt sich oft dabei bis Mitternacht. Und bei all dieser trostlosen Plackerei verdient er kaum so viel, daß er und die Seinen sieben Monate hindurch zweimal am Tage essen können. Um satt zu werden, trinkt er erst immer eine tüchtige Portion Wasser, und seine Hauptnahrung sind die billigsten und minderwertigsten Bananen. Und doch muß die Familie den übrigen Teil des Jahres mit einer Mahlzeit auskommen.

Ich dachte einmal daran, ihm eine jährliche Unterstützung zu geben, aber mein Lehrer sagte: »Du kannst das harte Los dieses Mannes nicht ändern, du könntest nur ihn selbst mit deiner Gabe verderben. Mutter Bengalen hat nicht nur diesen einen Pantschu. Wenn ihre Brüste ausgetrocknet sind, so kann die Milch, die von außen kommt, das nicht gutmachen.«

Solche Gedanken machen nachdenklich, und ich beschloß, es mir zur Aufgabe zu machen, einen Ausweg aus der Not zu finden. Noch am selben Tage sagte ich zu Bima: »Wir wollen unser Leben daran setzen, die Wurzel dieses Übels in unserm Lande auszurotten.«

»Ich sehe, du bist mein Prinz Siddharta[22]«, erwiderte sie lächelnd. »Aber gib nur acht, daß der Strom deiner Gefühle mich nicht am Ende auch mit hinwegfegt!«

»Siddharta legte sein Gelübde allein ab. Ich möchte, daß wir es zusammen tun.«

Wir kamen auf andere Dinge zu sprechen. Bimala ist nämlich im Grunde, was man eine »lady« nennt. Wenn auch ihre Familie nicht in guten Verhältnissen lebt, so ist sie doch eine geborene Fürstin. Sie zweifelt nicht, daß es für die Sorgen und Leiden der niedrigeren Klassen einen andern Maßstab gibt. Natürlich leiden sie beständig Mangel, aber es ist nicht gesagt, daß dies für sie wirklich »Mangel« bedeutet. Sie fühlen sich gerade in ihrer Enge wohl und sicher, wie der Teich in seinen Ufern; wenn ihre Grenzen weitergesteckt werden, kommt nur der Schlamm zum Vorschein.

In Wahrheit teilt Bimala doch nur mein Heim aber nicht mein Leben. Ich hatte sie so vergrößert und ihr einen so großen Platz eingeräumt, daß, als ich sie verlor, mein ganzes übriges Leben mir eng und klein schien. Ich hatte alles andre in eine Ecke geworfen, um Platz für Bimala zu machen, — indem ich ganz dadurch in Anspruch genommen war, sie zu schmücken und zu kleiden und zu erziehen und Tag und Nacht mich um sie zu drehen, und dabei vergaß, wie groß die Menschheit ist und wie kostbar des Menschen Leben. Wenn die Zufälligkeiten des täglichen Lebens anfangen, den Menschen zu beherrschen, so sieht er die Wahrheit nicht mehr und verliert seine Freiheit. Und Bimala nahm diese Zufälligkeiten so peinlich wichtig, daß die Wahrheit sich mir ganz verbarg. Daher sehe ich keinen Ausweg aus meinem Elend und starre nur immer auf den leeren Platz, der mir die Welt bedeutete. Und so klingt mir an diesem Augustmorgen schon stundenlang der alte Kehrreim im Ohr:

>»August ist da. Wild schluchzt der Himmel auf,
>Und Tränenströme stürzen auf die Erde.
>Ach, und mein Haus ist leer.«

Fußnoten:

Henri Frédéric Amiel, Genfer Dichter und Philosoph deutscher Schule (1821-81), besonders bekannt durch die Auszüge aus seinen Tagebüchern, die nach seinem Tode veröffentlicht und ein verbreitetes Erbauungsbuch wurden. (Übers.)

Der von der Regierung gegen eine Pachtsumme angestellte Hauptpächter eines Landstriches mit dem Recht der

Unterverpachtung.
Der Name Buddhas, bevor er der Welt entsagte.

BIMALAS ERZÄHLUNG

XI

Die Veränderung, die mit einem Schlage über den Geist Bengalens gekommen war, war ungeheuer. Es war, als ob der Ganges die Asche der sechzigtausend Söhne Sagars[23] berührt hätte, die kein Feuer hatte entzünden, kein Wasser in lebendige Erde hatte umwandeln können. Das tote Bengalen stand plötzlich aus der Asche auf und sprach: »Hier bin ich!«

Ich habe irgendwo gelesen, daß im alten Griechenland einmal ein Bildhauer das Glück hatte, dem Bildnis, das er mit eigener Hand gemacht, Leben zu verleihen. Doch selbst bei jenem Wunder war die Form schon da, als das Leben entstand. Aber wo war die Einheit in diesem Haufen unfruchtbarer Asche? Wäre sie hart gewesen, wie Stein, so hätten wir die Hoffnung haben können, daß eine Form aus ihr entstehen könnte, wie ja auch Ahalja, obgleich sie in Stein verwandelt war, doch ihre Menschheit wieder erhielt. Aber diese zerstreute Asche muß dem Schöpfer zwischen den Fingern hindurch in den Staub gefallen sein, um in alle Winde verstreut zu werden. Sie hatte sich angehäuft, aber nie in sich verbunden. Doch an diesem Tage, der für Bengalen gekommen war, nahm selbst diese lose Masse Gestalt an und rief mit Donnerstimme dicht vor unsrer Tür: »Hier bin ich!«

Wie konnten wir anders als an ein Wunder glauben? Es war, als ob dieser Augenblick unsrer Geschichte uns wie ein Edelstein aus der Krone eines trunkenen Gottes in die Hand gefallen wäre. Er hatte keine Ähnlichkeit mit unsrer Vergangenheit; und so hofften wir nun, daß all unser Mangel und Elend wie mit einem Zauberschlage verschwinden würde, daß es für uns keine Grenze mehr gäbe zwischen dem Möglichen und Unmöglichen. Alles schien uns zu sagen: »Es kommt, es ist da!«

So kamen wir zu dem Glauben, daß unsre Geschichte kein Roß brauchte, sondern daß sie wie der himmlische Wagen aus eigener Kraft dahinfahren würde. Auch brauchte man dem Fuhrmann keinen Lohn zu zahlen, man mußte ihm nur ab und zu seinen Becher wieder mit Wein füllen. Und dann würden wir das Ziel unsrer Hoffnungen in irgendeinem unmöglichen Paradies erreichen.

Mein Gatte war nicht ganz teilnahmslos, aber während wir uns begeisterten, schien er immer trauriger zu werden. Es war, als suche er eine Vision hinter der wogenden Gegenwart.

Ich erinnere mich, wie er eines Tages bei einer der Auseinandersetzungen, die er beständig mit Sandip hatte, sagte: »Das Glück ist an unsre Tür gekommen und klopft an, nur um uns zu zeigen, daß wir nicht in der Lage sind, es aufzunehmen, — daß wir nicht alles bereit gehalten haben, um es in unser Haus bitten zu können.«

»Nein«, war Sandips Antwort. »Du redest wie ein Atheist, weil du nicht an unsre Götter glaubst. Uns ist es ganz deutlich offenbar geworden, daß die Göttin mit ihrer Gabe gekommen ist, doch du mißtraust den augenfälligen Zeichen ihrer Gegenwart.«

»Gerade weil ich so fest an meinen Gott glaube,« sagte mein Gatte, »bin ich so gewiß, daß wir noch nicht zu seinem Dienst bereit sind. Gott hat die Kraft, uns seine Gabe zu geben, aber wir müssen die Kraft haben, sie anzunehmen.«

Solche Reden meines Gatten verdrossen mich nur. Ich konnte mich nicht enthalten, mich einzumischen: »Du meinst, daß diese Begeisterung nur ein Rausch ist, aber gibt solch ein Rausch nicht in gewisser Weise Kraft?« »Ja«, erwiderte mein Gatte. »Er gibt vielleicht Kraft, aber keine

Waffen.«

»Kraft aber ist eine Gabe Gottes«, fuhr ich fort. »Waffen können von bloßen Handwerkern beschafft werden.« Mein Gatte lächelte. »Die Handwerker werden ihren Lohn fordern, bevor sie die Waffen liefern«, sagte er.

Sandip warf sich in die Brust, als er erwiderte: »Sorge dich nur darum nicht! Sie sollen ihren Lohn schon haben.«

»Ich werde die Festmusik bestellen, wenn sie ihre Bezahlung haben, nicht vorher«, antwortete mein Gatte.

»Du brauchst dir nicht einzubilden, daß wir auf deine Freigebigkeit dafür angewiesen sind«, sagte Sandip spöttisch. »Unser Fest hängt nicht von Geldzahlungen ab.«

Und er begann mit rauher Stimme zu singen:

Mein Geliebter, der verschwenderisch seine Liebe
    ausschüttet und nach Lohn nicht fragt,
Spielt die einfache kleine Flöte, die er für ein Nichts
    kaufte,
Und mein Herz lauscht den Klängen, bis es sich ganz
    darin verliert.

Dann wandte er sich lächelnd zu mir und sagte: »Wenn ich singe, Bienenkönigin, so will ich damit nur beweisen, daß, wenn unser Leben voll Musik ist, wir eine schöne Stimme entbehren können. Wenn wir nur singen, weil wir musikalisch sind, so hat das Lied nicht viel Wert. Nun, da ein voller Strom von Musik über unser Land dahinflutet, lassen Sie Nikhil seine Tonleiter üben, während wir mit unsern rauhen Stimmen das Land aufrütteln:

Mein Haus ruft mir zu: Warum willst du hinaus und
    willst draußen dein Alles verlieren?
Doch mein Leben sagt: Nimm deine ganze Habe und gib
    sie den Winden preis!
Ich folge dem Ruf des Lebens, was gilt mir das Gut, das
    doch entflieht?
Muß ich den Untergang freien, so sei es lächelnd getan!

115

Denn nur das Eine begehr' ich: den Todestrank der
 Unsterblichkeit.

Du mußt begreifen, Nikhil, daß wir alle unser Herz verloren
haben. Niemand kann uns länger in den Grenzen des leicht
Möglichen festhalten bei unsrer Jagd nach dem
hoffnungslos Unmöglichen.

Halten wollt ihr uns,
Toren, die ihr nicht die unbändige Lust der
 Verwegenheit kennt,
Die ihr den Ruf nicht hörtet, der uns kam vom Ziel des
 verschlungenen Pfades!
Alles, was brav ist, gerade und glatt,
Kopfüber damit in den Staub!«

Ich glaubte, mein Gatte wollte die Diskussion fortsetzen,
aber er stand schweigend auf und ließ uns allein.

Was mich innerlich aufwühlte, war nur das Widerspiel der
stürmischen Leidenschaft draußen, die über das Land
hinfegte, von einem Ende zum andern. Ich fühlte, wie der
Herr meines Schicksals auf seinem Siegeswagen schnell
heranbrauste, und das Rollen der Räder fand einen
Widerhall in mir. Ich hatte beständig das Gefühl, daß jeden
Augenblick etwas Außerordentliches geschehen könnte, für
das mich jedoch keine Verantwortung träfe. War ich nicht in
eine Sphäre gerückt, wo nach Recht und Unrecht und den
Gefühlen anderer nicht mehr gefragt wird? Hatte ich dies je
gewollt — hatte ich je so etwas erhofft oder erwartet? Wer
könnte, wenn er mein ganzes bisheriges Leben ansieht,
sagen, daß mich irgendwelche Schuld träfe?

Mein ganzes Leben lang hatte ich getreulich am Altar meine
Opfer dargebracht, — aber als endlich die göttliche Gnade
sich offenbaren sollte, erschien ein andrer Gott als der, dem
ich zu dienen glaubte. Und gleichwie das erwachte Land
von dem Jubelruf Bande Mataram erzittert, mit dem es den
plötzlich vor ihm aufgetauchten Zukunftstraum begrüßt, so

schlagen alle Pulse dem plötzlich erschienenen, unbekannten, ungestümen Fremden entgegen.

Eines Nachts verließ ich mein Bett und schlüpfte aus meinem Zimmer auf die Terrasse draußen. Hinter unsrer Gartenmauer sind reifende Reisfelder. Nach Norden zu sieht man durch die Bäume des Dorfes den Fluß schimmern. Die ganze Landschaft lag in der Dunkelheit da wie der noch schlummernde Keim einer neuen Zukunft.

In jener Zukunft sah ich mein Vaterland, ein Weib gleich mir, dastehen und voll Erwartung ausspähen. Der plötzliche Ruf eines unbekannten Etwas hat sie aus der Enge ihres Hauses herausgetrieben. Sie hat keine Zeit gehabt zu warten und zu überlegen, oder sich eine Fackel anzuzünden, sondern ist ohne Besinnen in das Dunkel hinausgestürzt. Ich weiß wohl, wie ihre innerste Seele auf die fernen Flötenklänge, die sie rufen, antwortet; wie ihre Brust wogt; wie sie fühlt, daß sie diesem Unbekannten immer näher kommt, es schon erreicht hat, so daß sie sich blind hineinstürzen kann. Sie ist nicht Mutter. Sie hört nicht auf den Ruf ihrer hungrigen Kinder, vergeblich wartet am Abend das dunkle Heim auf ihre Lampe. Sie eilt zu ihrem Stelldichein, denn dies ist das Land der Wischnu-Dichter. Sie hat ihr Heim verlassen, ihre häuslichen Pflichten vergessen; sie fühlt nichts als ein unermeßliches Sehnen, das sie vorwärts treibt, — auf welcher Straße, zu welchem Ziel, das gilt ihr gleich.

Auch ich bin erfaßt von solchem Sehnen. Auch ich habe mein Heim verloren und bin verirrt. Ziel und Weg liegen gleichdunkel vor mir. Ich fühle nur, wie mich die Sehnsucht immer weiter treibt. Ach, du unseliger Wanderer durch die Nacht; wenn der Morgen dämmert, wirst du keine Spur eines Weges sehen, auf dem du zurückkehren könntest. Aber warum zurückkehren? Der Tod ist ebensogut. Wenn das Dunkel mit seiner Flöte mich zum Abgrund lockt, was kümmert mich das Hernach? Wenn seine Finsternis mich

verschlungen hat, so werde ich nicht mehr sein, und mit
mir sind Gut und Böse, Lachen und Tränen dahin.

XII

Da die Maschine der Zeit in Bengalen plötzlich mit
Hochdruck arbeitete, wurde, was schwer schien, leicht und
die Ereignisse folgten einander Schlag auf Schlag. Nichts
ließ sich mehr zurückhalten, selbst in unserm entlegenen
Winkel. Anfangs war unser Distrikt zurück, denn mein
Gatte wollte keinen Zwang auf die Leute ausüben. »Die
ihrem Vaterlande Opfer bringen, sind in Wahrheit seine
Diener,« sagte er oft, »aber die, welche andere dazu zwingen,
sind seine Feinde. Sie möchten die Freiheit an der Wurzel
abhauen, um sie am Gipfel zu erfassen.«

Aber als Sandip kam und sich hier niederließ und seine
Anhänger anfingen, im Lande umherzureisen und in
Dörfern und Marktflecken ihre Reden zu halten, da
schlugen die Wellen der Erregung auch an unser Ufer. Eine
Schar junger Burschen aus dem Ort schlossen sich ihm an,
darunter sogar einige, die als ein Schandfleck für das Dorf
bekannt waren. Aber die Glut ihrer echten Begeisterung
verklärte sie äußerlich und innerlich. Es zeigte sich, wie aller
Schmutz und Moder in einem Lande plötzlich weggefegt
wird, sobald die reine Brise einer großen Freude und
Hoffnung darüber hinfährt. Es ist in der Tat schwer für die
Menschen, offen und gerade und gesund zu sein, wenn ihr
Vaterland geknechtet am Boden liegt.

Nun richteten sich alle Blicke auf meinen Gatten, von dessen
Gütern allein ausländische Waren wie Zucker und Salz und
Kleidungsstoffe nicht verbannt waren. Selbst die
Gutsbeamten wurden am Ende darüber verlegen und
beschämt. Und doch hatten noch vor einiger Zeit, als er
anfing, einheimische Artikel in unserm Dorfe einzuführen,
jung und alt ihn heimlich und öffentlich wegen seiner

Torheit getadelt und verspottet. Als es noch nicht ein Ruhm war, zur Swadeschi-Bewegung zu gehören, hatten wir sie von ganzem Herzen verachtet.

Mein Gatte schärft noch immer seine indischen Bleistifte mit seinem indischen Messer, schreibt mit Rohrfedern, trinkt Wasser aus einem Zinngefäß und arbeitet des Abends beim Licht einer altmodischen Öllampe. Aber solch langweiliger Zuckerwasser-Patriotismus sprach uns nicht an. Wir schämten uns vielmehr immer der einfachen und unmodernen Einrichtung seines Empfangszimmers, besonders wenn hohe Beamte oder andere Europäer bei ihm zu Gaste waren.

Mein Gatte hörte meine Vorstellungen lächelnd an. »Warum regst du dich über solche Kleinigkeiten auf?« pflegte er zu sagen.

»Sie werden uns für Barbaren halten oder jedenfalls finden, daß es uns an feiner Lebensart fehlt.«

»Wenn sie das tun, so vergelte es ihnen dadurch, daß ich denke, ihre Feinheit geht nicht tiefer als ihre weiße Haut.«

Mein Gatte hatte auf seinem Schreibtisch einen gewöhnlichen Messingtopf, den er als Blumenvase benutzte. Oft, wenn ich hörte, daß er einen europäischen Gast erwartete, schlich ich mich in sein Zimmer und setzte an seine Stelle eine Kristallvase von europäischer Arbeit.

»Sieh einmal, Bimala,« wehrte er endlich, »jener Messingtopf weiß so wenig von sich wie jene Blumen; aber dies Ding hier macht seinen Zweck so laut bekannt, es paßt nur für künstliche Blumen.«

Nur die Bara Rani schmeichelt den Launen meines Gatten. Einmal kommt sie ganz außer Atem an: »O, Bruder, hast du es schon gehört? Sie haben jetzt im Dorf prachtvolle indische Seife! Ich bin zwar über die Jahre hinaus, wo man sich jeden Luxus leistet, aber wenn sie keine tierischen Fette enthält, möchte ich sie doch versuchen.«

119

Mein Gatte strahlt, wie er das hört, und nun wird das ganze Haus mit indischen Seifen und Wohlgerüchen überschwemmt. Fürwahr eine schöne Seife! Sie ist vielmehr eine Art scharfen Sodas. Und als ob ich nicht ganz gut wüßte, daß meine Schwägerin für sich die alte europäische Seife weiter gebraucht und diese den Mädchen zum Zeugwaschen gibt!

Ein andermal heißt es: »Ach lieber Bruder, besorge mir doch ein paar von diesen neuen indischen Federhaltern!«

Ihr »Bruder« ist wieder glückstrahlend, und das Zimmer meiner Schwägerin wird mit allen Arten von scheußlichen kleinen Stöcken garniert, die sich Swadeschi-Federhalter nennen. Nicht, daß das irgendwelche Bedeutung für sie hätte, denn Lesen und Schreiben ist nicht ihre Sache. Doch liegt auf ihrem Schreibzeug noch immer derselbe elfenbeinerne Federhalter, der einzige, den sie je benutzt hat.

In Wahrheit war dies alles nur gegen mich gerichtet, weil ich die Schrullen meines Gatten nicht mitmachen wollte.

Es hatte keinen Sinn, daß ich versuchte, ihm die Unaufrichtigkeit meiner Schwägerin zu beweisen; sein Gesicht wurde strenge, sobald ich nur daran rührte. Man schafft sich nur Ärger, wenn man versucht, solchen Menschen die Augen zu öffnen.

Die Bara Rani näht sehr gern. Eines Tages konnte ich nicht umhin herauszuplatzen: »Was für eine Komödiantin du doch bist, Schwester! Wenn dein ›Bruder‹ da ist, so bist du Feuer und Flamme für die Swadeschi-Scheren, aber bei deiner Arbeit gebrauchst du jedesmal die englischen.«

»Was schadet das?« erwiderte sie. »Siehst du denn nicht, wie es ihm Freude macht? Wir sind hier zusammen im Hause aufgewachsen, und ich kenne ihn von seiner Kindheit an. Ich kann es einfach nicht ertragen, wie du, wenn er nicht mehr lächelt. Der Ärmste, er hat kein anderes Vergnügen als das Kaufladenspiel. Du bist die Einzige, die ihn froh machen könnte, und doch wirst du ihn zugrunde richten.«

»Was du auch sagst, es ist nicht recht zu heucheln«, erwiderte ich.

Meine Schwägerin lachte mir ins Gesicht. »Ach, du unschuldige kleine Tschota Rani! Du bist so gerade wie der Rohrstock eines Schulmeisters, nicht wahr? Aber eine rechte Frau ist nicht so geschaffen. Sie ist weich und biegsam, so daß sie sich beugen kann, ohne krumm zu werden.«

Ich konnte die Worte nicht vergessen: »Du bist die Einzige, die ihn froh machen könnte, und doch wirst du ihn zugrunde richten.«

XIII

Suksar, das auf unserm Gebiete liegt, ist eins der größten Handelszentren im ganzen Distrikt. An der einen Seite eines Wassers wird täglich Markt abgehalten, an der andern Seite findet einmal in der Woche ein größerer Markt statt. In der Regenzeit, wenn der See mit dem Fluß Verbindung hat und die Schiffe hinaufkommen können, werden große Mengen Baumwollgarn und Stoffe für den Winter zum Verkauf dorthin gebracht.

Als unsre Begeisterung ihren Höhepunkt erreicht hatte, erklärte Sandip, daß alle ausländischen Artikel samt dem Teufel der Ausländerei aus unserm Gebiet vertrieben werden müßten.

»Selbstverständlich«, antwortete ich kampfbereit.

»Ich habe mit Nikhil deswegen gesprochen«, sagte Sandip. »Er sagt mir, wir können Reden halten, soviel wir wollen, aber Zwang will er nicht dulden.«

»Da lassen Sie mich nur machen«, sagte ich im stolzen Gefühl meiner Macht. Ich wußte, wie tief die Liebe meines Gatten zu mir war. Wäre ich bei Sinnen gewesen, so hätte ich mich eher in Stücke reißen lassen, als daß ich in solchem

Moment mein Recht darauf geltend gemacht hätte. Aber Sandip sollte die ganze Macht seiner Gottheit kennen lernen.

Sandip hatte mir in seiner unwiderstehlichen Art klargemacht, wie die Weltkraft sich jedem Einzelnen in Gestalt einer besonderen Wahlverwandtschaft offenbart. »Die Philosophie der Wischnu-Verehrer«, sagte er, »spricht von der Schakti der Freude, die im Herzen der Schöpfung wohnt und das Herz der ewigen Liebe immer anzieht. Die Menschen haben ein immerwährendes Verlangen, diese Schakti aus den verborgenen Tiefen ihrer eignen Natur hervorzubringen, und die unter uns, denen es gelingt, verstehen sogleich deutlich die Sprache der Musik, die aus dem Dunkel zu uns hertönt.« Und sang:

Meine Flöte, die von Liedern quoll, ist verstummt,
Jetzt wo ich Antlitz in Antlitz dir gegenüberstehe.
Mein Ruf suchte dich unter allen Himmeln, als du
   verborgen lagst;
Nun findet all meine Sehnsucht Erfüllung im Lächeln
   deines Auges, Geliebte.

Während ich seinen Allegorien zuhörte, hatte ich vergessen, daß ich nur ganz einfach Bimala war. Ich fühlte mich als Schakti, als Verkörperung der Weltfreude. Nichts konnte mich hemmen, nichts war mir unmöglich; was ich berührte, gewann neues Leben. Die Welt um mich her war durch mich neu geschaffen; denn hatte nicht erst der antwortende Ruf meines Herzens all dies Gold über den Herbsthimmel ausgegossen? Und diesen Helden, diesen treuen Diener des Vaterlandes, der mir so ergeben war, — diesen feurigen Geist, diese brennende Kraft, diesen leuchtenden Genius, — ihn auch schuf ich jeden Augenblick neu. Habe ich nicht gesehen, wie meine Gegenwart ihm immer wieder neues Leben einflößt?

Neulich bat mich Sandip, ich möchte Amulja, einen jungen

122

Burschen und eifrigen Anhänger von ihm, empfangen. Ich
sah, wie sogleich ein neues Licht in den Augen des Knaben
aufflammte, und wußte, daß auch er die Schakti-Kraft an
mir gespürt und daß sie in seinem Blut zu wirken begonnen
hatte. »Was für eine Zauberin Sie doch sind!« rief Sandip am
nächsten Tage aus. »Amulja ist plötzlich kein Knabe mehr,
die Fackel seines Lebens brennt lichterloh. Wie kann sich Ihr
Feuer unter dem Dach Ihres Hauses verbergen? Früher oder
später werden sie alle davon berührt, und wenn alle
Lampen brennen, welch einen Dewali-Karneval[24] werden
wir dann hier im Lande feiern!«

Vom Glanz meines eignen Nimbus geblendet, beschloß ich,
meinem getreuen Priester diese Gabe zu gewähren. Ich
vermeinte in meiner stolzen Überhebung, daß niemand mich
in dem hindern könnte, was ich wirklich wollte. Als ich
nach diesem Gespräch mit Sandip in mein Zimmer
zurückkehrte, machte ich mein Haar los und band es wieder
hoch. Miß Gilby hatte mir gezeigt, wie man es von hinten
hochbürstet und in einem Knoten hochsteckt. Diese Frisur
liebte mein Gatte ganz besonders. »Es ist schade,« sagte er
einmal, »daß die Vorsehung einem armen Alltagsmenschen
wie mir statt dem Dichter Kalidasa all die Wunder eines
Frauennackens offenbart hat. Der Dichter würde ihn
vielleicht mit einem Blumenstengel verglichen haben; aber
ich empfinde ihn als eine Fackel, die die schwarze Flamme
deines Haares hochhält.«

Und dabei — — — Aber warum, ach, warum muß ich an all
das denken?

Ich ließ meinen Gatten rufen. Früher konnte ich hundert
Vorwände jeder Art ersinnen, um ihn zu veranlassen, zu
mir zu kommen. Jetzt, da alles das längst vorbei war,
verstand ich diese Kunst nicht mehr.

Fußnoten:

Der Fluch, der sie in Asche verwandelte, hatte verhängt, daß sie nicht anders ins Leben zurückgerufen werden könnten, als wenn der Ganges zu ihnen herabgebracht würde. (Anm. d. engl. Übers.)

Dewali (eig. dīpāli »Reihe von Lampen«), Name verschiedener Götterfeste, die mit nächtlichen Illuminationen gefeiert werden. (Übers.)

NIKHILS ERZÄHLUNG

VI

Pantschus Frau ist eben an der Schwindsucht gestorben. Pantschu muß sich einer feierlichen Zeremonie unterziehen, um sich von Sünde zu reinigen und die Gemeinde zu versöhnen. Die Gemeinde hat berechnet und ihm mitgeteilt, daß es 123 Rupien[25] kosten wird.

»Welch ein Unsinn!« rief ich empört. »Laß dich darauf nicht ein, Pantschu! Was können sie dir tun?«

Indem er seine geduldigen Augen zu mir erhob wie ein todmüdes Lasttier, sagte er: »Ach Herr, meine älteste Tochter muß ja doch verheiratet werden. Und meine arme Frau muß ihre Totenfeier haben.«

»Selbst wenn irgendwelche Schuld dich träfe, Pantschu,« überlegte ich laut, »so hast du sicher schon genug dafür gelitten.«

»Das ist wahr, Herr«, gab er treuherzig zu. »Ich mußte einen Teil meines Landes verkaufen und den Rest verpfänden, um die Doktorrechnung zu bezahlen. Aber um die Opfergebühren an die Brahmanen komme ich nicht herum.«

Was ließ sich dagegen einwenden? »Wann wird die Zeit kommen,« so fragte ich mich, »wo die Brahmanen selbst sich entsühnen müssen, weil sie solche Opfer angenommen haben?«

Der arme Pantschu hatte die ganze Zeit gegen den Hunger kämpfen müssen, jetzt nach dem Tode und Begräbnis seiner Frau gab er den Kampf auf. In der Verzweiflung nach irgendeinem Trost suchend, fand er ihn zu den Füßen eines wandernden Asketen, und es gelang ihm, so weit in der Philosophie zu kommen, daß er seine hungernden Kinder vergaß. Er lebte eine Zeitlang ganz in der Idee, daß alles eitel sei und daß, wenn es keine Freuden hienieden gäbe, der Schmerz ebenso wenig wirklich sei. Und eines Nachts verließ er seine Kleinen in ihrer baufälligen Hütte und machte sich auf die Wanderung.

Ich erfuhr damals nichts davon, denn ich war in einer furchtbaren Krisis, wo Götter und Teufel sich um meine Seele stritten. Mein Lehrer sagte mir auch gar nicht, daß er die verlassenen Kleinen Pantschus unter sein Dach genommen hatte und für sie sorgte, obgleich er allein im Hause war und den ganzen Tag seine Schule hatte.

Nach einem Monat kam Pantschu zurück; sein asketischer Eifer war beträchtlich abgekühlt. Seine beiden Ältesten, ein Junge und ein Mädchen, schmiegten sich an ihn und fragten: »Wo bist du die ganze Zeit gewesen, Vater?« Sein Jüngster saß auf seinem Schoß; sein kleinstes Mädchen war von hinten an ihm heraufgeklettert und hatte ihm die Arme um den Hals geschlungen, und sie weinten alle zusammen. »Ach Herr«, schluchzte Pantschu endlich und wandte sich an meinen Lehrer. »Ich kann diesen Kleinen nicht genug zu essen verschaffen, und ich kann es auch nicht übers Herz bringen, fortzugehen und sie im Stich zu lassen. Was für eine Sünde habe ich denn nur getan, daß ich so an Händen und Füßen gebunden und gemartert werde?«

Inzwischen war der Faden von Pantschus kleinen Handelsbeziehungen zerrissen, und er sah, daß er sie nicht wieder aufnehmen konnte. Er klammerte sich an den Schutz, den mein Lehrer ihm bei seiner Heimkehr unter seinem Dach geboten hatte, und sagte kein Wort von Nachhausegehen. Mein Lehrer mußte endlich davon anfangen. »Hör' einmal, Pantschu,« sagte er, »wenn du dich gar nicht um deine Hütte kümmerst, wird sie ganz und gar einfallen. Ich will dir etwas Geld leihen, daß du wieder etwas hausieren kannst, und dann kannst du es mir nach und nach zurückzahlen.«

Pantschu war nicht sehr erbaut davon, — gab es denn gar nicht so etwas wie Barmherzigkeit auf Erden? Und als mein Lehrer ihn bat, ihm einen Schuldschein für das Geld auszustellen, da hatte er das Gefühl, daß ihm an einer Unterstützung, die er zurückzahlen sollte, nicht viel gelegen sein konnte. Mein Lehrer jedoch wollte ihn sich nicht gern durch ein äußeres Almosen innerlich verpflichten. »Wer die Selbstachtung eines Menschen zerstört, nimmt ihm seine Kaste«, meinte er.

Nachdem Pantschu den Schuldschein unterschrieben hatte, war sein Gruß lange nicht mehr so ehrerbietig, auch die ehrfurchtsvolle Fußberührung unterließ er ganz. Mein Lehrer lächelte darüber; ihm war nichts lieber, als daß Pantschu weniger Unterwürfigkeit zeigte. »Es ist schon recht, daß ein Mensch dem andern die schuldige Achtung erzeigt,« pflegte er zu sagen, »aber was darüber hinausgeht, ist vom Übel.«

Pantschu begann, Stoffe auf dem Markt zu kaufen und im Dorf damit zu hausieren. Er bekam zwar nicht viel bares Geld dafür, aber was er an Waren erübrigen konnte, in Gestalt von Reis, Flachs und andern Erzeugnissen des Feldes, verwandte er auf die Abzahlung seiner Schuld. Nach zwei Monaten konnte er die erste Rate abzahlen, und dementsprechend zog er auch von seinem Gruß etwas an Ehrerbietung ab. Ihm mußte das Gefühl gekommen sein, daß der, den er als einen Heiligen verehrt hatte, ein bloßer Mensch und nicht einmal über die Lockungen des Gewinnes erhaben war.

Während Pantschu mit diesen Dingen beschäftigt war, drang plötzlich die Sturmflut der Swadeschi-Bewegung auf ihn ein.

VII

Es war Ferienzeit, und viel junge Leute aus unserm Dorf

und der Nachbarschaft waren von ihren Schulen und Universitäten nach Hause gekommen. Sie schlossen sich mit Begeisterung der Gefolgschaft Sandips an, und einige gaben in ihrem Übereifer ihre Studien ganz auf. Viele von ihnen waren Freischüler meiner Schule hier, einige erhielten Stipendien von mir für ihr Studium in Kalkutta. Sie kamen geschlossen zu mir und forderten, ich solle die fremden Waren von meinem Markt in Suksar verbannen.

Ich sagte ihnen, ich könne das nicht tun.

Sie wurden sarkastisch: »Wie Maharadscha, würden Sie zuviel dabei verlieren?«

Ich beachtete das Beleidigende in ihrem Ton nicht und wollte gerade antworten, daß nicht ich, sondern die armen Händler und ihre Kunden den Verlust haben würden, als mein Lehrer, der dabei war, sich einmischte.

»Ja, den Verlust wird er haben, nicht ihr, das ist klar«, sagte er.

»Aber fürs Vaterland...«

»Nicht der Boden ist das Vaterland, sondern die Menschen darauf«, unterbrach sie mein Lehrer. »Habt ihr ihrem Schicksal sonst auch nur einen Blick gegönnt? Aber jetzt wollt ihr ihnen vorschreiben, was für Salz sie essen und was für Kleider sie tragen sollen. Warum sollten sie sich solcher Tyrannei beugen, und warum sollten wir dazu helfen?«

»Aber wir selbst essen auch nur indisches Salz und Zucker und tragen indische Stoffe.«

»Ihr könnt tun, was ihr wollt, um euren Zorn zu kühlen und euren Fanatismus zu befriedigen. Ihr habt die Mittel und braucht nicht danach zu fragen, was es kostet. Die Armen wollen euch auch nicht daran hindern, aber ihr wollt durchaus, daß sie sich eurem Zwang unterwerfen. Unter den gegenwärtigen Verhältnissen ist jeder Augenblick für sie ein verzweifelter Kampf um die bloße Existenz; ihr könnt euch nicht einmal vorstellen, wieviel ein paar Pennys für sie ausmachen, — so wenig habt ihr mit ihnen gemein. Ihr habt euer ganzes bisheriges Leben in einem bessern und bequemern Abteil zugebracht, und jetzt kommt ihr plötzlich her und wollt sie zu Werkzeugen eurer Wut machen. Das nenne ich feige.«

Es waren alles alte Schüler meines Lehrers, daher wagten sie nicht, unehrerbietig zu werden, obgleich sie vor Zorn bebten. Sie wandten sich zu mir: »Wollen Sie denn der Einzige sein, Maharadscha, der dem Vaterlande in seinem Bestreben Hindernisse in den Weg legt?«

»Wer bin ich, daß ich so etwas wagen sollte? Würde ich denn nicht lieber mein Leben hingeben, um ihm zu helfen?«

Der Wortführer lächelte hämisch, als er fragte: »Dürfen wir fragen, was Sie denn Positives tun, um zu helfen?«

»Ich habe indisches Garn aufgekauft und es auf meinem Markt in Suksar feilgehalten, und ich habe auch ganze Ballen davon auf die Märkte der benachbarten Zemindars geschickt.«

»Aber wir sind auf Ihrem Markt gewesen, Maharadscha,« rief derselbe Student aus, »und haben gefunden, daß niemand dies Garn kauft.«

»Das ist weder meine Schuld, noch die meines Marktes. Es zeigt nur, daß nicht das ganze Land euer Gelübde abgelegt hat.«

»Es zeigt noch mehr«, nahm mein Lehrer das Wort. »Es zeigt, daß, was ihr euch gelobt habt, nur dazu dient, andre zu plagen. Denn andre, die das Gelübde nicht abgelegt haben, sollen erst alles für euch tun, damit ihr das eure halten könnt. Ihr braucht Händler, die das Garn kaufen, Weber, die es verarbeiten, und Kunden, denen es aufgenötigt wird. Und eure Methode? Ihr macht Lärm, und der Zemindar zwingt die Leute mit Gewalt. Und was kommt dabei heraus? Ihr wollt die Ehre davon haben, und die andern sollen die Opfer bringen.«

»Und dürfen wir uns erlauben, zu fragen, was für Opfer Sie gebracht haben?« fragte ein Naturwissenschaftler weiter.

»Wollt ihr das wissen?« rief mein Lehrer. »Nikhil selbst ist es, der das indische Garn aufkaufen muß; er mußte eine Webschule gründen, damit es gewebt wurde, und nach seinen bisherigen glänzenden Geschäftserfolgen ist zu erwarten, daß seine Baumwollenstoffe, wenn sie so weit sind, daß sie vom Webstuhl kommen, ihn ungefähr soviel kosten, als wenn sie von Gold wären; daher werden sie vielleicht nur als Vorhänge in seinem Gesellschaftszimmer Verwendung finden, obgleich sie auch für diesen Zweck eigentlich zu dünn und durchsichtig sind. Wenn ihr einmal eures Gelübdes überdrüssig seid, so werdet ihr es sein, die am lautesten über ihre künstlerische Wirkung lachen. Und wenn die Kunstfertigkeit ihres Gewebes je einmal richtig gewürdigt wird, so wird dies von Ausländern geschehen.«

Ich kenne meinen Lehrer, solange ich lebe, aber nie habe ich ihn so erregt gesehen. Ich konnte sehen, daß der Schmerz sich schon eine Zeitlang still in seinem Herzen angehäuft hatte, weil er mich so über alles liebt, und daß seine gewohnte Selbstbeherrschung schon lange heimlich untergraben war und er nur noch mit Mühe an sich hielt.

»Sie sind soviel älter als wir«, sagte ein Student der Medizin. »Es würde unziemlich sein, wollten wir mit Ihnen streiten. Aber, bitte, sagen Sie uns endgültig, sind Sie entschlossen, die fremden Waren nicht von Ihrem Markt zu entfernen?«

»Ich werde es nicht tun,« sagte ich, »weil sie nicht mir gehören.«

»Weil Sie dadurch Verluste erleiden würden«, lächelte der erste Sprecher.

»Weil der, der den Verlust haben würde, auch die Entscheidung haben muß«, erwiderte mein Lehrer.

Mit dem Ruf »Bande Mataram« verließen sie uns.

132

SECHSTES KAPITEL

NIKHILS ERZÄHLUNG

VIII

Ein paar Tage später brachte mein Lehrer Pantschu zu mir. Sein Zemindar hatte ihm eine Geldstrafe von hundert Rupien auferlegt und drohte, ihn von seinem Hof zu jagen. »Was hat er denn getan?« fragte ich. »Man hat ihn dabei ertappt, daß er ausländische Stoffe verkaufte«, war die Antwort. Er bat und flehte Harisch Kundu, seinen Zemindar, an, er möge ihm erlauben, seinen Vorrat, den er sich mit geliehenem Gelde gekauft habe, abzusetzen, er wolle nie wieder mit fremden Waren handeln; aber der Zemindar wollte nichts davon hören und bestand darauf, daß der ausländische Stoff auf der Stelle verbrannt werde, wenn er freigelassen werden wolle. Pantschu brach in seiner Verzweiflung trotzig los: »Das kann ich nicht, dazu habe ich nicht die Mittel! Sie sind reich, warum kaufen Sie es denn nicht auf und verbrennen es?«

Aber dies diente nur dazu, Harisch Kundu in Wut zu bringen, und er rief: »Man muß dem Kerl Manieren beibringen, man gebe ihm eine Tracht Prügel!« So bekam der arme Pantschu zu seiner Geldstrafe noch eine Prügelstrafe.

»Was wurde aus dem Stoff?«

»Der ganze Ballen wurde verbrannt.«

»Wer war sonst noch dabei?«

»Eine Menge Leute, die alle Bande Mataram schrieen. Sandip war auch da. Er nahm etwas von der Asche und rief: ›Brüder! Dies ist der erste Scheiterhaufen, den euer Dorf zur

Totenfeier des ausländischen Handels errichtet. Dies ist heilige Asche. Bestreut euch damit zum Zeichen eures Swadeschi-Gelübdes.«

»Pantschu,« sagte ich, mich zu ihm wendend, »du mußt eine Klage einreichen.«

»Niemand wird für mich zeugen«, erwiderte er.

»Niemand wird zeugen? — Sandip! Sandip!«

Sandip kam auf meinen Ruf aus seinem Zimmer.

»Was ist los?« fragte er.

»Willst du nicht bezeugen, daß man diesem Mann seinen Stoff verbrannt hat?«

Sandip lächelte. »Natürlich werde ich in dem Fall zeugen«, sagte er. »Aber auf der Gegenseite.«

»Was verstehst du darunter,« rief ich aus, »auf dieser oder jener Seite zeugen? Willst du nicht für die Wahrheit Zeugnis ablegen?«

»Ist das, was geschieht, die einzige Wahrheit?«

»Welch andre Wahrheit kann es denn noch geben?«

»Das, was geschehen sollte! Um die Wahrheit aufbauen zu können, brauchen wir eine ganze Menge Lügen. Die, welche in dieser Welt vorwärtsgekommen sind, haben die Wahrheit geschaffen, aber sie sind ihr nicht blind gefolgt.«

»Und nun -?«

»Und nun will ich das tun, was ihr andern ›falsch Zeugnis reden‹ zu nennen beliebt und was die getan haben, die Weltreiche geschaffen, neue Gesellschaftsordnungen aufgebaut und religiöse Organisationen gegründet haben. Die, welche herrschen wollen, scheuen die Lüge nicht; die Ketten der Wahrheit sind für die, die unter ihre Herrschaft fallen werden. Hast du denn keine Geschichte gelesen? Weißt du denn nicht, daß in den ungeheuren Kesseln, in denen die großen politischen Entwicklungen brodeln, Lügen die Hauptbestandteile sind?«

»Politik wird ohne Zweifel im großen ganzen in dieser Weise

gebraut, aber...«

»Ach, ich weiß! Du willst natürlich bei solchem Brauen nicht mittun. Du willst lieber einer von denen sein, die den Mischmasch nachher mit Gewalt hinunterwürgen müssen. Sie werden Bengalen teilen und sagen, daß es zu eurem Besten ist. Sie werden der Erziehung einen Riegel vorschieben, und das nennen sie das Niveau heben. Aber ihr werdet immer als artige Jungen greinend in eurer Ecke sitzen bleiben. Wir bösen Buben jedoch müssen sehen, ob wir nicht aus der Lüge eine Festung zu unsrer Verteidigung errichten können.«

»Es hat keinen Zweck, über diese Dinge zu streiten,« mischte sich mein Lehrer ein. »Wie können die, die die Wahrheit nicht in sich fühlen, einsehen, daß das höchste Ziel des Menschen ist, sie aus ihrer Verborgenheit ans Licht zu bringen, statt beständig materielle Werte anzuhäufen?«

Sandip lachte. »Vortrefflich!« sagte er. »Eine Rede, ganz wie sie sich für einen Schulmeister gehört. Diese Weisheit kenne ich aus Büchern, aber in der wirklichen Welt habe ich gesehen, daß die Hauptbeschäftigung der Menschen die Anhäufung von materiellen Werten ist. Die, welche Meister in dieser Kunst sind, kündigen in ihrem Geschäft die größten Lügen an, tragen mit ihren breitesten Federn falsche Rechnungen in ihre politischen Hauptbücher ein, lassen täglich lügenstrotzende Zeitungen vom Stapel und schicken Prediger in die Welt, die ihre Lügensaat verbreiten wie Fliegen die Pestkeime. Ich bin ein bescheidener Schüler dieser Großen. Als ich zur Kongreßpartei gehörte, trug ich nie Bedenken, zehn Prozent Wahrheit mit neunzig Prozent Lüge zu verdünnen. Und wenn ich jetzt auch nicht mehr zu der Partei gehöre, so habe ich darum doch nicht die grundlegende Tatsache vergessen, daß das Ziel des Menschen nicht die Wahrheit, sondern der Erfolg ist.«

»Der wahre Erfolg,« verbesserte mein Lehrer.

»Meinetwegen,« erwiderte Sandip, »aber die Frucht wahren Erfolges reift nur auf dem gut geackerten Felde der Lüge. Die Wahrheit aber wächst von selbst, wie das Unkraut und die Dornen, und nur Würmer können Frucht von ihr erwarten.« Damit eilte er aus dem Zimmer.

Mein Lehrer lächelte, als er mich ansah. »Weißt du, Nikhil,« sagte er, »ich glaube, Sandip ist nicht ohne Religion, seine Religion geht nur auf die Kehrseite der Wahrheit, gleich wie der dunkle Neumond auch sein Licht hat, wenn auch an der verkehrten Seite.«

»Darum auch eben,« stimmte ich zu, »habe ich auch immer eine Zuneigung zu ihm gehabt, obgleich wir uns nie einigen konnten. Selbst jetzt kann ich mich nicht über ihn entrüsten, obgleich er mich tief verletzt hat und es vielleicht noch mehr tun wird.«

»Das ist mir klar geworden,« sagte mein Lehrer. »Ich habe mich lange gewundert, daß du immer noch mit ihm Geduld hattest; ja, mitunter war ich geneigt, es als Schwäche an dir zu tadeln. Jetzt sehe ich, daß ihr beiden, wenn ihr euch auch nicht reimt, doch denselben Rhythmus habt.«

»Einen Reim brauche ich nicht, da mein Schicksal sich doch zu einem ›Verlorenen Paradies‹ zu gestalten scheint!« bemerkte ich, sein Wortspiel aufnehmend.

»Aber was soll mit Pantschu werden?« fragte mein Lehrer.

»Sie sagen, daß Harisch Kundu ihn von seinem Hof weisen will. Wie wäre es, wenn ich den Hof kaufte und ihn dann an Pantschu verpachtete?«

»Und seine Geldstrafe?«

»Wie kann der Zemindar die einziehen, wenn er mein Pächter wird?«

»Und der verbrannte Stoff?«

»Ich werde ihm andern verschaffen. Ich möchte sehen, ob irgend jemand es wagt, meinem Pächter zu wehren, Handel zu treiben, wie es ihm gefällt.«

»Ich fürchte, Herr,« warf Pantschu mutlos ein, »daß, solange ihr reichen Leute miteinander kämpft, die Geier der Polizei und des Gesetzes sich fröhlich um euch ansammeln und die Menge ihren Spaß daran hat, aber wenn es ans Töten geht, da wird der arme Pantschu allein an der Reihe sein.«

»Wieso? Was könnte dir geschehen?«

»Sie werden mir mein Haus niederbrennen, mit Kindern und allem.«

»Nun, für deine Kinder will ich sorgen«, sagte mein Lehrer. »Du kannst darum Handel treiben, womit du willst. Sie sollen dir nichts anhaben.«

Noch am selben Tage kaufte ich Pantschus Hof, und er ging in aller Form in meinen Besitz über. Dann kam gleich eine neue Störung.

Pantschu hatte den Pachthof als alleiniger Erbe von seinem Großvater übernommen. Jeder wußte dies. Aber nun tauchte von irgendwoher eine Tante auf, mit ihren Koffern und Bündeln, ihrem Rosenkranz und einer verwitweten Nichte. Sie setzte sich in Pantschus Hause fest und erhob Anspruch auf eine Leibrente.

Pantschu war wie vom Donner gerührt. »Meine Tante ist schon lange tot«, wehrte er ab.

Ihm wurde erwidert, daß er an seines Onkels erste Frau dächte, aber dieser Onkel hätte bald darauf eine zweite genommen.

»Aber mein Onkel starb vor meiner Tante«, rief Pantschu, der die Sache immer weniger begriff. »Wie hatte er da noch Zeit, sich zum zweitenmal zu verheiraten?«

Das war schon richtig. Aber Pantschu sollte bedenken, daß niemand behauptet hätte, die zweite Ehe sei erst nach dem Tode der ersten Frau geschlossen; sondern sein Onkel hätte noch zu ihren Lebzeiten eine zweite Frau genommen. Da ihr aber der Gedanke, mit einer Nebengattin zusammen zu leben, nicht angenehm war, so wäre sie bis zum Tode ihres

Gatten im Hause ihres Vaters geblieben, worauf sie fromm geworden wäre und sich nach dem heiligen Brindaban zurückgezogen hätte, von wo sie jetzt kam. Diese Tatsachen wären sowohl den Beamten Harisch Kundus wie einigen seiner Pächter bekannt. Und wenn der Zemindar es nur energisch genug verlangte, so würden sich sogar Zeugen finden, die an dem Hochzeitsfest teilgenommen hatten.

IX

Eines Nachmittags, als ich gerade sehr beschäftigt war, kam Bescheid in mein Geschäftszimmer, daß Bimala mich rufen ließe. Ich war überrascht.

»Wer, sagtest du, läßt mich rufen?« fragte ich den Boten.

»Die Maharani.«

»Die Bara Rani?«

»Nein, Herr, die Tschota Rani.«

Die Tschota Rani! Es schien mir eine Ewigkeit, daß sie mich nicht hatte rufen lassen. Ich ließ alle warten und ging in die inneren Gemächer. Als ich unser Zimmer betrat, wartete meiner eine neue Überraschung, denn als ich Bimala dort fand, sah ich deutlich, daß sie sich für mich geputzt hatte. Das Zimmer, das in letzter Zeit durch die beständige Vernachlässigung ein etwas geistesabwesendes Aussehen bekommen hatte, hatte an diesem Nachmittag etwas von seiner alten Ordnung wieder erlangt. Ich stand schweigend da und sah Bimala fragend an.

Sie errötete leicht, und die Finger ihrer rechten Hand spielten eine Zeitlang mit den Spangen auf ihrem linken Arm. Dann brach sie plötzlich das Schweigen.

»Sag einmal, ist es recht, daß unser Markt der einzige in ganz Bengalen ist, der ausländische Waren zuläßt?«

»Was wäre denn das Richtige, was man tun sollte?« fragte ich.

»Laß sie wegschaffen!«

»Aber die Waren gehören nicht mir.«

»Gehört nicht der Markt dir?«

»Er gehört vielmehr denen, die ihn zum Handel brauchen.«

»So laß sie mit indischen Waren handeln!«

»Nichts wäre mir lieber. Aber wenn sie es nun nicht tun?«

»Unsinn! Wie können sie so unverschämt sein? Bist du denn nicht...«

»Ich habe heute nachmittag sehr viel zu tun und kann mich mit Auseinandersetzungen nicht aufhalten. Aber ich muß mich weigern, jemanden zu tyrannisieren.«

»Du tust es ja nicht in deinem Interesse, sondern für das Vaterland.«

»Tyrannei für das Vaterland heißt Tyrannei gegen das Vaterland. Aber das ist etwas, fürchte ich, was du nie verstehen wirst.« Und damit ging ich fort.

Plötzlich leuchtete mir die Welt in neuer Klarheit. Es war mir, als fühlte ich in meinem Blut, daß die Erde das Gewicht ihrer Körperlichkeit verloren hatte, und daß ihre tägliche Aufgabe, das Leben auf sich zu erhalten, keine Last mehr für sie war, sondern daß sie in wundervollem Schwung durch den Raum wirbelte und den Rosenkranz ihrer Tage und Nächte abbetete. Welch endlose Arbeit, und dabei welch unerschöpflich quellende Kraft! Niemand wird sie aufhalten, o nein, niemand kann sie je aufhalten! Aus der Tiefe meiner Seele sprang die Freude hoch auf wie ein Wasserstrahl, als wollte sie den Himmel stürmen.

Ich habe hernach oft darüber nachgedacht, was es war, das mein Gefühl damals so aufwallen machte. Zuerst fand ich keine Erklärung dafür. Aber dann wurde mir klar, daß die Fessel, an der ich mich Tag und Nacht innerlich wund gerieben hatte, zerbrochen war. Zu meinem Erstaunen bemerkte ich, daß der trübe Schleier, der meinen Geist umdunkelt hatte, geschwunden war. Ich konnte alles, was sich auf Bimala bezog, wahrheitsgetreu vor mir sehn, wie auf einer photographischen Platte. Es war offenbar, daß sie sich besonders geputzt hatte, um mir jenen Befehl abzuschmeicheln. Bis dahin hatte ich Bimalas Schmuck nie als etwas von ihr Unterschiedenes angesehen. Aber an jenem Tage erschien mir die Art, in der sie sich nach englischer Mode frisiert hatte, als bloßer äußerlicher Aufputz. Das, was vorher das Geheimnis ihrer Persönlichkeit in sich trug und mir von unschätzbarem Wert gewesen war, war jetzt darauf aus, sich wegzuwerfen.

Als ich aus dem Schlafzimmer, diesem zerbrochenen Käfig, hinaustrat in das goldene Sonnenlicht draußen, fiel mein Blick auf die beiden Reihen von Bauhinien neben dem Kiesweg vor meiner Veranda, die den Himmel mit einer zarten Röte zu übergießen schienen. Eine Gruppe von Staren schwatzte und lärmte nach Herzenslust unter den Bäumen. Hinten auf der Wiese stand ein leerer Ochsenkarren, vornübergekippt, mit der Nase auf dem Boden und den Schwanz hoch in der Luft, — der eine von den losgeschirrten Ochsen weidete im Grase, der andre hatte sich niedergelegt und schloß behaglich die Augen, während eine Krähe auf seinem Rücken saß und ihm die Insekten abpickte.

Es war mir, als wäre ich dem Herzschlag der großen Erde näher gekommen, als ich sie so in der Schlichtheit ihres täglichen Lebens sah; ich spürte ihren warmen Atem in dem Duft der Bauhinienblüten, und ein Lobgesang von unsagbarem Wohllaut schien von dieser Welt aufzusteigen, wo alle Wesen sich einer Freiheit erfreuen, an der auch ich teilhabe.

Wir Menschen sind fahrende Ritter, auf der Suche nach der Freiheit, zu der uns unsre Ideale rufen. Sie, die uns das Banner webt, unter dem wir ausziehen, ist das wahre Weib für uns. Wir müssen der, die uns in ihrem Zaubernetz zu Hause zu halten sucht, die Maske abreißen und sie als das erkennen, was sie ist. Wir müssen uns hüten, daß wir sie nicht in die Reize unsrer eigenen Träume und Sehnsüchte kleiden und uns durch sie so von unserm wahren Ziel abziehen lassen.

Heute weiß ich, daß ich obsiegen werde. Ich bin an das Tor der Einfalt gekommen, ich sehe jetzt die Dinge wie sie sind. Ich selbst habe meine Freiheit gewonnen, ich werde andern die Freiheit lassen. In meiner Arbeit werde ich mein Heil finden.

Ich weiß, daß hin und wieder mein Herz mir weh tun wird, aber jetzt, da ich seinen Schmerz in seiner ganzen Wahrheit verstehe, kann ich ihn unbeachtet lassen. Jetzt, da ich weiß, daß er nur mich angeht, was hat er da noch zu bedeuten? Das Leid, das der ganzen Menschheit gehört, soll meine Krone sein.

Rette mich, Wahrheit! Laß mich nie wieder nach dem falschen Paradiese der Illusion trachten! Wenn ich allein wandern muß, laß mich wenigstens deinen Pfad gehen! Laß deine Trommelschläge mich zum Siege führen!

SANDIPS ERZÄHLUNG

VII

Bimala ließ mich an jenem Tage rufen; aber sie konnte zuerst kein Wort hervorbringen und kämpfte eine Zeitlang mit den Tränen. Ich sah gleich, daß sie bei Nikhil keinen Erfolg gehabt hatte. Sie war so voll stolzer Zuversicht gewesen, daß sie ihren Willen durchsetzen würde, — aber ich hatte diese Zuversicht durchaus nicht teilen können. Die Frau kennt den Mann sehr gut von der Seite, wo er schwach ist, aber sie ist ganz unfähig, seine Stärke zu ermessen. Der Mann bleibt der Frau ebenso ein Geheimnis wie die Frau dem Manne. Wenn dem nicht so wäre, so wäre die Verschiedenheit der Geschlechter ja überflüssig und eine Kraftvergeudung der Natur.

Ach, was ist es doch um den Stolz! Es schmerzte sie nicht, daß eine notwendige Sache nicht zustande gekommen war, sondern daß eine Bitte, die sie so viel Überwindung gekostet hatte, ihr abgeschlagen war. Welch ein Reichtum an Farbe und Bewegung, Suggestion und Täuschung legt sich doch um dieses »Ich« und »Mein« in der Frau! Darin liegt gerade ihre Schönheit, — sie ist so viel persönlicher als der Mann. Als der Schöpfer den Mann machte, war er ein Schulmeister und hatte seinen Sack voll von Geboten und Grundsätzen; aber als er an die Frau kam, legte er seine Schulmeisterwürde nieder und wurde zum Künstler, der nur mit Pinsel und Palette arbeitet.

Als Bimala so schweigend dastand in ihrem gebrochenen Stolz, mit heißen Wangen und die Augen voll Tränen, wie eine Gewitterwolke, die mit Regen beladen und mit Blitz gewaffnet am Horizonte droht, sah sie so unwiderstehlich lieblich aus, daß ich nicht anders konnte, als zu ihr gehen und ihre Hand fassen. Ihre Hand zitterte, aber sie entzog sie mir nicht. »Bima,« sagte ich, »wir sind zwei Kameraden, die dasselbe Ziel haben. Wir wollen uns hinsetzen und über die Sache sprechen.«

Ich führte sie widerstandslos zu einem Sessel. Aber wie sonderbar! Gerade in diesem Augenblick fühlte meine ungestüme Leidenschaft eine unerklärliche Hemmung, — gleichwie der mächtige Padmastrom, der in unaufhaltsamem Lauf dahineilt, plötzlich durch irgendein kleines Hemmnis unter der Oberfläche von dem Ufer abgelenkt wird, das er zerbröckelt. Als ich Bimalas Hand drückte, erklangen alle meine Nerven wie Harfensaiten; aber dann verstummte die Symphonie plötzlich.

Was war es, das mich hemmte? Nicht eine bestimmte Sache; es war ein Gewirr von vielen Dingen, — nichts deutlich Greifbares, sondern nur jenes unerklärliche Gefühl der Hemmung. So viel ist mir jedenfalls klar geworden, daß ich nicht schwören kann, was ich in Wahrheit bin. Gerade weil ich mir selber so ein Rätsel bin, fühle ich mich zu mir selbst so hingezogen. Wenn ich einmal dahin kommen sollte, dies mein Ich ganz zu erkennen, so würde ich es von mir werfen, — und Glückseligkeit erlangen!

Als Bimala sich setzte, wurde sie totenbleich. Auch sie mußte wohl fühlen, welcher Gefahr sie entgangen war. Der Komet war schon über sie hinweg, aber die Berührung seines brennenden Schweifes überwältigte sie. Um ihr zu helfen, daß sie sich erholte, sagte ich: »Auf Hindernisse mußten wir uns gefaßt machen, aber wir wollen tapfer weiterkämpfen und uns nicht entmutigen lassen. Nicht wahr, Königin?«

Bimala versuchte etwas zu sagen, brachte aber nur ein schwaches »Ja« hervor.

»Lassen Sie uns unsern Feldzugsplan machen!« fuhr ich fort und zog Bleistift und Papier aus der Tasche.

143

Ich begann eine Liste von den Mitarbeitern aus Kalkutta zu machen und jedem seine Aufgabe zu bestimmen. Bimala unterbrach mich, bevor ich fertig war, und sagte müde: »Lassen Sie das jetzt; ich komme heute abend noch einmal«, und dann eilte sie aus dem Zimmer. Sie war augenscheinlich nicht imstande, irgendeiner Sache ihre Aufmerksamkeit zu schenken. Sie mußte eine Weile mit sich allein sein, — vielleicht sich aufs Bett legen und sich ordentlich ausweinen!

Als sie fort war, flammte meine Leidenschaft heißer auf, gleichwie die Wolke sich tiefer färbt, wenn die Sonne hinabgesunken ist. Ich fühlte, daß ich mir den Augenblick aller Augenblicke hatte entgleiten lassen.

Welch ein erbärmlicher Feigling war ich gewesen! Sie war gewiß aus bloßem Ekel vor meinem schwächlichen Zaudern von mir gegangen, — und sie hatte recht!

Während diese Gedanken mich schmerzhaft durchzuckten, kam ein Diener und meldete Amulja, einen unsrer jungen Leute. Ich hätte ihn am liebsten abgewiesen, aber bevor ich mich dazu entschließen konnte, trat er ein. Dann begannen wir über die Nachrichten zu sprechen, die wir von den verschiedenen Distrikten hatten, und von ihren Kämpfen um ausländische Waren, und bald war die Luft von allen berauschenden Dünsten gereinigt. Mir war, als erwachte ich aus einem Traum. Ich sprang auf, ganz bereit zum Kampf, — Bande Mataram!

Es gab verschiedene Neuigkeiten. Die meisten von den Händlern, welche Pächter von Harisch Kundu waren, waren zu uns übergegangen. Viele von Nikhils Angestellten waren auch heimlich auf unsrer Seite und zogen die Drähte in unserm Interesse. Die Kaufleute von Marwari erboten sich, eine Geldbuße zu zahlen, wenn sie nur mit ihren augenblicklichen Vorräten räumen dürften. Nur einige mohammedanische Händler waren noch hartnäckig.

Einer von ihnen hatte ein paar deutsche Schaltücher für seine Familie gekauft. Sie wurden ihm unterwegs abgenommen und von einem unsrer jungen Leute aus dem Dorfe verbrannt. Dies hatte zu Unannehmlichkeiten Anlaß gegeben. Wir waren bereit, ihm indische Wollstoffe dafür zu kaufen. Aber wo waren billige indische Wollsachen zu haben? Wir konnten ihm seine Tücher doch nicht gut durch Kaschmirschals ersetzen! Er ging und beklagte sich bei Nikhil, der ihm riet, vor Gericht zu klagen. Natürlich sorgten Nikhils Leute dafür, daß nichts dabei herauskam, da sein Rechtsanwalt selbst auf unsrer Seite war.

Die Sache ist nämlich die: wenn wir die verbrannten ausländischen Stoffe jedesmal durch indische Stoffe ersetzen und noch obendrein einen Prozeß durchkämpfen sollen, — woher sollen wir das Geld nehmen? Und das Beste dabei ist, daß die Zerstörung ausländischer Waren den Bedarf noch vermehrt und damit also den Fremden Vorteil bringt. Es geht ihnen damit wie dem glücklichen Händler, dem der Nabob seine Kristalleuchter zerbrach, weil ihm das Klirren des zerbrechenden Glases so viel Spaß machte.

Eine andere Frage ist, ob wir, da es keine billigen bunten indischen Wollstoffe gibt, die Boykottierung der ausländischen Flanelle und Merinos so streng durchführen oder eine Ausnahme zu ihren Gunsten machen sollen.

»Weißt du,« sagte ich schließlich in bezug auf den ersten Punkt, »wir werden auf keinen Fall fortfahren, denen, deren ausländische Stoffe beschlagnahmt sind, dafür indische Stoffe zum Geschenk zu machen. Die Strafe soll sie treffen, nicht uns. Wenn sie uns verklagen, so müssen wir es ihnen dadurch heimzahlen, daß wir ihnen ihre Scheunen niederbrennen! — Was erschreckt dich dabei, Amulja? Es ist nicht die Aussicht auf ein großartiges Feuerwerk, was mich lockt. Du mußt bedenken, daß wir im Kriege sind. Wenn du Angst hast, Leiden zu verursachen, so geh und suche dir Liebesfreuden; für unsre Aufgabe können wir dich dann nicht brauchen!«

Die zweite Frage entschied ich dahin, daß ausländische Waren auf jeden Fall verboten bleiben sollten und wir uns auf keinen Kompromiß einlassen wollten. In der guten alten Zeit, als man diese bunt gefärbten ausländischen Schals bei uns noch nicht kannte, wurden unsre Landleute ganz gut mit ihren einfachen baumwollenen Tüchern fertig, das müssen sie wieder lernen. Sie sehen vielleicht nicht so prächtig aus, aber jetzt ist nicht die Zeit, an das Aussehen zu denken.

Die meisten von den Bootsleuten waren dafür gewonnen, daß sie sich weigerten, ausländische Waren überzusetzen, aber der Hauptfährmann, Mirdschan, war noch widerspenstig.

»Könnten Sie nicht einfach sein Boot versenken?« fragte ich unsern hiesigen Verwalter.

»Nichts leichter als das«, erwiderte er. »Aber wie, wenn man mich nachher zur Verantwortung zieht?«

»Wer wird die Sache so plump anfangen, daß man ihn zur Verantwortung ziehen kann? Doch wenn es dazu kommt, so will ich es schon auf mich nehmen.«

Mirdschans Boot lag an der Landungsstelle angebunden, nachdem es die Ladung zum Marktplatz übergesetzt hatte. Es war niemand darin, denn der Geschäftsführer hatte eine Unterhaltung veranstaltet, zu der alle eingeladen waren. Als es dunkel geworden war, wurde das Boot, nachdem man es mit Schutt beladen hatte, durchbohrt und aufs Wasser gestoßen. Es sank mitten auf dem Wasser.

Mirdschan verstand alles. Er kam weinend zu mir und bat um Gnade. »Ich hatte unrecht, Herr —« begann er.

»Wie kommt es, daß du das jetzt plötzlich einsiehst?« fragte ich höhnisch.

Er gab keine direkte Antwort. »Das Boot war 2000 Rupien wert«, sagte er. »Ich sehe jetzt meine Schuld ein, und wenn

Sie mir diesmal verzeihen, so werde ich nie mehr...« und damit warf er sich mir zu Füßen.

Ich sagte ihm, er solle in zehn Tagen wiederkommen. Wenn wir ihm nur gleich die 2000 Rupien bezahlen könnten, so würde er mit Leib und Seele unser sein. Und er ist gerade der Mann, der unsrer Sache ungeheure Dienste leisten könnte, wenn wir ihn für uns gewännen. Wir werden nie ordentlich vorwärts kommen, wenn wir nicht die nötigen Mittel in Händen haben.

Sobald Bimala des Abends ins Wohnzimmer kam, ging ich ihr entgegen: »Königin! Alles ist bereit, der Erfolg wartet, aber wir müssen Geld haben.«

»Geld? Wieviel?«

»Nicht so sehr viel, aber auf die eine oder andre Weise müssen wir es bekommen.«

»Aber wieviel denn?«

»Augenblicklich genügen bloße 50000 Rupien.«

Bimala fuhr innerlich zusammen, als sie die Zahl hörte, aber sie versuchte, es nicht zu zeigen. Wie konnte sie sich wieder geschlagen geben?

»Königin!« sagte ich, »nur Sie können das Unmögliche möglich machen. Das haben Sie in Wahrheit schon getan. Oh, daß ich Ihnen die ganze Größe Ihrer Leistung zeigen könnte, dann würden Sie es wissen. Aber jetzt handelt es sich um etwas anderes. Jetzt brauchen wir Geld.«

»Sie sollen es haben«, sagte sie.

Ich sah, daß sie auf den Gedanken gekommen war, ihre Schmucksachen zu verkaufen. Daher sagte ich: »Ihre Schmucksachen müssen unsre Reserve bleiben. Man kann nie wissen, wann wir sie brauchen.« Und als Bimala mich in stummer Bestürzung anstarrte, fuhr ich fort: »Dies Geld muß aus der Kasse Ihres Gatten kommen.«

Bimala war noch bestürzter. Nach einer langen Pause fragte sie: »Aber wie soll ich sein Geld bekommen?«

»Gehört sein Geld nicht ebensogut Ihnen?«

»Ach, nein!« sagte sie, von neuem in ihrem Stolz verletzt.

»Nun,« rief ich, »dann gehört es auch nicht ihm, sondern seinem Vaterlande, dem er es in der Zeit der Not entzogen hat!«

»Aber wie soll ich es mir verschaffen?« wiederholte sie.

»Verschaffen müssen und werden Sie es sich. Wie Sie es anfangen, das wissen Sie selbst am besten. Sie müssen es sich für die Göttin verschaffen, der es mit Recht gehört. Bande Mataram! Dies ist das Zauberwort, das die Tür seines eisernen Geldschranks öffnen, die Wände seiner Stahlkammer durchbrechen und die Herzen derer beschämen wird, die pflichtvergessen ihrem Ruf nicht folgen. Sagen Sie Bande Mataram, Bienenkönigin!«

»Bande Mataram!«

SIEBENTES KAPITEL

SANDIPS ERZÄHLUNG

VIII

Wir sind Männer, wir sind Könige, und unser Tribut muß uns werden. Solange wir auf der Erde sind, haben wir sie geplündert; und je mehr wir verlangten, je mehr hat sie uns gewährt. Von Urzeiten her haben wir Männer Früchte gepflückt, Bäume abgehauen, den Boden umgegraben, Säugetiere, Vögel und Fische getötet. Vom Meeresboden, aus den Tiefen der Erde, ja aus dem Rachen des Todes haben wir errafft, was wir nur erraffen konnten; keinen Verschluß in der Vorratskammer der Natur haben wir respektiert und unerbrochen gelassen.

Die einzige Lust dieser Erde ist, das Begehren derer zu erfüllen, die Männer sind. Die endlosen Opfer, die sie ihnen gebracht hat, sind es, die sie fruchtbar und schön und vollkommen gemacht haben. Ohne diese Opfer würde sie in der Wildnis verloren sein, sie würde sich selbst nicht kennen, die Türen ihres Herzens würden sich nie geöffnet, ihre Diamanten und Perlen nie das Licht erblickt haben.

So haben die Männer auch, nur dadurch, daß sie immer wieder forderten, alle latenten Möglichkeiten der Frauen erschlossen. In dem Maße, wie sie sich uns hingaben, haben sie immer ihre wahre Größe erlangt. Weil sie alle Diamanten ihres Glücks und alle Perlen ihres Leides in unser königliches Schatzhaus bringen mußten, haben sie ihren wahren Reichtum gefunden. So bedeutet für die Männer »annehmen« in Wahrheit »geben«, und für die Frauen heißt »geben« in Wahrheit »gewinnen«.

Was ich jedoch von Bimala verlangt habe, ist wirklich sehr

viel! Zuerst hatte ich Bedenken, denn es ist ja nun einmal eine Eigenschaft des menschlichen Geistes, in zwecklosem Streit mit sich selbst zu sein. Ich fürchtete, ich hätte ihr eine zu schwere Aufgabe auferlegt. Mein erster Impuls war, sie zurückzurufen und ihr zu sagen, ich wollte lieber nicht ihr Leben elend machen, dadurch, daß ich sie in alle diese Sorgen hineinzöge. Ich vergaß in dem Augenblick, daß der Mann die Frau ja nicht schonen darf, wenn er ihr Dasein fruchtbar machen will, daß es seine Aufgabe ist, die Ruhe und Passivität ihres Wesens zu stören und dadurch, daß er den unermeßlichen Abgrund des Leidens in ihr aufwühlt, der ganzen Welt Segen zu bringen. Darum ist des Mannes Hand so stark und sein Griff so fest.

Bimala hatte sich von ganzem Herzen danach gesehnt, daß ich, Sandip, ein großes Opfer von ihr fordern, sie in den Tod schicken möchte. Welch anderes Glück gab es denn sonst für sie? Hatte sie nicht alle diese öden Jahre auf eine Gelegenheit gewartet, sich zu Tode zu weinen, — so überdrüssig war sie der Eintönigkeit ihres ruhigen Glücks! Und daher wurde, sobald sie mich erblickte, der Horizont ihres Herzens von den Wolken verdunkelt, die ihr Leben mit Angst und Qual bedrohten. Wenn ich Mitleid mit ihr habe und sie vor ihrem Leid zu bewahren suche, wozu bin ich dann als Mann in die Welt gekommen?

Der wahre Grund meiner Bedenken ist, daß es sich bei meiner Bitte um Geld handelt. Das sieht nach Bettelei aus, denn das Geld ist Sache des Mannes, nicht der Frau. Darum mußte ich eine so große Summe nennen. Ein- bis zweitausend hätte nach einem kleinlichen Diebstahl ausgesehen. Fünfzigtausend hat die ganze Größe und Romantik eines kühnen Raubes.

Ach, aber ich hätte wirklich reich sein sollen! So viele von meinen Wünschen haben immer wieder auf ihrem Wege zum Ziel haltmachen müssen, nur weil es mir an Geld fehlte. Dies paßt nicht zu mir! Wäre das Schicksal bloß ungerecht, so könnte ich es verzeihen, — aber solche Stillosigkeit ist unverzeihlich. Es ist nicht nur hart, daß ein Mann wie ich nicht weiß, wie er es anfangen soll, seine Miete zu bezahlen, oder daß er sorgfältig die Groschen für eine Fahrkarte zweiter Klasse zusammensuchen muß, — es ist plebejisch!

Es ist ebenso klar, daß Nikhils väterliches Erbe für ihn einen Überfluß bedeutet. Zu ihm hätte Armut ganz gut gepaßt. Er hätte zusammen mit seinem treuen Lehrer sich ganz fröhlich ins Joch des bedürftigen Mittelstandes gespannt.

Es wäre mir eine Lust, könnte ich nur ein einziges Mal fünfzigtausend Rupien im Dienste meines Vaterlandes und ganz nach meiner eigenen Laune verschleudern. Ich bin ein geborener Nabob, und mein schönster Traum ist, einmal, wenn auch nur für einen Tag, diese Maske der Armut loszuwerden und mich in meiner wahren Gestalt zu sehen.

Ich habe jedoch meine ernsten Zweifel, ob Bimala je zu diesen 50000 Rupien gelangen wird, und wahrscheinlich werden es am Ende nicht mehr als ein paar tausend werden. Meinetwegen. Der Weise nimmt noch lieber ein halbes Brot oder auch nur ein Stückchen, als gar keines.

Ich muß später auf diese persönlichen Betrachtungen zurückkommen. Ich erhalte Nachricht, daß man mich sofort braucht. Irgend etwas ist verkehrt gegangen.

Es scheint, daß die Polizei von dem Manne, der Mirdschans Boot für uns versenkt hat, Wind bekommen hat. Sie sind ihm auf der Spur, aber er ist ein alter Sünder und sollte zu gerieben sein, um sich festzuschwatzen. Doch man kann nie wissen. Nikhil ist aufgebracht, und sein Verwalter ist vielleicht nicht imstande, nach seinem eigenen Kopf zu verfahren.

»Wenn ich Unannehmlichkeiten bekomme,« sagte der Verwalter, als er mich sah, »werde ich Sie hineinziehen müssen.«

»Mit welcher Schlinge wollen Sie mich fangen?« fragte ich.

151

»Ich habe einen Brief von Ihnen und mehrere von Amulja Babu.«

Ich hatte nicht geahnt, daß der Brief mit der Bezeichnung »dringlich«, den ich eilig beantworten mußte, nur eben dieses Zweckes wegen dringlich gewesen war. Ich lerne allmählich eine ganze Menge Dinge.

Jetzt gilt es, die Polizei zu bestechen und Mirdschan Schweigegeld zu zahlen. Und dabei ist gar kein Zweifel, daß viel von den Kosten dieses patriotischen Unternehmens als Profit in die Taschen von Nikhils Verwalter wandert. Doch ich muß für den Augenblick ein Auge zudrücken, denn ruft er nicht sein Bande Mataram ebenso kräftig wie ich?

Diese Arbeit muß immer mit lecken Gefäßen getan werden, die die Hälfte auslaufen lassen. Wir alle haben einen geheimen Fonds von sittlichem Urteil in uns aufgespart, und so wollte ich mich schon über den Verwalter entrüsten und in meinem Tagebuch eine Tirade gegen die Unzuverlässigkeit meiner Landsleute loslassen. Aber wenn es einen Gott gibt, so muß ich dankbar anerkennen, daß er mir einen scharfblickenden Verstand gegeben hat, der sich selbst und die Dinge um sich herum klar durchschaut. Ich kann wohl andre täuschen, aber nicht mich selber. Daher konnte auch mein Zorn nicht standhalten.

Was wahr ist, ist weder gut noch böse, sondern einfach wahr. Ein See ist nur das übriggebliebene Wasser, das nicht vom Boden eingesogen wurde. Auf dem Grunde des Bande-Mataram-Kultes, wie überhaupt auf dem Grunde aller weltlichen Dinge ist eine Schlammschicht, mit deren aufsaugender Kraft man rechnen muß. Der Verwalter nimmt sich, was er braucht, wie auch ich mir nehme, was ich brauche. Diese kleineren Forderungen bilden einen Teil von dem, was die große Sache fordert, — das Pferd muß gefüttert und die Räder müssen geölt werden, wenn man gut vorwärts kommen will.

Das Lange und Breite von der Sache ist, daß wir Geld haben müssen, und das bald. Wir müssen es nehmen, wo wir es am leichtesten bekommen können, denn wir können es uns nicht leisten zu warten. Ich weiß, daß wir uns dadurch um größeren Gewinn bringen können; daß die 5000 Rupien von heute vielleicht die 50000 von morgen im Keim ersticken. Aber ich muß es daraufhin wagen. Habe ich nicht oft neckend zu Nikhil gesagt, daß die, welche auf den Pfaden der Entsagung wandeln, gar nicht wissen, was Opfer heißt. Wir begehrlichen Menschen sind es, die bei jedem Schritt ihre Begierden opfern müssen!

Von den Todsünden ist die Begierde für die, die wirklich Männer sind, aber die Illusion, die nur für Schwächlinge ist, hemmt sie. Denn diese macht, daß sie ganz von der Vergangenheit und Zukunft eingenommen sind, aber sie hat eine verteufelte Art, ihre Schritte in der Gegenwart zu verwirren. Solche, die immer gespannt auf den Ruf aus der Ferne horchen und dadurch den Ruf des Augenblicks überhören, sind wie Sakuntala[26], die sich in Träumen von dem Geliebten verlor. Unerwartet kommt der Gast und schleudert den Fluch, der sie gerade um das bringt, was sie ersehnen.

Neulich drückte ich Bimalas Hand, und jene Berührung regt ihre Seele noch auf, wie sie auch in mir nachzittert. Wiederholung darf dies Gefühl nicht abstumpfen, denn dann würde zu etwas verstandesmäßig Bewußtem herabsinken, was jetzt ganz Gefühl und Musik ist. Augenblicklich ist in ihr kein Raum für die Frage »Warum?«.

Daher darf ich Bimala, die eins von den Geschöpfen ist, die die Illusion nicht entbehren können, nicht ihres vollen Anteils daran berauben.

Was mich betrifft, so habe ich soviel anderes zu tun, daß ich mich für den Augenblick damit begnügen muß, von dem

Becher der Leidenschaft nur zu nippen. O Mensch der Begierde! Zähme deine Gier und übe deine Finger auf der Harfe der Illusion, bis sie ihren Saiten alle Töne der Verführung entlocken! Jetzt ist noch nicht die Zeit, den Becher bis auf den Grund zu leeren.

IX

Unsre Arbeit geht schnell vorwärts. Aber obgleich wir uns heiser geschrien haben, indem wir die Muhammedaner für unsre Brüder erklärten, haben wir doch einsehen müssen, daß es uns nie gelingen wird, sie ganz auf unsre Seite zu bringen. Daher müssen wir sie nun ganz unterdrücken und ihnen begreiflich machen, daß wir die Herren sind. Jetzt zeigen sie die Zähne, aber eines Tages werden sie wie zahme Bären nach unsrer Pfeife tanzen.

»Wenn es euch mit dem Gedanken eines vereinigten Indiens ernst ist,« wendet Nikhil ein, »so müßt ihr die Muhammedaner als einen notwendigen Teil desselben gelten lassen.«

»Ganz recht,« sagte ich, »aber wir müssen wissen, wo ihr Platz ist, und dafür sorgen, daß sie da bleiben, sonst werden sie uns beständig beschwerlich fallen.«

»So wollt ihr also Beschwerden verursachen, um Beschwerden zu verhindern?«

»Und was wolltest du tun?«

»Es gibt nur ein bekanntes Mittel, Streit zu vermeiden,« sagte Nikhil mit Betonung.

Ich weiß, daß Nikhils Reden, wie die Erzählungen guter Leute, immer mit einer Moral enden. Das Merkwürdige ist, daß er trotz seiner Vertrautheit mit moralischen Vorschriften noch immer an sie glaubt! Er ist ein unverbesserlicher Schuljunge. Das einzig Gute an ihm ist seine Aufrichtigkeit. Das Schlimme ist, daß seinesgleichen nicht einmal die

Endgültigkeit des Todes zugibt, sondern immer den Blick auf ein Hernach richtet.

Ich habe mich lange mit einem Plan getragen, der, wenn ich ihn ausführen könnte, das ganze Land in Flammen setzen würde. Wir werden niemals unsre Landsleute zu wahrem Patriotismus aufrütteln, wenn wir ihnen das Mutterland nicht irgendwie versinnbildlichen können. Wir müssen eine Göttin von ihm machen. Meine Gefährten begriffen die Sache sofort. »Wir müssen ein passendes Götzenbild erfinden,« riefen sie aus. »Erfinden nützt nichts,« belehrte ich sie. »Wir müssen uns eins der anerkannten Götzenbilder aneignen, dem die Verehrung des Volkes in den tief gegrabenen Kanälen der Gewohnheit zuströmt, und es zum Repräsentanten des Landes machen.«

Aber Nikhil muß natürlich auch dagegen seine Einwendungen machen. »Wir dürfen nicht bei einer Sache, die wir für die rechte halten, zu Täuschungen unsre Zuflucht nehmen,« sagte er vor einiger Zeit zu mir.

»Kleinere Geister brauchen Täuschungen,« sagte ich, »und die meisten Menschen gehören nun einmal zu dieser Klasse. Darum richtet man in jedem Lande Gottheiten auf, um die Illusionen im Volke aufrecht zu erhalten, denn die Menschen sind sich ihrer Schwäche nur zu wohl bewußt.«

»Nein,« erwiderte er. »Gott ist nötig, um die Illusionen fortzuschaffen. Die Gottheiten, die sie aufrecht halten, sind falsche Götter.«

»Was macht das? Wenn es nottut, müssen wir auch falsche Götter anrufen, lieber als daß die Sache leidet. Unsre Illusionen sind noch lebendig genug, aber zu unserm Unglück verstehen wir nicht, sie unserm Zweck dienstbar zu machen. Sieh einmal die Brahmanen! Trotzdem wir sie wie Halbgötter behandeln und unermüdlich ehrfurchtsvoll ihre Füße berühren, sind sie doch eine Macht, die im Verfall ist.«

155

»Es wird immer eine große Klasse von Menschen geben, deren Natur es ist, am Boden zu kriechen, und die nur durch Berührung mit den Füßen andrer — sei es auch in Gestalt von Fußtritten — zu einer Tat gebracht werden können. Welch ein Jammer ist es doch, daß wir die Brahmanen, nachdem wir sie alle diese Jahrhunderte hindurch in unsrer Rüstkammer aufbewahrt und in scharfem und gebrauchsfähigem Zustande erhalten haben, jetzt in der Zeit der Not nicht verwenden können, um sie auf diesen Pöbel zu hetzen!«

Aber es ist unmöglich, Nikhil dies alles begreiflich zu machen. Er ist so für die Wahrheit eingenommen, — als ob es überhaupt eine objektive Wahrheit gäbe! Wie oft habe ich versucht, ihm auseinanderzusetzen, daß gerade in der Unwahrheit die eigentliche Wahrheit liegt. Früher erkannte man bei uns diese Tatsache, und man hatte den Mut, zu erklären, daß für die, die beschränkten Geistes sind, Lüge Wahrheit sei.

Denen, die wirklich glauben können, daß ihr Land eine Göttin ist, wird ihr Bild als Ersatz für die Wahrheit dienen. Unsre Natur und unsre Überlieferungen hindern uns, unser Vaterland als das, was es ist, zu erkennen, aber wir können uns leicht dazu bringen, an sein Bild zu glauben. Wer wirklich etwas erreichen will, darf diese Tatsache nicht außer acht lassen.

Doch dies diente nur dazu, Nikhil aufzuregen. »Weil ihr die Kraft verloren habt, den Weg der Wahrheit zu gehen, um euer Ziel zu erreichen,« rief er aus, »wartet ihr beständig, daß euch irgendeine wunderbare Gabe in den Schoß fallen soll. Jahrhundertelang habt ihr versäumt, eurem Vaterlande zu dienen, und nun könnt ihr nichts andres tun, als ein Götzenbild aus ihm machen und eure Hände ausstrecken, in der Erwartung, daß euch die Gaben umsonst zufallen.«

»Wir wollen das Unmögliche vollbringen«, sagte ich.

»Daher muß unser Vaterland zum Gott gemacht werden.«

»Du willst damit sagen, daß ihr nicht den Mut für mögliche Aufgaben habt«, erwiderte Nikhil. »Für das, was schon da ist, habt ihr keine Augen; ihr wollt etwas Übernatürliches sehen.«

»Höre einmal, Nikhil«, sagte ich schließlich, aufs äußerste gereizt. »Alles, was du da sagst, ist ganz gut als moralische Lehre. Diese Gedanken haben als Milch für Säuglinge ihren Dienst getan, solange der Mensch noch in diesem ersten Stadium seiner Entwicklung war, aber jetzt, da er Zähne bekommen hat, braucht er andre Nahrung.«

»Sehen wir denn nicht mit unsern eignen Augen, wie Dinge, an deren Aussaat wir nicht im Traum dachten, rings um uns her emporsprießen? Durch welche Kraft? Durch die Kraft der Gottheit unsres Landes, die sich darin offenbart. Der Genius der Zeit allein gibt der Gottheit ihr Bild. Der Genius streitet nicht mit Worten, er schafft. Ich kann nur gestalten, was der Geist des Landes aus sich gebiert.«

»Ich werde überall verkünden, daß die Göttin mich eines Traumes gewürdigt hat. Ich werde den Brahmanen sagen, daß sie sie zu ihren Priestern bestimmt hat und daß die Vernachlässigung ihres Dienstes, deren sie sich schuldig gemacht haben, die Ursache ihres Niedergangs ist. Und wenn du mir sagst, ich lüge, so antworte ich dir: Nein, ich sage die Wahrheit, — ja, mehr als das, ich sage die Wahrheit, die das Vaterland schon lange aus meinem Munde zu hören erwartet. Wenn ich nur die Gelegenheit hätte, ihnen meine Botschaft zu verkünden, so würdest du über die Wirkung staunen.«

»Was ich fürchte,« sagte Nikhil, »ist, daß meine Lebenszeit begrenzt ist und daß die Wirkung, von der du sprichst, nicht die endgültige Wirkung ist. Sie wird Nachwirkungen haben, die sich noch nicht sogleich zeigen.«

»Mir ist es nur um die Wirkung zu tun, die sich auf das

Heute erstreckt.«

»Mir ist es um die Wirkung zu tun, die sich auf die Ewigkeit erstreckt«, antwortete Nikhil.

Nikhil hat vielleicht auch seinen Anteil bekommen an Bengalens schönster Gabe, der Phantasie, aber er hat sie ganz überwuchern und fast ersticken lassen von einer ausländischen Pflanze, einer peinlichen Gewissenhaftigkeit. Man denke nur an den Gottesdienst der Durga, den Bengalen zu solcher Höhe entwickelt hat. Das ist eine seiner größten Leistungen. Ich könnte schwören, daß Durga eine politische Göttin ist und ursprünglich die Schakti des Patriotismus bedeutete zu der Zeit, als Bengalen um Befreiung von der muhammedanischen Herrschaft betete. Welcher andern Provinz Indiens ist es gelungen, für das Ideal, nach dem es strebte, ein so wunderbares Sinnbild zu finden?

Nichts verriet deutlicher, wie gänzlich Nikhil diese göttliche Gabe der Phantasie verloren hat, als die Antwort, die er mir gab. »Während der muhammedanischen Herrschaft«, sagte er, »erhofften die Mahraten[27] und Sikhs[28] Erfolge von den Waffen, die sie selbst ergriffen hatten. Der Bengale begnügte sich damit, Waffen in die Hände der Göttin zu legen und Beschwörungsformeln zu murmeln; und da sein Land nun nicht wirklich eine Göttin war, so war das Einzige was für ihn dabei herauskam, die abgehauenen Köpfe der Opferziegen und -büffel. Sobald wir das Wohl unsres Landes auf dem Wege der Gerechtigkeit suchen, so wird der, der größer ist als unser Land, uns wahren Erfolg gewähren.«

Das Gefährliche bei der Sache ist, daß Nikhils Worte sich auf dem Papier immer so schön ausnehmen. Jedoch was ich sage, ist nicht dazu bestimmt, auf Papier gekritzelt zu werden, sondern soll sich tief ins Herz des Landes eingraben. Der Gelehrte hinterläßt uns in Druckerschwärze seine Abhandlung über den Ackerbau; aber der Landmann gräbt mit der scharfen Sichel seines Pfluges sein Werk tief in den Boden ein.

X

Als ich Bimala danach zuerst wiedersah, schlug ich ohne weiteres gleich hohe Töne an. »Ist es uns gelungen,« begann ich, »von ganzem Herzen an den Gott zu glauben, auf dessen Erscheinen wir seit Millionen von Jahren gewartet haben, um ihm zu dienen, und der sich uns jetzt endlich in sichtbarer Gestalt offenbart hat?«

»Wie oft habe ich Ihnen gesagt,« fuhr ich fort, »daß ich, wenn ich Sie nicht gesehen hätte, niemals mein ganzes Vaterland als eine Einheit erkannt haben würde. Ich weiß noch nicht, ob Sie mich richtig verstehen. Die Götter sind nur in ihrem Himmel unsichtbar, auf Erden zeigen sie sich den Sterblichen.«

Bimala sah mich seltsam an, als sie ernst erwiderte: »Doch, ich verstehe Sie, Sandip.« Es war das erste Mal, daß sie mich schlechtweg Sandip nannte.

»Krischna,« fuhr ich fort, »den Ardschuna sonst nur als seinen Wagenlenker gekannt hatte, offenbarte sich ihm eines Tages auch in seiner göttlichen Gestalt, und an dem Tage sah Ardschuna die Wahrheit. Ich habe Ihre göttliche Gestalt in meinem Vaterlande erblickt. Der Ganges und der Brahmaputra sind die goldnen Ketten, die sich in vielen Windungen um Ihren Nacken schlingen; im Waldsaum an den fernen Ufern des dunklen Flusses erblickte ich die dunklen Wimpern Ihrer Augen; der wechselnde Glanz Ihres Sari leuchtete mir in dem Spiel von Licht und Schatten auf dem wogenden grünen Kornfeld, und die brennende Sommerhitze, in der der Himmel schwer atmend daliegt, wie ein verschmachtender Löwe in der Wüste, ist nichts als Ihre grausam versengende Glut.«

»Da nun die Göttin ihrem Priester ihre Gegenwart in so wunderbarer Gestalt offenbart hat, so ist meine Aufgabe, im ganzen Lande ihren Dienst zu predigen, und dann wird das Land zu neuem Leben erwachen.

»›In allen Tempeln soll dein Bildnis thronen‹[29]. Aber unser Volk hat die Wahrheit noch nicht erkannt. Daher möchte ich es in Ihrem Namen aufrufen und in unsern Tempeln ein Bild der Göttin aufstellen, dem niemand Glauben versagen kann. O meine Göttin, verleih mir die Macht dazu!«

Bimala hatte die Augen geschlossen und saß da wie ein Steinbild. Hätte ich weitergesprochen, so wäre sie in Verzückung erstarrt. Als ich schwieg, schlug sie die Augen groß auf und murmelte wie betäubt mit starrem Blick: »O Wanderer auf dem Pfade des Verderbens! Wer kann deine Schritte aufhalten? Sehe ich doch, daß niemand deinen Begierden Einhalt tut. Könige werden ihre Krone dir zu Füßen legen, die Reichen werden sich beeilen, dir ihren Schatz zu öffnen; die nichts weiter haben, werden bitten, ihr Leben für dich hingeben zu dürfen. O mein König, mein Gott! Was du in mir siehst, weiß ich nicht, aber ich habe die Unermeßlichkeit deiner Größe in meinem Herzen erkannt. Wer bin ich, was bin ich, vor dir? Ach, wie furchtbar ist deine vernichtende Gewalt! Ich werde nicht wahrhaft leben, bis sie mich ganz zerstört. Ich kann es nicht länger ertragen, mir bricht das Herz.«

Bimala glitt von ihrem Stuhl und umklammerte meine Füße, und dann brach sie in ein unaufhaltsames Schluchzen aus.

Dies ist nun wirklich Hypnotismus, — der Zauber, mit dem man sich die Welt unterwirft! Man bedarf dazu keiner Waffen, sondern nur einer unwiderstehlichen Suggestionskraft. Wer sagt noch: »Die Wahrheit wird triumphieren?«[30] Nein, es ist die Täuschung, die den endgültigen Sieg davonträgt. Der Bengale hatte dies erkannt, als er das Bild der zehnhändigen auf einem Löwen reitenden Göttin erfand und ihren Dienst in seinem Lande verbreitete. Jetzt muß Bengalen ein neues Götzenbild erfinden, um die Welt zu berücken und zu erobern. Bande Mataram!

Ich hob Bimala sanft auf und ließ sie auf ihren Stuhl nieder, und aus Furcht, daß eine Reaktion eintreten könnte, begann ich von neuem, ohne Zeit zu verlieren: »Königin! Die göttliche Mutter hat mir die Pflicht auferlegt, ihr in diesem Lande einen Tempel zu bauen. Aber ach, ich bin arm!«

Bimala war noch in höchster Erregung. Ihre Augen glühten dunkel, ihre Stimme war heiser, als sie erwiderte: »Sie arm? Gehört nicht alles, was jeder von uns besitzt, Ihnen? Wozu habe ich meine Kästen mit Juwelen? Nehmen Sie all mein Gold und meine Edelsteine für Ihren Gottesdienst! Ich brauche sie nicht!«

Bimala hatte mir schon einmal ihren Schmuck angeboten. Ich pflegte sonst keine Grenzen zu setzen, aber ich fühlte, daß ich es hier mußte[31]. Ich weiß, warum ich hier zaudere. Dem Mann geziemt es, der Frau Schmuck zu schenken; es verletzt seine Männlichkeit, wenn er ihn von ihr annimmt.

Aber ich darf nicht an mich denken. Nehme ich ihn denn an? Er soll als Opfer der göttlichen Mutter zu Füßen gelegt werden. O, es soll eine großartige Opferfeier werden, wie das

Land sie noch nie vorher gesehen hat. Sie soll ein Markstein in unsrer Geschichte werden. Sie soll mein höchstes Vermächtnis an die Nation sein. Unwissende Menschen beten Götter an. Ich, Sandip, werde sie e r s ch a ff e n.

Aber alles dies liegt noch in weiter Ferne. Wie werden wir der Not des Augenblicks gerecht? Wenigstens dreitausend Rupien sind unbedingt nötig, fünftausend würden gerade gut hinreichen. Aber wie in aller Welt könnte ich jetzt von Geld sprechen, nachdem unsre Gedanken diesen hohen Flug genommen haben? Und doch ist die Zeit kostbar!

Ich zwang alles Bedenken mit Gewalt nieder, als ich aufspringend rief: »Königin! Unsre Mittel sind erschöpft, unser Werk wird daran scheitern!«

Bimala zuckte zusammen. Ich sah, sie dachte an die unmöglichen 50000 Rupien. Welche Last mußte sie die ganze Zeit auf dem Herzen gehabt haben! Vielleicht hatte sie in schlaflosen Nächten darunter gestöhnt. Was hatte sie sonst als Opfer ihrer Liebe darzubringen? Da sie mir nicht ihr Herz selbst zu Füßen legen konnte, sehnte sie sich danach, diese Summe, die für sie so hoffnungslos groß war, zum Träger ihrer gefangenen Gefühle zu machen. Der Gedanke an das, was sie gelitten haben mußte, berührte mein Gewissen quälend; denn sie war jetzt ganz mein. Die Pflanze war mit den Wurzeln aus dem Boden gerissen und damit das Schlimmste getan. Jetzt bedurfte es nur noch der sorgfältigen Pflege und Nahrung.

»Königin!« sagte ich, »jetzt im Augenblick haben wir die 50000 Rupien noch nicht gerade nötig. Ich denke, daß wir einstweilen mit 5000 oder sogar mit 3000 auskommen.«

Sie war wie von einem Alp befreit. »Ich werde Ihnen 5000 holen«, sagte sie in einem Ton, als wollte sie in ein Jubellied ausbrechen, — in das Lied, das Radhika in den Wischnu-Liedern sang:

Die Blume aller Blumen will ich suchen,

Daß sie als Schmuck die dunklen Flechten ziere,
Wenn der Geliebte naht.

— es ist dieselbe Weise, dasselbe Lied: fünftausend will ich
bringen! Mit dieser Blume will ich mein Haar schmücken!
Die Zurückhaltung der Flöte ist es, die diesem Liede seinen
Wohllaut gibt. Ich darf nicht meine Begierde zu heftig in ihr
Rohr blasen lassen, sonst würde, fürchte ich, statt der
Musik die Frage ertönen: »Warum?« »Wozu so viel?«
»Woher soll ich das schaffen?« — ganz andere Töne, als das
Lied, das Radhika sang! So habe ich recht, wenn ich sage,
die Illusion allein ist wirklich, — sie ist die Flöte selbst,
während die Wahrheit nichts als ihre leere Höhlung ist.
Nikhil hat in dieser letzten Zeit diese bloße Leere spüren
müssen, — man sieht es an dem Ausdruck seines Gesichts,
der selbst mich schmerzlich berührt. Aber Nikhil pflegte sich
zu rühmen, daß es ihm um die Wahrheit zu tun sei,
während ich mich rühmte, daß ich mir die Illusion nicht
rauben lassen wollte. Nun hat jeder, was er wollte; was gibt
es da zu klagen?
Um Bimalas Herz nicht aus der dünnen Luft des Idealismus
zu reißen, brach ich jede weitere Erörterung über die 5000
Rupien ab. Ich kam wieder auf die Dämonen vernichtende
Göttin und ihren Gottesdienst zu sprechen. Wann sollte die
Feierlichkeit stattfinden, und wo? In Ruimari, einem Ort, der
zu Nikhils Gebiet gehört, findet einmal im Jahre eine grosse
Messe statt, wo Hunderttausende von Pilgern sich
versammeln. Das würde eine großartige Gelegenheit sein für
die feierliche Eröffnung des Kultes unsrer Göttin.
Bimala glühte vor Begeisterung. Hier handelte es sich nicht
um das Verbrennen von ausländischen Stoffen oder gar um
das Niederbrennen von Scheunen, selbst Nikhil könnte also
nichts dagegen haben, — so meinte sie. Aber ich lächelte
innerlich. Wie wenig doch diese beiden Menschen, die ganze
neun Jahre lang Tag und Nacht zusammen gelebt haben,

von einander wissen! Sie wissen vielleicht etwas von ihrem häuslichen Leben, aber wenn es sich um Außendinge handelt, so sind sie ganz ratlos. Sie haben in dem schönen Wahn gelebt, daß das Heim und die Außenwelt in vollkommener Harmonie ständen. Heute müssen sie zu ihrem Leidwesen einsehen, daß es zu spät ist, die jahrelange Versäumnis nachzuholen und beide miteinander in Harmonie zu bringen.

Doch was macht das? Mögen die, die den Fehler gemacht haben, beim Zusammenstoß mit der Welt ihren Irrtum erkennen! Was kümmert mich ihre Not? Für den Augenblick wird es mir lästig, Bimala noch länger wie einen Fesselballon in höhern Regionen schweben zu lassen. Es ist besser, ich bringe die Geldsache erst in Ordnung.

Als Bimala aufstand, um fortzugehen, und schon nahe der Tür war, sagte ich so ganz nebenbei: »Und was das Geld anbetrifft...«

Bimala hielt an, und sich nach mir umsehend sagte sie: »Ende dieses Monats, wenn ich mein Monatsgeld bekomme...«

»Das würde viel zu spät sein, fürchte ich.«

»Wann brauchen Sie es denn?«

»Morgen.«

»Gut — Sie sollen es morgen haben.«

Fußnoten:

Zitat aus der Nationalhymne Bande Mataram von Bankin Tschatterdschi.

Ein Zitat aus den Upanischads.

Es hängt eine Welt von Gefühlen an dem Schmuck der bengalischen Frauen. Er legt nicht nur Zeugnis ab von der Liebe und Achtung des Gebers, sondern er wird auch getragen als Symbol für alles, was man am Weibe am höchsten schätzt, — die beständige Sorge um das Wohl ihres Gatten, die erfolgreiche Verrichtung aller materiellen und geistigen Pflichten, die der Haushalt ihr auferlegt. Wenn der Gatte stirbt und die Verantwortung für den Haushalt in andere Hände übergeht, dann wirft die Witwe allen Schmuck beiseite, als ein Zeichen, daß sie allen weltlichen Interessen entsagt. Zu jeder andern Zeit aber ist der Verzicht auf Schmuck immer ein Zeichen von höchster Not und appelliert als solches aufs lauteste an die Ritterlichkeit eines jeden Bengalen, der zufällig Zeuge davon ist. (Anmerkg. d. engl. Übers.)

ACHTES KAPITEL

NIKHILS ERZÄHLUNG

X

Die Lokalzeitungen haben angefangen, Artikel und Briefe gegen mich zu veröffentlichen, und ich höre, daß Karikaturen und Schmähschriften folgen sollen. Witz und Humor lassen ihren Übermut an mir aus, und über die Lügen, die auf diese Weise verbreitet werden, krümmt sich das ganze Land vor Lachen. Sie wissen, daß sie das Monopol haben, die Leute mit Schmutz zu bewerfen, und so kommt der harmlose Vorübergehende nicht unbesudelt davon.

Sie sagen, daß meine sämtlichen Gutsinsassen, vom höchsten bis zum niedrigsten, Freunde der Swadeschi-Bewegung sind, aber aus Furcht vor mir es nicht wagen, sich als solche zu bekennen. Die wenigen, die tapfer genug waren, mir zu trotzen, haben die ganze Härte meiner Verfolgung fühlen müssen. Ich bin im geheimen Einverständnis mit der Polizei und mit dem Magistrat, und diese verzweifelten Anstrengungen, mir zu meinem ererbten Titel noch einen ausländischen zu erwerben, sollen alle Aussicht auf Erfolg haben.

Auf der andern Seite sind die Zeitungen des Lobes voll von den Zemindars Kundu und Tschakravarti, den treu ergebenen Söhnen des Vaterlandes. Wenn das Land nur noch ein paar solche tapfre Patrioten mehr hätte, heißt es, so würden die Fabriken von Manchester sich bald ihr eigenes Grablied nach der Melodie des Bande Mataram singen müssen.

Dann folgt in blutroten Lettern eine Liste der verräterischen

Zemindars, deren Schatzhäuser man verbrannt hat, weil sie die Sache nicht unterstützen wollten. »Das heilige Feuer«, heißt es weiter, »ist aufgerufen, daß es seinen heiligen Beruf erfülle und das Land reinige, und noch andere Kräfte sind am Werk, die dafür sorgen, daß die, die nicht wahre Söhne des Mutterlandes sind, sich nicht länger auf seinem Schoß breitmachen.« Die Unterschrift ist augenscheinlich ein Pseudonym.

Ich merkte, daß unsre Studenten dahinter steckten, daher ließ ich einige von ihnen rufen und zeigte ihnen den Brief.

Einer der Studenten berichtete mir mit ernster Miene, sie hätten auch gehört, daß eine Schar entschlossener Patrioten sich zusammengetan habe, die rücksichtslos jedes Hindernis, das sich der Swadeschi-Bewegung entgegenstellte, aus dem Wege räumen wolle.

»Wenn auch nur einer unserer Landsleute diesen verwegenen Gesellen zum Opfer fällt,« sagte ich, »so bedeutet dies in der Tat eine Niederlage unseres Vaterlandes.«

»Das verstehen wir nicht, Maharadscha«, sagte ein Student der Geschichte.

Ich versuchte, ihnen meine Meinung zu erklären.

»Unser Vaterland«, sagte ich, »ist durch bloße Furcht bis an den Rand des Abgrunds gebracht, — Furcht vor den Göttern bis hinab zu der Furcht vor der Polizei; und wenn ihr nun im Namen der Freiheit ein anderes Schreckgespenst aufstellt, — wie ihr es auch nennen mögt —, wenn ihr, mit der Schwäche eures Vaterlandes rechnend, es durch offene Gewalt eurem Willen unterwerfen wollt, so kann keiner, der sein Vaterland wirklich liebt, auf eurer Seite sein.«

»Gibt es denn irgend ein Land,« fragte der Geschichtsstudent weiter, »das sich aus einem andern Grunde als aus Furcht seiner Regierung unterwirft?«

»Die Freiheit, die in einem Lande herrscht,« erwiderte ich, »kann man nach dem Grade bemessen, in dem die Furcht dort herrscht. Wo ihre Herrschaft sich auf die beschränkt, die rauben und plündern möchten, da kann die Regierung sich rühmen, den Menschen von der Gewalttätigkeit des Menschen befreit zu haben. Aber wo Furcht darüber wachen soll, wie die Menschen sich kleiden, wo sie Handel treiben und was sie essen, da hat man keine Achtung vor der Willensfreiheit des Menschen und zerstört die Menschheit an der Wurzel.«

»Übt man in andern Ländern nicht auch solchen Zwang auf den Einzelwillen?« fragte der Geschichtsstudent weiter.

»Wer leugnet dies?« rief ich aus. »Aber in allen diesen Ländern hat der Mensch erst seine Menschheit zerstören müssen, damit die Sklaverei gedeihen konnte.«

»Beweist es nicht vielmehr,« warf ein älterer Student dazwischen, »daß Sklaverei dem Menschen angeboren und eine Grundtatsache seiner Natur ist?«

»Sandip Babu setzte die Sache sehr klar auseinander«, sagte ein dritter. »Er gab uns das Beispiel Ihres Nachbarn, des Zemindars Harisch Kundu. Auf seinen Gütern würden Sie auch nicht eine einzige Unze ausländischen Salzes finden. Woher kommt dies? Weil er immer mit eiserner Faust regiert. Für die, die von Natur Sklaven sind, ist es das größte Elend, wenn ihnen ein strenger Herr fehlt.«

»Ei, Herr,« fiel ein jüngerer Student ein, »haben Sie denn nicht von dem widerspenstigen Pächter des andern Zemindars hier in der Nähe, Tschakravarti, gehört, wie man gesetzlich gegen ihn vorging, bis er in äußerste Not geriet? Als er schließlich gar nichts mehr zu essen hatte, ging er aus, um die silbernen Schmuckstücke seiner Frau zu verkaufen, aber niemand wagte, sie ihm abzunehmen. Dann bot ihm Tschakravartis Verwalter fünf Rupien für alles zusammen. Sie waren über dreißig wert, aber er mußte den Handel annehmen oder Hungers sterben. Nachdem der Verwalter ihm die Sachen abgenommen hatte, sagte er kalt, daß diese fünf Rupien auf seinen Pachtzins gutgeschrieben werden sollten! Als wir das hörten, waren wir so empört, daß wir mit Tschakravarti oder seinem Verwalter nichts mehr zu tun haben wollten, aber Sandip Babu sagte uns, wenn wir die lebendigen Menschen so beiseite werfen wollten, so müßten wir uns schließlich die Toten von den Verbrennungsplätzen holen, um unsre Sache auszufechten! Lebendige Menschen wie diese, bewies er uns, wissen, was sie wollen und wie sie es erreichen, — sie sind die geborenen Herrscher. Die, die keine eigenen Wünsche haben, müssen sich den Wünschen solcher Menschen fügen oder durch sie zugrunde gehen. Sandip Babu stellte sie — Kundu und Tschakravarti — in Gegensatz zu Ihnen, Maharadscha. Ihnen, sagte er, wird es bei all Ihren guten Absichten nie gelingen, die Fahne der Swadeschi-Bewegung auf Ihrem Gebiet aufzupflanzen.«

»Ich möchte«, sagte ich, »etwas Größeres pflanzen. Mir ist es nicht um tote Pfähle zu tun, sondern um lebendige Bäume, und diese brauchen Zeit zum Wachsen.«

»Ich fürchte, Herr,« bemerkte der Geschichtsstudent höhnisch, »Sie werden weder Pfähle noch Bäume bekommen. Sandip Babu lehrt ganz richtig, daß man zugreifen muß, wenn man etwas haben will. Wir brauchen alle etwas Zeit, um dies zu lernen, weil es dem widerspricht, was wir in der Schule gelernt haben. Ich habe mit eigenen Augen gesehen, wie einer von Harisch Kundus Pachteinnehmern einen der Pächter, der nichts anderes mehr zu verkaufen hatte, zwang, sein junges Weib herzugeben! An Käufern fehlte es nicht, und die Forderung des Zemindars wurde befriedigt. Ich kann Ihnen sagen, Herr, der Anblick des verzweifelten Mannes ließ mich nächtelang nicht schlafen! Aber was mein Gefühl auch sagte, soviel war mir klar, daß der Mann, der das Geld, das er haben will, zu bekommen weiß, und sollte er auch das Weib seines Schuldners verkaufen, — daß dieser ein besserer Mann ist als ich. Ich gebe zu, daß ich nicht dazu imstande wäre, ich bin ein Schwächling, meine Augen füllten sich beim Anblick solcher Not mit Tränen. Aber wenn irgend jemand unser Vaterland retten kann, so sind es diese Kundus und Tschakravartis und ihre Leute.«

Ich fand keine Worte für mein Entsetzen. »Wenn das, was Sie sagen, wahr ist,« rief ich aus, »so sehe ich klar, daß es die Aufgabe meines Lebens sein muß, das Vaterland zu retten. Die Sklaverei, die uns bis ins Mark gedrungen ist, kommt bei dieser Gelegenheit als entsetzliche Tyrannei zum Ausbruch. Ihr seid so gewohnt, euch aus Furcht der Macht zu unterwerfen, daß für euch der Glaube an die Notwendigkeit der Unterwerfung der Schwächeren eine Art Religion geworden ist. Mein Kampf soll gegen diese Schwäche, gegen diese abscheuliche Grausamkeit gerichtet sein.«

Diese Dinge, die für gewöhnliche Menschen so einfach sind, verwirren sich unglaublich in den Köpfen der Studenten, und der einzige Zweck ihrer historischen Sophistereien scheint zu sein, die Wahrheit zu verdrehen!

XI

Pantschus vorgebliche Tante macht mir zu schaffen. Es wird schwer sein, sie des Betrugs zu überführen, denn obwohl es oft schwierig oder unmöglich ist, Zeugen für ein wirkliches Geschehnis zu finden, so lassen sich doch immer für etwas, was gar nicht geschehen ist, unzählige Beweise aufbringen. Der Zweck dieses Schachzuges ist augenscheinlich, den Verkauf von Pantschus Pachthof an mich rückgängig zu machen.

Da ich keinen andern Ausweg finden konnte, dachte ich daran, Pantschu auf meinem Gebiet ein Stück Land in Erbpacht zuzuweisen und eine Hütte darauf bauen zu lassen. Aber mein Lehrer wollte davon nichts wissen. Er meinte, ich solle solchem boshaften Treiben gegenüber nicht gutwillig nachgeben, und erklärte sich bereit, die Sache selbst in die Hand zu nehmen.

»Sie, Meister?« rief ich höchst überrascht.

»Ja, ich«, wiederholte er.

Ich konnte mir durchaus nicht vorstellen, wie mein Lehrer irgend etwas gegen diese juristischen Ränke tun könnte. An diesem Abend kam er nicht wie sonst zur gewohnten Stunde zu mir. Als ich mich nach ihm erkundigte, erfuhr ich von seinem Diener, daß er mit einem kleinen Koffer, in den er ein paar Sachen und etwas Bettzeug gepackt hatte, abgereist sei und in einigen Tagen zurück sein werde. Ich dachte, daß er sich vielleicht aufgemacht hätte, um im Dorf, wo der Onkel Pantschus gelebt hat, Zeugen zu finden. Aber solch Unternehmen schien mir ganz aussichtslos...

Am Tage vergesse ich mich über meiner Arbeit. Aber wie der Spätherbstnachmittag langsam vorrückt und die Farben am Himmel trübe werden, trüben sich auch meine Gefühle. Es gibt viele in dieser Welt, deren Seele in Steinhäusern wohnt, — sie brauchen sich um das Draußen nicht zu kümmern. Aber meine Seele wohnt unter den Bäumen im freien Felde; sie nimmt die Botschaften, die die freien Winde bringen, mittelbar in sich auf, und die ganze Tonleiter von Licht und Dunkel findet Widerhall und Antwort in ihrer innersten Tiefe.

Solange der helle Tag um mich leuchtet und ich mitten im Getriebe der Menschen bin, scheint es, als ob meinem Leben nichts fehlt. Aber wenn die Farben am Horizont verblassen und der Himmel die Vorhänge über seine Fenster zieht, dann fühlt mein Herz, daß der Abend auch für mich wie ein Vorhang herabsinkt, um die Welt draußen auszuschließen und die Stunde zu künden, wo die Dunkelheit sich mit dem Einen füllen muß. Erde, Himmel und Wasser rufen es uns zu, und ich kann mein Ohr nicht ihrem Ruf verschließen.

Wenn daher die Dämmerung immer tiefer wird, wie der Blick aus den dunklen Augen der Geliebten, so sagt mir mein ganzes Wesen, daß die Arbeit allein nicht der wahre Sinn des Lebens sein kann, daß sie allein nicht Inhalt und Zweck des menschlichen Daseins sein soll, denn der Mensch soll nicht ein bloßer Sklave sein — auch nicht der Sklave des Wahren und Guten.

Ach, Nikhil, wo ist der Teil seines Selbst geblieben, der sonst, wenn die Arbeit des Tages getan war, unter dem Sternenhimmel alle Fesseln von sich warf und hineintauchte in die unendlichen Tiefen des nächtlichen Dunkels? Wie furchtbar einsam ist doch der, dem in der Mannigfaltigkeit des Lebens der Gefährte fehlt!

Neulich abends, um die Zeit, wo Tag und Nacht sich auf der Schwelle begegnen, hatte ich gerade nicht zu arbeiten, war auch nicht zum Arbeiten aufgelegt, und auch mein Lehrer war nicht da, um mir Gesellschaft zu leisten. Mein Herz war wie ein leer dahintreibendes Boot, das einen Ankerplatz sucht, und so schlenderte ich den inneren Gärten zu. Ich liebe die Chrysanthemen sehr, und an der einen Seite des Parkes habe ich ganze Reihen davon in allen Spielarten an der Mauer entlang in Töpfen hintereinander aufstellen lassen. Als sie blühten, sah es aus, als ob eine grüne Woge sich in Schaum von allen Regenbogenfarben auflöste. Ich war längere Zeit nicht nach diesem Teil des Parkes gekommen, und der Gedanke, meine Chrysanthemen nach langer Trennung wiederzusehen, erfüllte mich mit freudiger Erwartung.

Als ich eintrat, sah der Vollmond gerade über die Mauer, deren Fuß noch im tiefen Schatten lag. Es war, als ob er sich von hinten auf den Zehen herangeschlichen hätte und mutwillig lächelnd der Dunkelheit die Augen zuhielte. Als ich mich der Terrasse von Chrysanthemen näherte, sah ich davor eine Gestalt im Grase ausgestreckt. Mein Herz stockte plötzlich. Auch die Gestalt richtete sich beim Nahen meiner

Schritte erschrocken auf.

Was sollte ich in dem Augenblick tun? Ich schwankte, ob ich mich noch schnell zurückziehen sollte. Auch Bimala überlegte augenscheinlich, wie sie mir entkommen könnte. Aber es schien mir ebenso ungeschickt, jetzt fortzugehen, wie zu bleiben. Bevor ich mich entschließen konnte, stand Bimala auf, schlug das Ende ihres Sari über den Kopf und ging fort, den inneren Gemächern zu.

Diese kurze Pause hatte genügt, um mir das ganze Elend Bimalas klarzumachen. Und sofort verstummte die Klage meines eigenen Lebens. Ich rief aus: »Bimala!«

Sie fuhr zusammen und hielt an, doch wandte sie sich nicht um. Ich trat hinzu und stand vor ihr. Ihr Gesicht war im Schatten, das Mondlicht fiel auf meines. Sie hatte die Augen gesenkt, die Hände krampfhaft zusammengepreßt.

»Bimala,« sagte ich, »warum sollte ich versuchen, dich in diesem verschlossenen Käfig bei mir festzuhalten? Weiß ich denn nicht, daß du auf diese Weise vor Kummer und Sehnsucht vergehen mußt?«

Sie stand still da, ohne die Augen zu erheben oder ein Wort zu sagen.

»Ich weiß,« fuhr ich fort, »daß, wenn ich dich mit Gewalt gefesselt halten wollte, mein ganzes Leben nichts mehr sein würde als eine eiserne Kette. Welche Freude könnte ich davon haben?«

Sie schwieg noch immer.

»Daher sage ich dir aufrichtig, Bimala,« schloß ich, »du bist frei. Was immer ich dir auch gewesen bin oder vergeblich zu sein versucht habe, — deine Fessel will ich nicht sein.« Und damit ging ich nach den äußeren Gemächern.

Nein, nein, es war weder ein großmütiger Impuls, noch war es Gleichgültigkeit. Ich hatte nur einfach eingesehen, daß ich selbst nie frei sein würde, solange ich andere in Unfreiheit ließe. Hätte ich versucht, Bimala wie eine

Schmuckkette um meinen Hals zu behalten, so hätte diese Kette wie eine schwere Last auf mein Herz gedrückt. Habe ich nicht aus tiefster Seele gebetet, daß ich willig mein Los auf mich nehmen und auf Glück verzichten oder den Schmerz willkommen heißen wollte, wenn ich nur nicht in Knechtschaft leben sollte? Wenn man sich gewaltsam an die Lüge klammert und nicht von dem Glauben lassen will, daß sie Wahrheit ist, so erdrosselt man sich selbst. Möge ich vor solcher Selbstzerstörung bewahrt bleiben!

Als ich mein Zimmer betrat, fand ich meinen Lehrer dort wartend. Meine erregten Gefühle wogten noch in mir. »Die Freiheit, Meister,« begann ich ohne ein Wort der Begrüßung oder der Frage, »die Freiheit ist das Höchste für den Menschen. Nichts läßt sich mit ihr vergleichen, — gar nichts!«

Überrascht über diesen Ausbruch, sah mein Lehrer schweigend zu mir auf.

»Aus Büchern kann man nichts verstehen«, fuhr ich fort. »Wir lesen in den heiligen Schriften, daß unsre Begierden Fesseln sind, die so wohl uns selbst, wie andre binden. Aber solche Worte an sich sind so leer. Erst in dem Augenblick, wo wir den Vogel aus dem Käfig lassen, wird es uns klar, wie unfrei der Vogel uns gemacht hatte. Was wir einkerkern, es sei, was es sei, fesselt uns mit Begierde, deren Bande stärker sind als eiserne Ketten. Ich sage Ihnen, Meister, dies ist es, was die Menschen nie begreifen wollen. Sie alle versuchen irgend etwas zu reformieren, was außerhalb ihrer selbst ist. Aber die eigenen Begierden sind es, die reformiert werden müssen, sonst nichts, sonst nichts!«

»Wir meinen,« sagte er, »daß wir unser eigener Herr sind, wenn wir den Gegenstand unsrer Begierden in unsre Hand bekommen haben, aber in Wahrheit sind wir nur unser eigener Herr, wenn es uns gelingt, unser Herz von unsern Begierden zu befreien.«

»Wenn wir das alles so in Worte fassen, Meister,« fuhr ich fort, »so klingt es wie irgendeine sterile Greisenweisheit, aber wenn wir uns etwas davon wirklich begreifen, so sehen wir, daß es amrita ist, das die Götter tranken und unsterblich wurden. Wir können die Schönheit erst erkennen, wenn wir sie freilassen. Es war Buddha, der die Welt eroberte, nicht Alexander, — dies ist falsch, wenn wir es in trockner Prosa sagen, — ach, wann werden wir es in die Welt hinaus singen können? Wann werden alle diese innersten Wahrheiten des Universums überfließen über die Seiten der gedruckten Bücher und sich zu einem heiligen Strom vereinigen?«

Plötzlich fiel mir ein, daß ja mein Lehrer die letzten Tage verreist gewesen war, und ich den Grund seiner Abwesenheit noch nicht erfahren hatte. Ich schämte mich etwas über meine Gedankenlosigkeit und fragte ihn: »Und wo sind Sie die ganze Zeit gewesen, Meister?«

»Bei Pantschu«, erwiderte er.

»Wirklich!« rief ich aus. »Sind Sie alle diese Tage dagewesen?«

»Ja. Ich wollte mit der Frau, die sich seine Tante nennt, zu einer Verständigung kommen. Sie konnte es gar nicht fassen, daß es unter den Vornehmen solche Käuze gäbe, wie der, der Gastfreundschaft bei ihnen suchte. Als sie sah, daß ich wirklich die Absicht hatte, zu bleiben, fing sie an, sich etwas zu schämen.« »Mütterchen,« sagte ich, »Sie werden mich nicht los, selbst wenn Sie mich schlecht behandeln! Und solange ich bleibe, bleibt Pantschu auch. Denn, nicht wahr, Sie müssen doch einsehen, daß ich es nicht ruhig mit ansehen kann, wenn seine mutterlosen Kleinen auf die Straße gesetzt werden?«

Sie hörte mir ein paar Tage lang zu, wenn ich so redete, ohne ja oder nein zu sagen. Heute morgen sah ich, daß sie dabei war, ihr Bündel zu schnüren. »Wir wollen zurück nach Brindaban«, sagte sie. »Geben Sie uns das Geld für die Reise! Ich weiß, daß sie nicht nach Brindaban reisen wird und daß ihre Reisekosten eine hübsche Summe ausmachen werden. Deshalb komme ich zu dir.«

»Die Summe, die sie fordert, soll ihr bezahlt werden«, sagte ich.

»Die alte Frau ist gar nicht so übel«, sagte mein Lehrer nachdenklich. »Pantschu war unsicher wegen ihrer Kaste und wollte nicht dulden, daß sie die Wasserkrüge oder überhaupt etwas von seinen Sachen anrührte. So zankten sie sich beständig. Als sie sah, daß ich nichts gegen ihre Berührung hatte, sorgte sie mit großer Hingebung für mich. Sie ist eine ausgezeichnete Köchin!«

»Aber der ganze Rest von Pantschus Achtung für mich schwand. Bis zuletzt hatte er noch geglaubt, daß ich wenigstens ein harmloser und einfältiger Mensch sei. Aber hier mußte er nun sehen, wie ich ganz unbedenklich meine Kaste aufs Spiel setzte, um die alte Frau für meinen Zweck zu gewinnen. Hätte ich versucht, ihr den Rang abzulaufen, indem ich irgend jemandem eine Zeugenaussage eingedrillt hätte, das wäre etwas anderes gewesen. Kriegslist muß man mit Kriegslist begegnen. Aber daß man sie auf Kosten der Strenggläubigkeit übt, ist mehr, als er ertragen kann!«

»Jedenfalls muß ich auch nach der Abreise der Frau noch ein paar Tage bei Pantschu bleiben, denn Harisch Kundu heckt vielleicht eine neue Teufelei aus. Er hat zu seinen Trabanten gesagt, daß er sich begnügt hätte, Pantschu mit einer Tante zu versehen, aber ich wäre sogar soweit gegangen, ihm einen Vater zu verschaffen. Nun wollte er sehen, wie viele Väter dazu gehörten, um ihn zu retten!«

»Ob es uns gelingt, ihn zu retten, oder nicht,« sagte ich, »wenn wir zugrunde gehen bei dem Versuch, unser Vaterland aus den tausend Schlingen zu retten, die diese Leute ihm aus Religion, Sitte und Selbstsucht drehen, so wird unser Ende glücklich sein.«

BIMALAS ERZÄHLUNG

XIV

Wer hätte gedacht, daß sich so viel in diesem einen Leben ereignen könnte? Es ist mir, als hätte ich eine ganze Reihe von Existenzen durchlebt; die Zeit ist so schnell verflogen, ohne daß ich es merkte, bis ich neulich plötzlich wie aus einem Traum erwachte.

Ich wußte, es würde eine Auseinandersetzung zwischen uns geben, als ich mich entschloß, meinen Gatten zu bitten, die ausländischen Waren von unserm Markt zu verbannen. Aber ich glaubte fest, ich würde es nicht nötig haben, ihn mit Gründen zu überzeugen, der Zauber, der von mir ausströmte, würde schon seine Wirkung tun. War nicht ein so gewaltiger Mann wie Sandip mir hilflos zu Füßen gesunken, wie die mächtige Meereswoge, die sich am Ufer bricht? Hatte ich ihn gerufen? Nein, meine Zauberkraft hatte ihn angezogen. Und Amulja, der arme liebe Junge, als er mich zuerst sah, wie war da der Strom seines Lebens in roter Glut aufgeflammt, wie der Fluß beim Sonnenaufgang! Wahrlich, ich habe empfunden, wie einer Göttin zumute sein muß, wenn sie auf das strahlende Antlitz ihres Priesters herabschaut.

In der stolzen Zuversicht, den diese Beweise meiner Macht mir gegeben, schickte ich mich an, meinem Gatten entgegenzutreten wie eine gewitterschwangere Wolke. Aber was geschah? Nie in all diesen neun Jahren sah ich einen so kühlen, fremden Blick in seinen Augen, — wie der Wüstenhimmel, der trocken und teilnahmlos auf alles niederblickt. Es wäre mir eine solche Erleichterung gewesen, wenn er in Zorn aufgeflammt wäre! Aber ich sah keine Möglichkeit, ihm nahezukommen. Ich fühlte mich wie in einem Traume, in einem Traume, auf den nur das Dunkel der Nacht folgen würde.

Früher beneidete ich meine Schwägerin immer wegen ihrer Schönheit. Damals hatte ich das Gefühl, daß die Vorsehung mir keine eigene Macht gegeben hätte, daß meine ganze Stärke in der Liebe läge, mit der mein Gatte mich beschenkte. Jetzt, da ich den Becher der Macht zur Neige geleert hatte und ihren Rausch nicht mehr entbehren konnte, fand ich ihn plötzlich in Stücke zerbrochen zu meinen Füßen, und nichts schien mir mehr des Lebens wert.

Wie fieberhaft hatte ich mich an jenem Tage mit meinem Haar gemüht! O Schmach und Schande über mich! Meine Schwägerin hatte, als sie vorbeikam, ausgerufen: »Ei, Tschota Rani, dein Haar scheint ja in die Luft fliegen zu wollen. Paß nur auf, daß es nicht den Kopf mit wegnimmt!«

Und dann neulich im Garten, wie leicht wurde es meinem Gatten, mir zu sagen, daß er mich freigäbe! Aber läßt Freiheit — leere Freiheit — sich so leicht geben und nehmen? Es ist, als ob man einen Fisch in der Luft in Freiheit setzte, — denn wie kann ich außerhalb der Atmosphäre liebender Sorge, die mich immer umgab, leben und atmen?

Als ich heute in mein Zimmer trat, sah ich nur Möbel — nur die Bettstelle, nur den Spiegel, nur den Kleiderriegel —, nicht die Seele, die das Ganze sonst durchdrang und beherrschte. Statt dessen war da Freiheit, nur Freiheit, bloße Leere. Ein trockenes Flußbett, in dem alle Felsen und Kiesel bloß lagen. Kein Gefühl, nur Möbel!

Als ich in einen Zustand äußerster Verstörtheit geraten war und mich fragte, ob mir überhaupt noch irgend etwas Wahres in meinem Leben geblieben sei und wo es sein könne, begegnete ich zufällig wieder Sandip. Da stieß Leben auf Leben, und die Funken sprühten, wie sie es sonst getan. Hier war Wahrheit — ungestüme Wahrheit, die schäumend

in das leere Flußbett stürzte und alle Grenzen überflutete, —
Wahrheit, die tausendmal wahrer war als die Bara Rani mit
ihrem Mädchen Thako und ihren törichten Liedern und als
alle die andern, die schwatzend und lachend umherliefen...

»Fünfzigtausend!« hatte Sandip gefordert.

»Was sind fünfzigtausend?« rief mein Herz berauscht. »Sie
sollen sie haben.«

Wie und wo ich sie bekommen sollte, das waren
untergeordnete Fragen, die zunächst nicht in Betracht
kamen. Wie war es denn mit mir gewesen? War ich nicht in
einem Augenblick aus meinem Nichts emporgehoben
worden zu einer Höhe, die alles überragte? So wird auch
alles auf meinen Wink und Ruf kommen. Ich werde sie mir
verschaffen, auf jeden Fall verschaffen, — daran kann kein
Zweifel sein.

In dieser Stimmung hatte ich Sandip neulich verlassen. Aber
als ich dann um mich blickte, wo war er da, der Baum des
Überflusses? Ach, warum verspottet und verhöhnt die Welt
draußen unser Herz so?

Doch verschaffen muß ich es mir; wie, das gilt mir gleich,
denn Sünde gibt es hier nicht. Sünde befleckt nur die
Schwachen; ich mit meiner Schakti-Kraft stehe über ihr. Nur
ein Gemeiner kann Diebstahl begehen, der König erobert
und nimmt sich die Beute, die ihm zukommt ... Ich muß
herausfinden, wo das Schatzamt ist, wer das Geld dorthin
bringt und wer es bewacht.

Ich brachte die halbe Nacht auf der Außenveranda zu und
spähte nach der Reihe der Geschäftsgebäude hinüber. Aber
wie sollte ich die 50000 Rupien aus den Klauen jener
Eisenriegel herausbekommen? Wenn ich durch irgendeinen
Zauberspruch alle jene Wachen hätte tot zu Boden fallen
lassen können, ich hätte nicht gezögert, — so
erbarmungslos war mir zu Sinn!

Aber während eine ganze Räuberbande im wirbelnden Hirn

seiner Rani einen Kriegstanz aufführte, lag das große Haus des Radscha in tiefstem Frieden da. Die Glocke des Wächters kündete eine Stunde nach der andern, und der Himmel sah still und gelassen auf mich herab.

Schließlich ließ ich Amulja rufen.

»Wir brauchen Geld für die nationale Sache«, sagte ich zu ihm. »Kannst du es nicht aus dem Schatzamt schaffen?«

»Warum nicht?« sagte er, sich in die Brust werfend.

Ach, hatte ich nicht auch gerade so »Warum nicht?« geantwortet, als Sandip mich fragte? Die Zuversicht des armen Burschen konnte mir nur wenig Hoffnung geben.

»Wie willst du es anfangen?« fragte ich.

Die abenteuerlichen Pläne, die er darauf zu entfalten begann, lassen sich nur in einem Schauerroman wiederholen.

»Nein, Amulja,« sagte ich strenge, »du darfst nicht kindisch sein.«

»Nun,« sagte er, »so will ich die Wächter bestechen.«

»Woher willst du das Geld dazu nehmen?«

»Ich kann den Bazar plündern,« antwortete er unverblüfft.

»Solche Dinge laß bleiben! Ich habe ja meine Schmucksachen, die ich dazu brauchen kann.«

»Aber,« sagte Amulja, »mir fällt ein, daß sich der Schatzmeister nicht bestechen läßt. Doch das macht nichts; es gibt ein anderes und einfacheres Mittel.«

»Welches?«

»Warum brauchen Sie es zu wissen? Es ist ganz einfach.«

»Aber ich möchte es doch wissen.«

Amulja kramte in seiner Jackentasche und zog erst eine kleine Ausgabe der Gita heraus, die er auf den Tisch legte, — und dann eine kleine Pistole, die er mir zeigte, ohne weiter etwas zu sagen.

Entsetzlich! Er besann sich keinen Augenblick, unsern

guten alten Schatzmeister[32] zu töten! Wenn man sein freimütiges, offenes Gesicht sah, hätte man gedacht, daß er keiner Fliege wehtun könnte, aber was waren das für Worte, die aus seinem Munde kamen! Es war klar, der Schatzmeister war für ihn nichts Wirkliches und Lebendiges, das zu seinem Gefühl sprach, sondern nur eine Leere, die ausgefüllt war mit immer bereiten Sprüchen aus der Gita wie: »Wer den Leib tötet, tötet nichts!«

»Aber Amulja, was denkst du dir nur?« rief ich endlich aus. »Weißt du denn nicht, daß der gute alte Mann Frau und Kinder hat und daß er...«

»Wo sollen wir Männer finden, die keine Frauen und Kinder haben?« unterbrach er mich. »Sehen Sie, Maharani, was wir Mitleid nennen, ist im Grunde nur Mitleid mit uns selbst. Wir scheuen uns, unsre eigenen weicheren Regungen und Gefühle zu verletzen, und daher schlagen wir nicht zu! Das ist der Gipfel der Feigheit!«

Es machte mich betroffen, als ich Sandips Phrasen aus dem Munde dieses Knaben hörte. Er war noch so rührend jung und unreif, — in dem Alter, wo man noch an das Gute als solches glauben kann, in dem Alter, wo man wahrhaft lebt und wächst. Die Mutter in mir erwachte.

Für mich selbst gab es nicht Gut noch Böse mehr, — gab es nur den Tod, den schönen lockenden Tod. Aber als ich diesen Knaben so ruhig von der Ermordung eines harmlosen alten Mannes reden hörte wie von einer ganz gerechten Sache, überlief mich ein Schauder. Je deutlicher ich sah, daß in seinem Herzen keine Sünde war, desto furchtbarer erschien mir die Sünde in seinen Worten. Es war mir, als ob die Sünde der Väter an dem unschuldigen Kinde heimgesucht würde.

Der Anblick seiner großen, von Glauben und Begeisterung leuchtenden Augen schnitt mir durch die Seele. Er stürzte sich in seiner Verblendung geradeswegs in den Schlund des

Drachen, aus dem es keine Rückkehr gab. Wie konnte ich ihn retten? Warum erweist sich mein Land nicht einmal als wirkliche Mutter, die ihren Sohn ans Herz drückt und ausruft: »O, mein Kind, mein Kind, was nützt es, daß du mich rettest, wenn ich dich nicht retten kann?«

Ich weiß wohl, daß alle Macht auf Erden groß wird, wenn sie sich mit dem Satan verbündet. Aber die Mutter ist da, daß sie, und wenn sie auch ganz allein steht, dem Teufel trotze und sein Werk zu hindern suche. Die Mutter macht sich nichts aus bloßem Erfolg, wie groß er auch sei, — sie will Leben geben und Leben erhalten. Und meine Seele streckt in inbrünstigem Verlangen heute die Hände aus, dies Kind zu retten.

Eben noch habe ich ihn zum Raub aufgestachelt. Was ich nun auch dagegen sagen mag, nimmt er als weibliche Schwäche. Sie lieben unsre Schwäche nur, wenn sie die Welt in ihre Netze lockt!

»Du brauchst gar nichts zu tun, Amulja, ich werde das Geld schon schaffen«, sagte ich endlich zu ihm.

Als er im Begriff war, aus der Tür zu gehen, rief ich ihn zurück. »Amulja,« sagte ich, »ich bin deine ältere Schwester. Nach dem Kalender ist heute nicht der Brudertag[33], aber in Wahrheit sind alle Tage im Jahr Brudertage. Mein Segen sei mit dir! Möge Gott dich immer behüten!«

Diese unerwarteten Worte von meinen Lippen machten Amulja starr vor Überraschung. Er stand eine Weile regungslos da. Dann kam er zu sich. Und nun warf er sich vor mir nieder, als ein Zeichen, daß er meine Schwesterschaft annahm und mir als Bruder seine Ehrfurcht bezeugte. Als er sich erhob, waren seine Augen voll Tränen ... Ach, mein kleiner Bruder! Ich eile mit schnellen Schritten dem Tode zu, laß mich all deine Sünde mit mir nehmen! Möge deine Unschuld nie durch mich befleckt werden!

Ich sagte zu ihm: »Gib mir diese Pistole als

Brudergeschenk!«

»Was wollen Sie damit, Schwester?«

»Ich will mich mit dem Tod vertraut machen.«

»Das ist recht, Schwester. Auch unsre Frauen müssen lernen, wie man stirbt und wie man tötet.« Und damit gab Amulja mir die Pistole.

Es war mir, als ob der Glanz seines jugendlichen Antlitzes mein Leben mit der Ahnung eines neuen Morgenlichtes überstrahlte. Ich steckte die Pistole zu mir. Möge dies Brudergeschenk die letzte Zuflucht in meiner Not sein...

Nun, da die Tür zu der Kammer der Mutter in meinem Frauenherzen einmal geöffnet war, glaubte ich, sie würde immer offenbleiben. Aber dieser Pfad zum Heil wurde versperrt, als die Herrin den Platz der Mutter einnahm und sie wieder schloß. Gleich am Tage darauf sah ich Sandip, und sofort tanzte der Wahnsinn unverhüllt und zügellos in meinem Herzen.

Was war dies? War dies nun mein wahreres Ich? Nein, niemals! Nie vorher hatte ich dieses schamlose, grausame Weib in mir gekannt. Der Schlangenbeschwörer war gekommen und hatte getan, als ob er diese Schlange aus den Falten meines Gewandes hervorzauberte, — aber sie war nie da, sie war die ganze Zeit bei ihm verborgen. Irgendein Dämon hat Besitz von mir ergriffen, und was ich heute tue, ist sein Spiel und Treiben — es hat nichts mit mir zu tun.

Dieser Dämon war an jenem Tage unter der Maske eines Gottes mit seiner roten Fackel zu mir gekommen und hatte gesagt: »Ich bin dein Land. Ich bin deine Leuchte[34]. Ich bin dir mehr als irgendeiner von den Deinen. Bande Mataram!« Und mit gefalteten Händen hatte ich geantwortet: »Du bist meine Religion. Du bist mein Himmel. Alles andere, was mein ist, soll von der Flut meiner Liebe zu dir hinweggefegt werden. Bande Mataram!«

Fünftausend sind es? Fünftausend sollen es sein! Morgen

brauchst du sie? Morgen sollst du sie haben! In dieser
rasenden Orgie soll dies Opfer von 5000 sein wie der Schaum
auf dem Becher, und dann auf zum wilden Gelage! Die
unbewegliche Welt soll unter unsern Füßen schwanken,
Feuer soll aus unsern Augen sprühen, ein Sturm soll uns
im Ohr heulen, und die Gestalten der Wirklichkeit und der
Phantasie sollen durcheinander im Nebel vor unsern
Blicken tanzen. Und dann wollen wir taumelnd in den
Abgrund des Todes stürzen, — und in einem Augenblick
wird alles Feuer erloschen, die Asche zerstreut sein, und
nichts wird übrigbleiben.

Fußnoten:

Der Schatzmeister ist der Beamte, der am meisten mit der weiblichen Gutsherrschaft in Berührung kommt, da er ihre Aufträge für den Haushalt entgegennimmt und ihre Einkäufe besorgt, und so gehört er mehr zur Familie als die andern.

In bengalischen Häusern (vielleicht in Hinduhäusern überall in Indien) wird die Tochter des Hauses mit besonderer Liebe gehegt, weil sie nach dem Gebot der Sitte so früh verheiratet wird. So nimmt sie liebe Erinnerungen mit in das Heim ihres Gatten, wo sie als Fremde erst Wurzel fassen muß, bevor ihr die ihr gebührende Stellung zuteil wird. Das Gefühl, das somit die junge Frau ihrem alten Heim gegenüber bewahrt, kommt zum feierlichen Ausdruck an dem Brudertag, an dem die Brüder ins Haus ihrer verheirateten Schwester geladen werden. Ist die Schwester die ältere, so nimmt sie die Ehrfurchtsbezeugung ihrer Brüder entgegen und gibt ihnen ihren Segen, und umgekehrt. Bei der Gelegenheit werden Geschenke getauscht, die man als Gaben der Ehrfurcht oder des Segens bezeichnet. (Anm. d. engl. Übers.)

Im Englischen: I am your Sandip. Das indische Wort sandipu bedeutend »flammend, leuchtend«. (Übers.)

NEUNTES KAPITEL

BIMALAS ERZÄHLUNG

XV

Eine Zeitlang grübelte ich vergeblich hin und her, wie ich das Geld bekommen sollte, bis neulich plötzlich vor meiner aufs höchste erregten Phantasie der Weg als deutliches Bild dastand.

Jedes Jahr, um die Zeit des Festes der Göttin Kali, macht mein Gatte meiner Schwägerin ein Ehrengeschenk von 6000 Rupien, und immer wird es auf ihr Konto bei der Bank in Kalkutta niedergelegt. In diesem Jahr erhielt sie diese Ehrengabe wie gewöhnlich, aber das Geld ist noch nicht auf die Bank gebracht und wird solange in einem eisernen Geldschrank aufbewahrt, in einer Ecke des kleinen Ankleidezimmers neben unserm Schlafzimmer.

Jedes Jahr bringt mein Gatte das Geld selbst auf die Bank. Diesmal hat er noch keine Gelegenheit gehabt, in die Stadt zu fahren. Mußte ich nicht darin die Hand der Vorsehung erkennen? Das Geld ist hier zurückgehalten, weil das Vaterland es braucht, — wer hätte da die Macht, es ihm zu nehmen und es auf die Bank zu bringen? Und wie könnte ich mich weigern, es fortzunehmen? Die Göttin der Zerstörung hält mir ihren Blutbecher hin und ruft: »Gib mir zu trinken, ich bin durstig.« Ich will ihr mein eignes Herzblut geben mit jenen 5000 Rupien. Große Mutter! Der, der das Geld verliert, wird den Verlust kaum fühlen, aber mich wirst du ganz zugrunde richten!

Wie manchesmal habe ich früher meine Schwägerin innerlich eine Diebin genannt, weil sie meinem arglosen Gatten Geld abschmeichelte. Nach dem Tode ihres Gatten brachte sie oft Sachen, die uns gehörten, für sich auf die Seite. Ich pflegte meinen Gatten darauf aufmerksam zu machen, aber er sagte nichts. Oft wurde ich böse und sagte: »Wenn du Lust hast zu schenken, so schenke meinetwegen, soviel du willst, aber warum läßt du dich bestehlen?« Die Vorsehung muß damals über meine Klagen gelächelt haben, denn heute bin ich es, die das, was meiner Schwägerin gehört, aus meines Gatten Geldschrank stiehlt.

Mein Gatte hat die Gewohnheit, die Schlüssel in seiner Tasche zu lassen, wenn er sich vor dem Schlafengehen im Ankleidezimmer auszieht und sein Zeug dort läßt. Ich suchte mir den Schlüssel zum Geldschrank heraus und öffnete ihn. Es war mir, als ob das leise Geräusch die ganze Welt aufwecken müßte! Meine Hände und Füße wurden plötzlich eiskalt, und ich zitterte am ganzen Leibe.

In dem Geldschrank ist eine Schieblade. Als ich sie öffnete, fand ich das Geld, nicht in Banknoten, sondern in eingewickelten Goldrollen. Ich hatte keine Zeit, mir das, was ich brauchte, abzuzählen. Es waren zwanzig Rollen. Ich nahm sie alle und knotete sie in eine Ecke meines Sari.

Welch ein Gewicht war das! Es war, als ob die Last des Diebstahls mich zu Boden zöge und mein Herz in den Staub drückte. Vielleicht hätten Banknoten es mir weniger als Diebstahl erscheinen lassen, aber dies war alles Gold.

Nachdem ich mich wie ein Dieb zurückgeschlichen hatte, erschien mir mein Zimmer nicht mehr wie mein eignes. All die kostbaren Rechte, die ich daran hatte, verschwanden vor meinem Diebstahl. Ich begann leise für mich hin zu murmeln, als ob ich Zaubersprüche murmelte: »Bande Mataram, Bande Mataram, mein Land, mein goldnes Land, all dies Gold ist für dich, für niemanden sonst!«

Aber in der Nacht ist der Geist schwach. Ich ging mit geschlossenen Augen durch das Schlafzimmer zurück, in dem mein Gatte schlief, und trat hinaus auf die offene

Terrasse davor; dort warf ich mich ausgestreckt auf den Boden, den Zipfel meines Sari mit dem Golde gegen die Brust gepreßt. Ich fühlte jede einzelne Goldrolle und es war, als ob jede meinem Herzen einen schmerzhaften Stoß gab.

Die Nacht stand schweigend da mit erhobenem Zeigefinger. Ich konnte mein Haus nicht als etwas von meinem Vaterlande Getrenntes empfinden: ich hatte mein Haus beraubt, also hatte ich auch mein Vaterland beraubt. Durch diese Sünde hatte mein Haus aufgehört mein zu sein, auch mein Land war mir dadurch entfremdet. Wäre ich gestorben, indem ich für mein Land betteln ging, selbst ohne Erfolg, so wäre das ein den Göttern willkommenes Opfer gewesen. Aber Diebstahl ist niemals Gottesdienst, — wie kann ich denn dies Gold opfern? Ach, wehe mir! Ich bin selbst dem Verderben geweiht, muß ich nun auch mein Vaterland durch meine sündige Berührung beflecken?

Der Weg, das Geld zurückzubringen, ist mir abgeschnitten. Ich habe nicht die Kraft, in das Zimmer zurückzugehen, noch einmal den Schlüssel zu nehmen, noch einmal den Geldschrank zu öffnen, — ich würde auf der Schwelle vor meines Gatten Tür ohnmächtig zusammenbrechen. Der einzige Weg, der mir bleibt, ist der Weg geradeaus weiter. Doch ich habe auch nicht die Kraft, mich bedachtsam hinzusetzen und die Geldstücke zu zählen. Mögen sie in ihrer Hülle bleiben, ich kann jetzt nicht rechnen.

Der Winterhimmel war ganz klar. Die Sterne leuchteten hell. Wenn ich, so dachte ich bei mir, als ich da draußen lag, alle diese Sterne, einen nach dem andern, wie goldene Münzen für mein Vaterland stehlen müßte, — diese Sterne, die die Dunkelheit so sorgfältig in ihrem Busen aufbewahrt, — dann würde der Himmel auf ewig seines Augenlichtes beraubt und die Nacht auf ewig verwaist sein, und mein Diebstahl würde die ganze Welt berauben. Aber war nicht auch eben das, was ich getan hatte, ein Raub an der ganzen Welt, — nicht nur ein Raub von Geld, sondern auch von

Vertrauen und Redlichkeit?

Ich brachte die Nacht auf der Terrasse liegend zu. Als endlich der Morgen kam und ich sicher war, daß mein Gatte aufgestanden und nicht mehr in seinem Zimmer war, da endlich wagte ich, den Schal über den Kopf gezogen, wieder in mein Schlafzimmer zurückzugehen.

Meine Schwägerin war dabei, ihre Pflanzen zu begießen. Als sie mich von ihrer Veranda aus vorübergehen sah, rief sie: »Hast du die Neuigkeit gehört, Tschota Rani?«

Ich hielt an, vor Schrecken gelähmt. Es war mir, als ob die Goldrollen unter dem Schal hoch anschwöllen. Ich fürchtete, sie würden zerplatzen und als klirrender Regen auf den Boden niederprasseln und so vor allen Dienstboten die Diebin entlarven, die sich um alles brachte, indem sie ihren eignen Reichtum stahl.

»Deine Räuberbande,« fuhr sie fort, »hat ein anonymes Schreiben geschickt, in dem sie droht, das Schatzamt zu plündern.«

Ich blieb still wie ein Dieb.

»Ich habe gerade Bruder Nikhil den Rat gegeben, sich um deinen Schutz zu bemühen«, fuhr sie spottend fort. »Ruf deine Schergen zurück, Räuberkönigin! Wir wollen deinem Bande Mataram Opfer bringen, wenn du uns nur rettest. Ist das eine Welt heute! Aber verschont um Gottes willen wenigstens unser Haus mit räuberischen Überfällen!«

Ich eilte, ohne zu antworten, in mein Zimmer. Ich hatte meinen Fuß auf Triebsand gesetzt und konnte ihn nun nicht zurückziehen. Wenn ich mich mühte, herauszukommen, würde ich nur noch tiefer versinken.

Wenn nur die Zeit kommen wollte, wo ich Sandip das Geld einhändigen könnte! Ich konnte es nicht länger ertragen, sein Gewicht zermalmte mich.

Es war noch früh, als ich Bescheid erhielt, daß Sandip mich erwartete. Heute dachte ich nicht daran, mich zu schmücken. So wie ich war, in meinen Schal gehüllt, eilte ich nach den äußeren Gemächern.

Als ich das Wohnzimmer betrat, fand ich Sandip und Amulja da beisammen. Es war, als ob meine ganze Würde, meine ganze Ehre von Kopf zu Fuß sausend durch meinen Körper fuhr und im Boden verschwand. Ich sollte jetzt vor den Augen dieses Knaben die äußerste Schande einer Frau bloßlegen! War es möglich, daß die beiden sich hier getroffen hatten, um über meine Tat zu sprechen? War denn kein Fetzen eines Schleiers geblieben, meine Schmach zu verhüllen?

Wir Frauen werden die Männer nie verstehen. Wenn sie sich einen Weg zu ihrem Ziel bahnen wollen, so macht es ihnen nichts, das Herz der Welt in Stücke zu brechen, um ihre Straße damit zu pflastern, damit ihr Siegeswagen leichter dahinrollt. Wenn sie von ihrem Schaffensdrang berauscht sind, zerstören sie mit Lust das, was der Schöpfer schuf. Diese Schande, die mir das Herz bricht, würdigen sie nicht einmal eines Blickes. Sie haben kein Gefühl für das Leben um sie her; ihr ganzes Verlangen geht auf ihr Ziel. Was bin ich ihnen anders als eine Wiesenblume auf dem Wege eines seine Ufer überflutenden Stromes?

Und welchen Nutzen wird meine Selbstvernichtung Sandip bringen? Nur 5000 Rupien? War ich denn nicht noch etwas mehr wert als 5000 Rupien? Ja, freilich! Hatte ich das nicht von Sandip selbst gelernt, und konnte ich nicht im Licht dieser Erkenntnis meine ganze übrige Welt verachten? Ich war die Spenderin von Licht, von Leben, von Schakti-Kraft, von Unsterblichkeit — in diesem Glauben, in dieser Freude hatte ich alle meine Schranken durchbrochen und war hinausgeeilt. Hätte irgend jemand mir nun diesen Glauben bestätigt, mein Tod wäre Leben für mich gewesen. Ich hätte nichts verloren, obgleich ich alles von mir geworfen hatte.

Soll ich jetzt glauben, daß dies alles Lüge war? Mußte die

Lobeshymne, die sie mir so begeistert sangen, mich aus meinem Himmel herabrufen, nicht damit ich die Erde zum Himmel machte, sondern daß ich den Himmel selbst in den Staub herabzöge?

XVI

»Das Geld, Königin?« fragte Sandip, mich gespannt ansehend.

Auch Amulja sah mich erwartungsvoll an. Der liebe Junge! Wenn er auch nicht mein leiblicher Bruder ist, so liebe ich ihn doch wie einen jüngern Bruder. Mit seinem ehrlichen Gesicht, seinem hellen Blick, mit seiner ganzen unschuldigen Jugend sah er mich an. Und ich, eine Frau — vom Geschlecht seiner Mutter — wie konnte ich ihm Gift reichen, nur weil er danach verlangte?

»Das Geld, Königin!« Sandips freche Forderung klang mir in den Ohren. In meinem Gefühl von Scham und Zorn hätte ich ihm das Geld an den Kopf werfen mögen. Ich konnte kaum den Knoten meines Sari auflösen, so zitterten meine Finger. Endlich fielen die Geldrollen auf den Tisch.

Sandips Gesicht wurde finster... Er mußte glauben, es seien Silberrollen... Welche Verachtung war in seinem Blick! Welcher Ekel vor meiner Unfähigkeit! Es war fast, als hätte er mich schlagen mögen! Er muß geglaubt haben, ich sei gekommen, um mit ihm zu unterhandeln, ihm als Abschlagssumme für seine Forderung von 5000 Rupien ein paar hundert zu bieten. Einen Augenblick glaubte ich, er würde die Geldrollen ergreifen und aus dem Fenster werfen und mir erklären, er sei kein Bettler, sondern ein König, der seinen Tribut fordert.

»Ist das alles?« fragte Amulja mit einer Stimme, so voll überquellenden Mitleids, daß ich hätte laut aufschluchzen mögen. Ich preßte mein Herz gewaltsam zusammen und nickte nur stumm mit dem Kopf.

Sandip war sprachlos. Er rührte weder die Rollen an, noch äußerte er einen Laut.

Meine Demütigung schnitt dem Knaben ins Herz. Mit erheuchelter Begeisterung rief er plötzlich aus: »Das ist eine ganze Menge. Damit haben wir reichlich genug. Sie haben uns gerettet.« Und dabei riß er eine der Rollen auf.

Die Goldstücke blitzten hervor. Und im selben Augenblick schwand auch die dunkle Hülle von Sandips Gesicht. Er strahlte vor Entzücken. Unfähig, den plötzlichen Umschlag seines Gefühls zu verbergen, sprang er auf und eilte auf mich zu. Was er wollte, weiß ich nicht. Ich warf einen hastigen Blick auf Amulja — die Farbe war aus seinem Antlitz gewichen, als hätte er einen Peitschenhieb bekommen. Dann stieß ich mit aller Kraft Sandip zurück. Als er rückwärts taumelte, stieß er mit dem Kopf gegen die Ecke des Marmortisches und fiel zu Boden. Dort lag er eine Weile regungslos. Von der Anstrengung erschöpft, sank ich auf meinen Stuhl zurück.

Amuljas Gesicht leuchtete freudig auf. Er wandte sich nicht einmal nach Sandip um, sondern kam geradeswegs zu mir, berührte ehrfurchtsvoll meine Füße und blieb dann vor mir auf dem Boden sitzen. Ach, mein kleiner Bruder, mein Kind! Diese deine Ehrfurchtsbezeugung ist die letzte Berührung des Himmels, die mir in meiner leer gewordenen Welt noch zuteil wird! Ich konnte mich nicht länger halten, und meine Tränen flossen heftig. Ich bedeckte die Augen mit dem Ende meines Sari, den ich mit beiden Händen gegen das Gesicht preßte, und schluchzte und schluchzte. Und immer, wenn meine Füße seine zarte Berührung spürten, wodurch er mich zu trösten suchte, brachen meine Tränen von neuem hervor.

Als ich mich nach einer Weile gefaßt hatte und aufblickte, sah ich Sandip wieder am Tisch stehen und die Goldstücke in sein Taschentuch knoten, als ob nichts geschehen wäre.

Amulja erhob sich von seinem Platz zu meinen Füßen; seine nassen Augen leuchteten.

Sandip sah mich ganz gelassen an und bemerkte: »Es sind sechstausend.«

»Wozu brauchen wir soviel, Sandip Babu?« rief Amulja. »Dreitausendfünfhundert ist alles, was wir für unsre Arbeit nötig haben.«

»Wir brauchen nicht nur Geld zu diesem einen Zweck«, erwiderte Sandip. »Wir werden alles brauchen, was wir bekommen können.«

»Das mag sein«, sagte Amulja. »Aber für die Zukunft übernehme ich es, Ihnen alles zu schaffen, was Sie brauchen. Von diesem geben Sie, bitte, die übrigen zweitausendfünfhundert der Maharani zurück, Sandip Babu!«

Sandip sah mich fragend an.

»Nein, nein«, rief ich aus. »Ich rühre dies Geld nie wieder an. Machen Sie damit, was Sie wollen!«

Sandip sah Amulja an. »Kann der Mann je geben, wie die Frau geben kann?« sagte er.

»Sie sind Göttinnen!« stimmte Amulja begeistert zu.

»Wir Männer können höchstens das geben, was wir durch unsre Kraft erringen«, fuhr Sandip fort. »Aber die Frauen geben sich selbst. Aus ihrem eignen Leib gebären sie, mit ihrem eignen Leib nähren sie. Solche Gaben sind die einzig wahren Gaben.« Dann wandte er sich zu mir. »Königin,« sagte er, »wenn das, was Sie uns gegeben haben, nur Geld wäre, so hätte ich es nicht angerührt. Aber Sie haben uns das gegeben, was Ihnen mehr bedeutet als das Leben selbst.«

Es müssen zwei verschiedene Wesen im Menschen sein. Das eine in mir sieht ein, daß Sandip versucht, mich zu täuschen; das andre will sich gern täuschen lassen. Sandip hat Kraft, aber keine sittliche Stärke. Dieselbe Gewalt, mit der er das Leben aufrüttelt, zerschmettert es auch wieder.

Seine Pfeile verfehlen nie ihr Ziel, wie die der Götter, aber sie sind giftig wie die der bösen Geister.

Sandips Taschentuch war nicht groß genug, um all die Goldstücke zu fassen. »Königin,« fragte er, »können Sie mir noch ein anderes geben?«

Als ich ihm meines gab, führte er es ehrfurchtsvoll an seine Stirn, und dann kniete er plötzlich vor mir nieder. »Göttin!« rief er, »ich wollte Ihnen meine Ehrfurcht bezeugen, als ich mich Ihnen nahte, aber Sie stießen mich zurück und warfen mich in den Staub. Sei es denn, ich nehme Ihre Zurückweisung als ein Diadem, womit ich meine Stirn schmücke.« Und damit wies er auf die Stelle, wo er sich im Fallen verletzt hatte.

Hatte ich ihn denn falsch verstanden? War es möglich, daß seine ausgestreckten Hände wirklich meine Füße berühren wollten? Aber es war sicher, daß selbst Amulja auch die Leidenschaft gesehen hatte, die aus seinen Augen, aus seinem Antlitz glühte. Doch Sandip ist solch ein Meister in der Kunst, seinen Lobgesang in Musik zu setzen, daß meine Vernunft schweigt; ich verliere die Kraft, die Wahrheit zu sehen; mein Blick ist umnebelt wie der des Opiumessers. Und so gab er mir schließlich den Schlag, den ich ihm erteilt hatte, viel empfindlicher zurück, denn die Wunde an seiner Stirn machte mein Herz bluten. Als Sandip sich wieder erhob, war es mir als hätte mein Diebstahl eine Würde bekommen und als lächelte das Gold, das auf dem Tisch glänzte, alle Furcht vor Schande, alle Gewissensbisse hinweg.

Wie ich war auch Amulja wiedergewonnen. Seine Liebe zu Sandip, die einen Augenblick einen Stoß erlitten hatte, flammte von neuem auf. Und der Altar seiner Seele füllte sich aufs neue mit Opfergaben für Sandip und mich. Sein kindlicher Glaube leuchtete wie das reine Licht des Morgensterns aus seinen Augen.

Und nun lohte auch die Flamme meiner Sünde wieder hell auf. Als Amulja mir ins Antlitz sah, erhob er die gefalteten Hände zum Gruß und rief: »Bande Mataram!« Ich kann nicht erwarten, daß mich immer solche Verehrung umgibt, und doch ist sie das einzige Mittel, meine Selbstachtung am Leben zu erhalten.

Ich kann mein Schlafzimmer nicht mehr betreten. Es ist mir, als ob die Bettstelle abwehrend eine Hand gegen mich ausstreckte, als ob der eiserne Geldschrank mich stirnrunzelnd anblickte. Ich möchte diesem beständigen Vorwurf, der mich quält, entrinnen. Ich möchte immer wieder zu Sandip laufen, um ihn mein Lob singen zu hören. Es ist ja nur dieser eine kleine Altar da, der aus den alles überspülenden Fluten meiner Schande hervorragt, daher möchte ich mich Tag und Nacht an ihn klammern; denn, wohin ich sonst treten will, ist ringsum Leere.

Lob, Lob, ich brauche unaufhörliches Lob. Ich kann nicht leben, wenn mein Becher einen einzigen Augenblick leer bleibt. Daher brauche ich heute von allem auf der Welt Sandip, als den einzigen Wert meines Lebens.

XVII

Es ist mir jetzt unmöglich, mich zu meinem Gatten zu setzen, wenn er zu seinen Mahlzeiten hereinkommt. Und doch empfinde ich es als eine solche Schande, ihn allein zu lassen, daß ich das auch nicht fertig bringe. Daher setze ich mich so hin, daß wir einander nicht ins Gesicht sehen können. So saß ich neulich, als die Bara Rani hereinkam und sich zu uns setzte.

»Es ist alles ganz schön und gut, Bruder, wenn du über diese Drohbriefe lachst«, sagte sie. »Aber mich beunruhigen sie doch sehr. Hast du das Geld, das du mir gabst, auf die Bank nach Kalkutta geschickt?«

»Nein, ich habe noch keine Zeit gehabt, es zu besorgen«,

erwiderte mein Gatte.

»Du bist so sorglos, lieber Bruder, du solltest lieber vorsichtig sein...«

»Aber es ist im Ankleidezimmer da drinnen, in dem eisernen Geldschrank«, sagte mein Gatte mit einem beruhigenden Lächeln.

»Wenn sie aber da hineinkommen? Man kann nie wissen!«

»Wenn sie bis dahin kommen, so können sie ebenso gut dich auch forttragen!«

»Hab' keine Angst, an meiner armen Person vergreift sich niemand. Der wahre Anziehungspunkt ist in deinem Zimmer! Aber Scherz beiseite, du solltest es nicht wagen, Geld so im Zimmer aufzubewahren.«

»In ein paar Tagen werden die Regierungseinkünfte nach Kalkutta gebracht. Dann schicke ich das Geld unter demselben Schutz zur Bank.«

»Gut. Aber vergiß es nur nicht ganz, du bist so zerstreut.«

»Selbst wenn das Geld verloren ginge, solange es in meinem Zimmer ist, würde der Verlust doch nicht dich treffen, Schwester Rani.«

»Nun machst du mich aber böse, Bruder, wenn du so redest. Als ob ich mich nur beunruhigte, weil das Geld mir gehört! Wenn du dein Geld verlierst, glaubst du, daß mir das gleichgültig ist? Wenn das Schicksal mir auch alles genommen hat, so hat es mich doch nicht gefühllos gemacht für den Wert des treuesten Bruders, den es seit Lakschmans[35] Zeiten her gegeben hat.«

»Nun, Tschota Rani, bist du zu Stein geworden? Du hast noch kein Wort gesagt. Weißt du, Bruder, unsre Tschota Rani glaubt, ich wolle dir nur schmeicheln. Wenn es darauf ankäme, würde ich es schon tun, aber ich weiß, daß es bei meinem lieben alten Bruder nicht nötig ist.«

So plauderte die Bara Rani weiter und vergaß dabei nicht, ihren Bruder auf diesen oder jenen Leckerbissen unter den

Gerichten, die serviert wurden, aufmerksam zu machen. Mein Kopf war die ganze Zeit in einem Wirbel. Die Krisis nahte schnell. Das Geld mußte irgendwie wieder an seinen Platz gebracht werden. Und während ich mein Hirn zermarterte, was geschehen könne und wie es geschehen könne, wurde mir das unaufhörliche Schwatzen meiner Schwägerin immer unerträglicher.

Und was alles noch schlimmer machte, war, daß nichts dem scharfen Blick meiner Schwägerin entgehen konnte. Immer wieder sah sie mich prüfend von der Seite an. Was sie auf meinem Gesicht lesen konnte, weiß ich nicht, aber es war mir, als ob alles nur zu deutlich darauf geschrieben stände.

Dann tat ich etwas ganz Tollkühnes. Ich zwang mich zu einem leichten, belustigten Lachen und sagte: »Ich sehe schon, daß der ganze Verdacht der Bara Rani auf mich geht — ihre Furcht vor Dieben und Räubern ist nur Verstellung.«

Die Bara Rani lächelte boshaft. »Du hast recht, Schwester. Der Diebstahl einer Frau ist der verhängnisvollste von allen Diebstählen. Aber wie kannst du meiner Wachsamkeit entgehen? Bin ich ein Mann, daß du mich täuschen könntest?«

»Wenn du mich so fürchtest,« entgegnete ich, »so laß mich dir alles, was ich besitze, als Sicherheitspfand zur Aufbewahrung geben. Wenn du dann etwas durch mich verlierst, so kannst du dich schadlos halten.«

»Nun höre einmal die kleine Einfalt«, wandte sie sich lachend an meinen Gatten. »Weiß sie denn nicht, daß es Verluste gibt, die sich nicht ersetzen lassen, weder in dieser Welt noch in einer andern?«

Mein Gatte mischte sich nicht in unser Wortgeplänkel. Als er fertig war, ging er nach den äußern Gemächern, denn jetzt hält er seine Mittagsruhe nicht mehr in unserm Zimmer.

Alle meine wertvolleren Juwelen waren auf dem Schatzamt in der Obhut des Schatzmeisters. Doch auch das, was ich bei mir hatte, mußte noch dreißig- bis vierzigtausend Rupien wert sein. Ich nahm meinen Schmuckkasten und brachte ihn der Bara Rani. »Ich lasse diese Juwelen bei dir, Schwester«, sagte ich, ihr den geöffneten Kasten hinhaltend. »Dann brauchst du dir keine Sorge zu machen.«

Die Bara Rani machte eine Bewegung, als wollte sie sagen, daß ich sie zur Verzweiflung brächte. »Ich weiß gar nicht, was ich von dir denken soll, Tschota Rani«, sagte sie. »Glaubst du denn im Ernst, ich habe schlaflose Nächte aus Angst, daß du mich beraubst?«

»Was wäre Schlimmes dabei, wenn du mir mißtrautest? Kann denn irgend jemand sagen, daß er irgend jemand in dieser Welt kenne?«

»Du willst mich beschämen, indem du mir Vertrauen schenkst? Nein, nein! Ich habe schon genug mit meinen eignen Schmucksachen zu hüten, ohne auch noch die deinen zu bewachen. Komm, sei vernünftig und nimm sie weg, es schnüffeln soviel Dienstboten herum.«

Ich ging aus dem Zimmer meiner Schwägerin geradeswegs nach dem Wohnzimmer draußen und ließ Amulja rufen. Mit ihm kam auch Sandip. Ich war in großer Hast und sagte zu Sandip: »Entschuldigen Sie, aber ich muß ein paar Worte mit Amulja reden. Möchten Sie...«

Sandip lächelte verägert. »Also ich gehöre nicht dazu, wenn Sie mit Amulja sprechen? Wenn Sie sich vorgenommen haben, ihn mir abspenstig zu machen, so muß ich mich wohl ohne weiteres darein ergeben, da ich dann doch keine Macht habe, ihn zurückzuhalten.«

Ich antwortete nicht, sondern wartete schweigend, daß er ginge.

»Gut denn«, fuhr Sandip fort. »Haben Sie Ihr tête-à-tête mit Amulja! Aber danach müssen Sie mir auch eins gewähren, sonst würde es eine Zurücksetzung für mich bedeuten. Ich kann alles ertragen, nur keine Zurücksetzung. Ich muß immer den Löwenanteil haben. Deswegen bin ich ja fortwährend mit der Vorsehung im Streit. Auch von ihr kann ich mir keine Zurücksetzung gefallen lassen.«

Mit einem vernichtenden Blick auf Amulja verließ Sandip das Zimmer.

»Amulja, mein lieber, guter kleiner Bruder, du mußt etwas für mich tun«, sagte ich.

»Was Sie mir auch auferlegen, Schwester, dafür werde ich mein Leben einsetzen.«

Ich zog den Schmuckkasten aus den Falten meines Schals hervor und stellte ihn vor ihn hin. »Verkaufe oder verpfände dies,« sagte ich, »und verschaffe mir 6000 Rupien, so schnell du nur kannst!«

»Nein, nein, Schwester Rani«, sagte Amulja, aufs tiefste betroffen. »Behalten Sie diese Juwelen! Ich werde Ihnen auch so 6000 verschaffen.«

»O, sei nicht töricht«, rief ich ungeduldig. »Es ist keine Zeit für irgendwelche Phantastereien. Nimm diesen Kasten, fahre mit dem Nachtzuge nach Kalkutta und bringe mir das Geld bestimmt bis übermorgen!«

Amulja nahm ein Diamanthalsband aus dem Kasten, hielt es hoch gegen das Licht und legte es finster brütend wieder zurück.

»Ich weiß,« sagte ich zu ihm, »daß du niemals den richtigen Preis für diese Diamanten bekommen wirst, daher gebe ich dir Schmucksachen im Werte von ungefähr 30000. Es macht nichts, wenn sie alle draufgehen, aber ich muß unbedingt die sechstausend haben.«

»Wissen Sie, Schwester Rani,« sagte Amulja, »daß ich mit Sandip Babu einen Streit hatte wegen der 6000 Rupien, die er von Ihnen angenommen hat? Ich kann Ihnen nicht sagen, wie beschämend mir die Sache war. Aber Sandip

Babu behauptete, wir müßten selbst unser Schamgefühl dem Vaterlande opfern. Das mag wohl sein. Aber hiermit ist es doch anders. Ich fürchte mich nicht, für das Vaterland zu sterben, für das Vaterland zu töten, — soviel Schakti-Kraft ist mir verliehen. Aber ich kann die Scham nicht überwinden, daß ich von Ihnen Geld genommen habe. Darin ist Sandip mir voraus. Er hat keine Reue und Gewissensbisse. Er sagt, wir müssen uns von der Idee freimachen, daß das Geld demjenigen gehöre, in dessen Kasten es zufällig ist, — wenn wir das nicht können, wo bleibt da die Zauberkraft des Bande Mataram?«

Amulja geriet, während er so sprach, immer mehr in Begeisterung. Er wird immer warm, wenn ich ihm zuhöre. »Die Gita lehrt uns,« fuhr er fort, »daß niemand die Seele töten kann. Töten ist ein bloßes Wort. So ist es auch mit dem Rauben von Geld. Wem gehört das Geld? Niemand hat es erschaffen. Niemand kann es mit sich fortnehmen, wenn er aus diesem Leben scheidet, denn es ist kein Teil seiner Seele. Heute gehört es mir, morgen meinem Sohn, am nächsten Tage seinem Gläubiger. Da nun tatsächlich das Geld niemandem gehört, warum sollte unsre Patrioten ein Tadel treffen, wenn sie, anstatt es einem unwürdigen Sohne des Vaterlandes zu lassen, selbst davon Gebrauch machen?«

Wenn ich Sandips Worte aus dem Munde dieses Knaben höre, zittere ich am ganzen Leibe. Mögen Schlangenbändiger mit Schlangen spielen; wenn ihnen ein Leid geschieht, so müssen sie darauf gefaßt sein. Aber diese Knaben sind so unschuldig. Die ganze Welt sollte segnend ihre Arme über sie breiten, um sie zu schützen. Sie spielen mit einer Schlange, deren Natur sie nicht kennen, und wenn wir sehen, wie sie lächelnd und vertrauensvoll ihre Hände ihren Giftzähnen nähern, so wird es uns klar, wie furchtbar gefährlich die Schlange ist. Sandip hat ganz recht, wenn er argwöhnt, daß ich, wenn ich selbst auch von seiner Hand den Tod nehmen würde, ihm doch diesen

Knaben entreißen und ihn retten werde.

»So wollen also die Patrioten das Geld für ihren eignen Gebrauch haben?« fragte ich lächelnd.

»Gewiß wollen sie das!« sagte Amulja stolz. »Sind sie nicht unsre Könige? Armut würde ihrer königlichen Macht Abbruch tun. Wissen Sie, daß wir durchaus darauf halten, daß Sandip Babu erster Klasse reist? Er geht königlichen Ehren nie aus dem Wege, aber er nimmt sie nicht um seinetwillen an, sondern um unser aller Ehre willen. Die größte Waffe derer, die die Welt beherrschen, sagt Sandip Babu, ist der Zauber ihres äußern Prunkes. Das Gelübde der Armut würde nicht nur Kasteiung, es würde Selbstmord für sie bedeuten.«

In diesem Augenblick trat Sandip geräuschlos ein. Ich warf hastig meinen Schal über den Schmuckkasten.

»Ist das tête-à-tête noch nicht beendet?« fragte er in spöttischem Ton.

»Ja, wir sind ganz fertig«, sagte Amulja entschuldigend. »Es war nichts Besonderes.«

»Nein, Amulja,« sagte ich, »wir sind noch nicht ganz fertig.«

»Dann muß Sandip wohl noch einmal abtreten?« sagte Sandip.

»Bitte.«

»Und was sein Wiederauftreten anbelangt...«

»Heute nicht. Ich habe keine Zeit.«

»Ach so!« sagte Sandip mit blitzenden Augen. »Keine Zeit zu vergeuden! Nur für tête-à-têtes.«

Eifersucht! Wenn das starke Geschlecht Schwäche zeigt, so kann das schwächere es sich nicht versagen, die Siegestrommel zu schlagen. Daher wiederholte ich fest: »Ich habe wirklich keine Zeit.«

Sandip ging mit finsterm Gesicht hinaus. Amulja war ganz verstört. »Schwester Rani«, sagte er in bittendem Ton,

»Sandip Babu ist böse.«

»Er hat weder Ursache noch Recht, böse zu sein«, sagte ich heftig. »Laß mich dich vor einer Sache warnen. Du darfst Sandip Babu nichts von dem Verkauf meiner Schmucksachen sagen, — bei deinem Leben nicht!«

»Nein, ich werde es nicht tun.«

»Dann warte lieber nicht mehr! Du mußt noch heute mit dem Abendzug fahren.«

Amulja und ich verließen zusammen das Zimmer. Als wir hinaustraten auf die Veranda, stand Sandip da. Ich merkte, daß er Amulja auflauerte. Um ihn zu hindern, mußte ich ihn mit Beschlag belegen.

»Was ist es, was Sie mir sagen wollten, Sandip Babu?« fragte ich.

»Ich habe nichts Besonderes zu sagen — ich wollte nur etwas plaudern. Und da Sie keine Zeit haben...«

»Einen kleinen Augenblick habe ich noch für Sie.«

Inzwischen war Amulja fortgegangen. Als wir eintraten, fragte Sandip:

»Was war das für ein Kasten, den Amulja mitnahm?«

Der Kasten war also seinen Augen nicht entgangen.

Ich blieb fest. »Wenn ich es Ihnen hätte sagen können, so hätte ich ihn ihm in Ihrer Gegenwart übergeben.«

»Sie denken also, Amulja wird es mir nicht sagen?«

»Nein, das wird er nicht tun.«

Sandip konnte seinen Zorn nicht länger verbergen. »Sie glauben, Sie werden die Oberhand über mich gewinnen?« fuhr er auf. »Das wird nie geschehen. Dieser Amulja würde glücklich sterben, wenn ich mich herabließe, ihn mit meinen Füßen zu zertreten. Solange ich lebe, werde ich es nicht dulden, daß Sie ihn sich zu Füßen zwingen.«

O, über die Schwachen! Endlich ist es Sandip klar geworden, daß er schwach ist mir gegenüber. Daher dieser plötzliche Zornesausbruch. Er hat eingesehen, daß er gegen die Macht, die mir gegeben ist, mit seiner bloßen Kraft nichts ausrichtet. Mit einem Blick kann ich seine stärksten Befestigungen zertrümmern. Nun muß er schlechterdings seine Zuflucht zum Poltern nehmen. Ich antwortete nur mit einem verächtlichen Lächeln. Endlich bin ich über ihn hinausgewachsen. Ich darf diese überlegene Stellung nicht verlieren, darf nicht wieder tiefer hinabsteigen. In all meiner Erniedrigung muß mir dieser kleine Rest von Würde bleiben!

»Ich weiß,« sagte Sandip nach einer Pause, »daß es Ihr Schmuckkasten war.«

»Sie können raten, was Sie wollen,« sagte ich, »von mir werden Sie nichts erfahren.«

»So vertrauen Sie also Amulja mehr als mir? Wissen Sie denn nicht, daß der Junge der Schatten meines Schattens, das Echo meines Echos ist? Daß er nichts ist, wenn ich nicht an seiner Seite bin?«

»Wo er nicht Ihr Echo ist, ist er er selbst, Amulja. Und dieser Amulja ist es, dem ich mehr traue als Ihrem Echo!«

»Sie dürfen nicht vergessen, daß Sie durch ein Versprechen gebunden sind, all Ihren Schmuck für den Dienst der Göttin zu opfern. Dies Opfer ist tatsächlich schon dargebracht.«

»Der Schmuck, den die Götter mir lassen, soll den Göttern geopfert werden. Aber wie kann ich den den Göttern opfern, der mir gestohlen ist?«

»Nun hören Sie, es nützt Ihnen nichts, daß Sie versuchen, mir auf diese Weise zu entkommen. Jetzt bedarf es rücksichtsloser Arbeit. Wenn diese Arbeit getan ist, können Sie nach Herzenslust Ihre weiblichen Listen üben, und ich will Ihnen bei dieser Kurzweil helfen.«

Von dem Augenblick an, wo ich meinem Gatten das Geld gestohlen und es Sandip gegeben hatte, war die Musik zwischen uns verstummt. Dadurch, daß ich mich weggeworfen hatte, hatte ich nicht nur all meinen eignen Wert zerstört, sondern auch Sandips Macht hatte ihren vollen Spielraum eingebüßt. Man kann seine Schützenkunst nicht an einem Gegenstand üben, der in greifbarer Nähe ist. Und so hat Sandip sein heroisches Aussehen verloren. Seine Rede hat einen Ton von kleinlicher Streitsucht bekommen.

Sandip richtete seine glänzenden Augen voll auf mein Gesicht, bis sie wie der durstige Mittagshimmel glühten. Ein paarmal machte er eine Bewegung, als ob er aufspringen und sich auf mich stürzen wollte. Ein Schwindel ergriff mich, meine Pulse stockten, es sauste mir in den Ohren, ich fühlte, wenn ich jetzt dablieb, würde ich verloren sein. Meine ganze Kraft zusammenraffend, riß ich mich vom Stuhl auf und eilte zur Tür.

Aus Sandips trockner Kehle kam ein erstickter Ruf: »Wohin wollen Sie fliehen, Königin?« Im nächsten Augenblick sprang er mit einem Satz auf, um mich festzuhalten. Jedoch beim Laut von Schritten draußen vor der Tür wich er schnell zurück und sank in seinen Stuhl. Ich stand vor dem Bücherregal still und starrte die Titel an.

Als mein Gatte eintrat, rief Sandip aus: »Sag einmal, Nikhil, hast du nicht Browning da unter deinen Büchern? Ich erzählte unsrer Bienenkönigin eben von unserm Universitätsklub. Weißt du noch, wie wir über die Übersetzung jener Verse von Browning stritten? Erinnerst du dich nicht mehr daran?

Warum blickte sie mich an,
Wenn ich sie nicht lieben sollte?
Gibt es nicht genug der Männer,
— Denn so nennen sie sich auch wohl —
Die schon morgen kaum noch wissen,
Wenn sie ihre ganze Seele
Heute ihnen offenbarte!
Doch daß ich aus anderm Stoffe,

Wußte sie, als ihre Augen
Über jene Schar hingleitend
Plötzlich an mir haften blieben[36].

Ich brachte die Übersetzung ins Bengalische irgendwie
zustande, aber das Ergebnis war kaum ein bleibender
Gewinn für die bengalische Literatur. Ich habe einmal allen
Ernstes geglaubt, ich sei auf dem Wege, ein Dichter zu
werden, aber die Vorsehung war gütig genug, mich vor
solchem Unheil zu bewahren. Erinnerst du dich an den
alten Dakschina? Wenn er nicht Salzinspektor geworden
wäre, wäre er Dichter geworden. Ich weiß noch heute, wie
er... Nein, Bienenkönigin, es hat keinen Zweck, das Regal zu
durchstöbern. Nikhil hat seit seiner Heirat aufgehört,
Gedichte zu lesen, — vielleicht hat er seitdem kein Bedürfnis
mehr nach Poesie. Aber ich glaube, ›das Fieber des
Dichtens‹, wie es im Sanskrit heißt, ist im Begriff, mich
wieder anzufallen.«

»Ich bin gekommen, um dich zu warnen, Sandip«, sagte
mein Gatte.

»Vor solchem Fieberanfall?«

Mein Gatte beachtete diesen Versuch zu scherzen nicht.

»Seit einiger Zeit«, fuhr er fort, »sind mohammedanische
Priester am Werk, die Muselmänner dieser Gegend
aufzuwiegeln. Sie sind alle gegen dich aufgebracht und
können dich jeden Augenblick angreifen.«

»Kommst du, um mir zur Flucht zu raten?«

»Ich komme, um dir die Mitteilung zu machen, nicht, dir
meinen Rat anzubieten.«

»Wenn diese Besitzungen mir gehörten, so wären es die
Priester, die diese Warnung brauchten. Wenn du, statt zu
versuchen, mich einzuschüchtern, ihnen eine Probe deiner
Energie gegeben hättest, das wäre deiner und meiner
würdiger gewesen. Weißt du, daß deine Schwäche auch die
Zemindars der Nachbarschaft ansteckt?«

»Ich habe dir meinen Rat nicht angeboten, Sandip. Ich wollte, du behieltest deinen auch für dich. Er ist außerdem ganz überflüssig. Und noch etwas anderes möchte ich dir sagen. Du und deine Anhänger haben im geheimen meine Leute bedrückt und geplagt. Das kann ich nicht länger dulden. Daher muß ich dich bitten, mein Gebiet zu verlassen.«

»Aus Furcht vor den Muselmännern, oder willst du mir noch eine andre Furcht einjagen?«

»Es gibt eine Furcht, die nur die Feigen nicht kennen. Im Namen dieser Furcht sage ich dir, Sandip, daß du fort mußt. In fünf Tagen werde ich nach Kalkutta reisen. Ich möchte, daß du mich begleitest. Du kannst natürlich in meinem Hause dort wohnen, dagegen habe ich nichts.«

»Gut, ich habe also noch fünf Tage Zeit. Inzwischen will ich Ihnen, Bienenkönigin, deren Stock ich nun verlassen muß, mein Abschiedslied summen. O, du Dichter des modernen Bengalen! Öffne mir deine Tore weit und laß mich deine Verse plündern! Eigentlich bist du der Dieb, denn es ist mein Lied, das du dir zu eigen gemacht hast, — aber mag es meinetwegen deinen Namen tragen, es gehört doch mir.« Damit stimmte er mit seiner rauhen, etwas unsichern Baßstimme ein Lied nach der Bhairavi-Weise an:

Im Lenze deines Königtums, Geliebte,
Da jagten sich Begegnen und Trennen in endlosem Spiel,
Und Blumen erblühten auf der Spur der alten, die im
  Schatten welkten und starben.
Im Lenze deines Königtums, Geliebte,
Da erquoll jeder Begegnung mit dir ein Dankeslied.
Doch hat nicht auch mein Abschied dir eine Gabe zu
  bieten?
Ein zartes Hoffnungsblümchen, das ich heimlich im
  Schatten deines Blumengartens hegte:
Mögen des Juliregens kühle Schauer
Süß lindern deines Junis Glut!

Seine Kühnheit kennt keine Schranken, — sie ist unverhüllt und nackt wie das Feuer. Man kommt gar nicht dazu, ihr Halt zu gebieten, ebensowenig wie man einen Donnerkeil aufhalten kann. Der Blitz flammt plötzlich auf, allen Widerstand verspottend.

Ich verließ das Zimmer. Als ich über die Veranda nach den innern Gemächern ging, stand Amulja plötzlich vor mir.

»Fürchten Sie nichts, Schwester Rani«, sagte er. »Ich reise heute abend und werde nicht erfolglos zurückkehren.«

»Amulja,« sagte ich, ihm fest in sein von jugendlichem Eifer glühendes Antlitz blickend, »ich fürchte nichts für mich, doch möge es nie dahin kommen, daß ich nichts mehr für dich zu fürchten brauche.«

Amulja wandte sich, um fortzugehen, doch bevor er mir aus den Augen war, rief ich ihn zurück und fragte: »Hast du eine Mutter, Amulja?«

»Ja.«

»Und eine Schwester?«

»Nein, ich bin das einzige Kind meiner Mutter. Mein Vater starb, als ich noch ganz klein war.«

»Dann geh zurück zu deiner Mutter, Amulja!«

209

»Aber, Schwester Rani, jetzt habe ich beides, Mutter und Schwester.«

»So komm heute abend, bevor du abreisest, Amulja, und iß mit mir!«

»Dazu wird keine Zeit sein. Lassen Sie mich etwas Speise für unterwegs mitnehmen, die Sie durch Ihre Berührung geweiht haben!«

»Was magst du besonders gern, Amulja?«

»Wenn ich bei meiner Mutter gewesen wäre, hätte sie mir eine Menge Pousch-Kuchen gebacken. Backen Sie mir welche mit Ihren eignen Händen, Schwester Rani!«

Fußnoten:

Bruder von Rama, dem Helden des Ramajana, dessen Treue gegen seinen Bruder und dessen Gattin Sita sprichwörtlich geworden ist.

Die erste Strophe aus dem Gedicht Christina (Dramatic Lyrics).

ZEHNTES KAPITEL

NIKHILS ERZÄHLUNG

XII

Ich hörte von meinem Lehrer, daß Sandip mit Harisch Kundu gemeinsame Sache gemacht hätte und daß eine große Feier stattfinden sollte zu Ehren der dämonenvernichtenden Göttin. Harisch Kundu erpreßte die Mittel dazu von seinen Pächtern. Die gelehrten Brahmanen Kaviratna und Vidjavagisch waren beauftragt, eine kunstvolle doppelsinnige Hymne zu verfassen.

Mein Lehrer hatte eben mit Sandip ein Wortgefecht darüber. »Auch bei den Göttern gibt es eine Entwicklung«, sagte Sandip. »Der Enkel muß die Götter, die sein Großvater schuf, nach seinem eignen Geschmack ummodeln, sonst bleibt er ein Atheist. Meine Sendung ist es, die alten Gottheiten der neuen Zeit anzupassen. Ich bin zum Erlöser der Götter geboren, der sie von der Knechtschaft der Vergangenheit frei macht.«

Ich habe von unsrer Kindheit an gesehen, welch ein Ideengaukler Sandip ist. Er hat kein Interesse daran, die Wahrheit zu entdecken, aber es erfreut sein Herz, wenn er an ihr seinen Witz üben kann. Wenn er unter den Wilden Afrikas geboren wäre, so hätte er eine schöne Zeit damit zugebracht, ein Argument nach dem andern zu erfinden, um zu beweisen, daß der Kannibalismus das beste Mittel ist, eine wahre Gemeinschaft zwischen Mensch und Mensch herzustellen. Aber die, die sich mit Betrug abgeben, betrügen schließlich sich selbst, und ich bin fest überzeugt, daß Sandip, jedesmal, wenn er sich einen neuen Trugschluß ausgedacht hat, sich einredet, er habe die Wahrheit gefunden, wie widerspruchsvoll auch seine Schlüsse unter sich sein mögen.

Doch ich werde mich jedenfalls nicht dazu hergeben, die Fabrikation solcher Rauschmittel in meinem Lande zu fördern. Die jungen Leute, die bereit sind, sich in den Dienst ihres Vaterlandes zu stellen, dürfen sich nicht an den Rausch gewöhnen. Wer andre durch Rauschmittel zur Vollbringung eines Werkes treibt, sündigt an ihrer Seele.

Ich sah mich genötigt, Sandip in Bimalas Gegenwart zu sagen, daß er fort müsse. Vielleicht werden beide mir falsche Beweggründe unterschieben. Aber ich muß mich frei machen, auch von der Furcht mißverstanden zu werden. Mag selbst Bimala mich mißverstehen...

Es kommen immer mehr mohammedanische Priester von Dacca herüber. Die Muselmänner auf unserm Gebiet hatten mit der Zeit eine fast ebenso große Abneigung gegen das Töten von Kühen bekommen wie die Hindus. Aber jetzt tauchen hier und da Fälle auf, wo sie Kühe schlachten. Ich hörte zuerst davon durch ein paar von meinen mohammedanischen Pächtern, die ihrem Abscheu darüber Ausdruck gaben. Ich sah, daß wir hier in eine schwierige Lage gerieten. Bisher waren ihre religiösen Gründe nur ein Vorwand, aber dieser Vorwand wird zu wirklichem Fanatismus werden, sobald sie Widerstand finden. Darin zeigt sich gerade der Scharfsinn dieser Maßregel.

Ich ließ einige von meinen Hauptpächtern, die Hindus waren, rufen und versuchte, ihnen die Sache im rechten Lichte darzustellen. »Wir können selbst unerschütterlich an unsern Überzeugungen festhalten,« sagte ich, »aber wir haben keine Macht über die Überzeugungen anderer. Wenn auch viele unter uns der Wischnu-Religion angehören, so bringen doch die Schakti-Gläubigen unter uns nichtsdestoweniger ihre Tieropfer dar. Dagegen läßt sich nichts tun. Und ebenso müssen wir nun auch die

Mohammedaner gewähren lassen. Daher bitte ich euch, haltet euch von allen Gewalttätigkeiten zurück!«

»Maharadscha,« erwiderten sie, »es ist so lange her, seit man von solchem Frevel gehört hat.«

»Das kommt daher,« sagte ich, »weil sie sich aus eignem Antrieb dessen enthielten. Laßt uns jetzt so verhalten, daß sie es von selbst wieder tun. Aber wenn wir den Frieden brechen, bringen wir sie nicht dazu.«

»Nein, Maharadscha,« drängten sie, »jene guten alten Zeiten sind vorbei. Dieser Frevel wird nicht aufhören, wenn Sie ihn nicht mit starker Hand unterdrücken.«

»Unterdrückung«, erwiderte ich, »wird nicht nur das Küheschlachten nicht verhindern können; sie kann dahin führen, daß auch Menschen hingeschlachtet werden.«

Einer von ihnen hatte eine englische Schule besucht. Er hatte gelernt, die Schlagworte des Tages nachzusprechen. »Es ist nicht nur eine Frage der Strenggläubigkeit«, wandte er ein. »Unser Land ist im wesentlichen ein ackerbautreibendes, und die Kühe sind...«

»Die Büffel in diesem Lande«, unterbrach ich ihn, »geben auch Milch und werden zum Pflügen gebraucht. Und solange wir, ihre abgehauenen Köpfe auf den Schultern und mit ihrem Blut befleckt, in unsern Tempeln rasende Tänze aufführen, wird die Religion nur unserer spotten, wenn wir mit den Mohammedanern in ihrem Namen streiten, und bei dem Streit um die Wahrheit bleibt der Streit die einzige Wahrheit. Wenn nur die Kuh und nicht der Büffel dem Schlachtmesser heilig sein soll, so ist dies Buchstabendienst, aber nicht Religion.«

»Aber merken Sie denn nicht, Maharadscha, was die Ursache von allem ist?« fuhr der englisch geschulte Pächter fort. »Dies ist alles nur dadurch möglich geworden, daß der Mohammedaner sich sicher fühlt, selbst wenn er das Gesetz bricht. Haben Sie nicht von dem Fall Patschurs gehört?«

»Warum ist es möglich,« fragte ich, »die Mohammedaner so als Werkzeuge gegen uns zu gebrauchen? Haben wir sie nicht durch unsere eigne Unduldsamkeit dazu gemacht? Auf diese Weise straft uns jetzt die Vorsehung, denn das Maß unsrer Sünde ist voll, und sie wird nun an uns heimgesucht.«

»Nun gut, wenn dem so ist, so mag sie an uns heimgesucht werden. Aber die Rache wird kommen. Wir sehen das untergraben, was die größte Stärke unsrer Obrigkeit ausmachte, ihre Treue gegen ihre eignen Gesetze. Einst waren sie wirkliche Könige, die des Rechtes walteten; jetzt werden sie selbst Gesetzbrüchige und also nicht besser als Räuber. Die Geschichte mag anders urteilen; aber unser Herz wird sie immer so richten...«

Die Verleumdungen gegen mich, die sich durch die Zeitungen verbreiten, machen mich berüchtigt. Ich höre, daß man auf dem Verbrennungsplatz der Tschakravartis unten am Fluß mein Bild mit aller Feierlichkeit und großer Begeisterung verbrannt hat, und daß man andre Beschimpfungen plant. Der Anlaß war, daß sie mich aufgefordert hatten, mich als Aktionär bei der Gründung einer Baumwollspinnerei zu beteiligen. Ich mußte ihnen sagen, daß ich nicht so sehr den Verlust meines eigenen Geldes fürchtete, als mich mitschuldig zu machen am Verlust so vieler armer Aktionäre.

»Sollen wir annehmen, Maharadscha,« sagten meine Besucher, »daß das Wohl des Landes Ihnen gleichgültig ist?«

»Industrie kann das Wohl des Landes fördern,« versetzte ich, »aber der bloße Wunsch, daß das Wohl des Landes gefördert werde, garantiert der Industrie noch keinen Erfolg. Selbst als wir mit kühlem Kopf daran gingen, wollte unsere Industrie nicht blühen. Haben wir irgend welchen Grund, zu glauben, daß sie es jetzt tun würde, nur weil wir toll geworden sind?«

»Warum sagen Sie nicht einfach, daß Sie Ihr Geld nicht wagen wollen?«

»Ich will mein Geld hineinstecken, wenn ich sehe, daß es Ihnen um die Industrie selbst zu tun ist. Aber wenn Sie ein Feuer angezündet haben, so ist damit noch nicht gesagt, daß Sie nun auch die Speise haben, die damit gekocht werden soll.«

XIII

Was ist das? Unser Unterschatzamt in Tschakna ist geplündert! Eine Geldsendung von 7500 Rupien sollte nach dem Hauptamt geschickt werden. Der dortige Schatzmeister hatte die Barschaft beim Staatsschatzamt in kleine Bankscheine eingewechselt, um sie bequemer tragen zu können, und hielt sie in Paketen bereit. Mitten in der Nacht brach eine bewaffnete Bande ins Zimmer ein und verwundete Kasim, den Wächter. Das merkwürdige bei der Sache ist, daß sie nur 6000 Rupien genommen und das übrige auf dem Boden ausgestreut haben, obgleich sie das ebenso leicht hätten mitnehmen können. Jedenfalls ist der Beutezug der Banditen zu Ende, und die Polizei beginnt ihren Beutezug. An Frieden ist jetzt nicht mehr zu denken.

Als ich nach Hause kam, war die Nachricht mir schon vorausgeeilt. »Das ist ja schrecklich, Bruder«, rief die Bara Rani. »Was sollen wir nur tun?«

Ich nahm die Sache leicht, um sie zu beruhigen.

»Etwas ist uns geblieben«, sagte ich lächelnd. »Wir werden schon irgendwie durchkommen.«

»Scherze nicht darüber, lieber Bruder. Warum sind sie alle so böse auf dich? Kannst du ihnen denn nicht den Willen tun? Warum bringst du einen jeden gegen dich auf?«

»Ich kann das Land nicht zugrunde gehen lassen, um sie zufrieden zu stellen.«

»Wie entsetzlich war doch die Sache, die sie da auf dem Verbrennungsplatz angestellt haben! Es ist eine Schande, daß man dich so behandelt. Die Tschota Rani ist dank ihrer englischen Bildung über alle Furcht erhaben, aber ich hatte nicht eher Ruhe, als bis ich nach dem Priester geschickt hatte, daß er das Unheil abwendete. Tu's mir zuliebe und reise nach Kalkutta, mein Liebling. Ich zittere, wenn ich denke, was sie dir antun können, wenn du noch länger hier bleibst.«

Die aufrichtige Besorgtheit meiner Schwägerin rührte mich tief.

»Und Bruder,« fuhr sie fort, »habe ich dich nicht gewarnt, du solltest lieber nicht soviel Geld in deinem Zimmer aufbewahren? Sie können jeden Tag Wind davon bekommen. Es ist nicht wegen des Geldes — aber wer weiß...«

Um sie zu beruhigen, versprach ich, das Geld sofort nach dem Schatzamt zu bringen und es dann mit der nächsten Gelegenheit nach Kalkutta zu schicken. Wir gingen zusammen nach meinem Schlafzimmer. Die Tür zum Ankleidezimmer war geschlossen. Als ich klopfte, rief Bimala drinnen: »Ich ziehe mich an.«

»Nun, wie kommt es denn, daß die Tschota Rani sich so früh am Tage anzieht?« rief meine Schwägerin. »Da ist wohl wieder eine ihrer Bande Mataram-Versammlungen. Räuberkönigin,« rief sie Bimala scherzend zu, »zählst du da drinnen deine Beute?«

»Ich sehe nachher nach dem Geld«, sagte ich und ging hinaus nach meinem Geschäftszimmer.

Ich fand den Polizeiinspektor auf mich warten. »Haben Sie irgendeine Spur von den Banditen?« fragte ich.

»Ich habe einen Verdacht.«

»Auf wen?«

»Auf Kasim, den Wächter.«

216

»Kasim? Aber wurde der nicht verwundet?«

»Nicht der Rede wert. Eine Fleischwunde am Bein, die er sich wahrscheinlich selbst beigebracht hat.«

»Aber ich kann mich nicht entschließen, das von ihm zu glauben. Er ist ein so treuer Diener.«

»Sie mögen ihn für treu gehalten haben, aber das hindert nicht, daß er ein Dieb ist. Habe ich nicht erlebt, wie Menschen, denen man zwanzig Jahre lang getraut hatte, plötzlich...«

»Selbst wenn es so wäre, so könnte ich ihn doch nicht ins Gefängnis schicken. Aber warum sollte er den übrigen Teil des Geldes haben umherliegen lassen?«

»Um den Verdacht von sich abzulenken. Was Sie auch sagen mögen, Maharadscha, er ist ein alter Praktikus in solchen Schlichen. Er ist zwar zu seiner Dienstzeit immer am Platz, aber ich bin sicher, daß er bei allen Räubereien in der Nachbarschaft die Hand im Spiele hat.«

Und nun zählte mir der Inspektor die verschiedenen Methoden auf, wodurch es möglich sei, an einem Raubanfall zwanzig bis dreißig Meilen weit fort teilzunehmen und doch zur rechten Zeit wieder im Dienst zu sein.

»Haben Sie Kasim mitgebracht?« fragte ich.

»Nein,« war die Antwort, »er ist in Untersuchungshaft. Die Polizei ist jetzt verpflichtet, die Untersuchung einzuleiten.«

»Ich möchte ihn sehen«, sagte ich.

Als ich in seine Zelle kam, fiel er mir weinend zu Füßen.

»Ich schwöre Ihnen bei Gott,« rief er, »daß ich es nicht getan habe.«

»Ich zweifle nicht an dir, Kasim«, beruhigte ich ihn. »Fürchte nichts. Man kann dir nichts tun, wenn du unschuldig bist.«

Kasim war jedoch nicht imstande, einen zusammenhängenden Bericht von dem Vorfall zu geben. Er übertrieb augenscheinlich. Vier- bis fünfhundert Mann, große Gewehre, zahllose Schwerter spielten eine Rolle in seiner Erzählung. Daran war entweder sein aufgeregter Zustand schuld, oder der Wunsch, sich zu rechtfertigen, weil er sich so leicht hatte besiegen lassen. Er behauptete, daß Harisch Kundu dahinterstecke; er war sogar sicher, die Stimme Ekrams, seines Hauptpächters gehört zu haben.

»Nun höre einmal, Kasim,« mußte ich ihn warnen, »zieh du nicht mit solchen Geschichten andere Leute in den Handel! Du hast nicht Harisch Kundu oder irgend jemand anders anzuklagen.«

XIV

Als ich nach Hause ging, bat ich meinen Lehrer, mit zu mir herüberzukommen. Er schüttelte ernst den Kopf. »Ich sehe nicht, wie dies gut enden soll«, sagte er. »Die Leute ersticken ihr Gewissen und setzen das Vaterland an seine Stelle. Alle Sünden des Landes werden jetzt in ihrer ganzen nackten Häßlichkeit hervorbrechen.«

»Wer, meinen Sie, könnte...«

»Frage mich nicht! Aber die Sünde nimmt überhand. Schicke sie alle fort, auf jeden Fall fort von hier!«

»Ich habe ihnen noch einen Tag gelassen. Sie werden übermorgen fortgehen.«

»Und noch eins. Bringe Bimala nach Kalkutta! Sie bekommt hier ein zu einseitiges Bild von der Welt draußen, sie kann die Menschen und Dinge nicht in ihren richtigen Verhältnissen sehen. Zeige ihr die Welt — die Menschen und ihre Arbeit, — gib ihr einen weiten Blick!«

»Das eben gedachte ich auch zu tun.«

»Nun, so schiebe es nicht auf! Ich sage dir, Nikhil, alle Rassen der Welt müssen mit vereinten Kräften an der Geschichte der Menschheit bauen, und solange sie noch ihr Gewissen um der Politik willen verkaufen und ihr Vaterland zum Götzenbild machen, haben sie ihr Ziel noch nicht erkannt. Ich weiß, daß Europa dies im Grunde nicht zugibt, aber in diesem Punkte hat es kein Recht, unsern Lehrmeister zu spielen. Die Menschen, die für die Wahrheit sterben, sind unsterblich; und wenn ein ganzes Volk für die Wahrheit stirbt, so wird es auch in der Geschichte der Menschheit Unsterblichkeit erringen. Möge hier in unserm Indien unter dem Hohngelächter der Hölle das Gefühl für diese Wahrheit lebendig werden! Welch furchtbare Sündenseuche ist aus fremden Ländern in unser Land geschleppt...«

Der ganze Tag verging in der Unruhe, die die Untersuchung brachte. Ich war ganz erschöpft, als ich mich abends zur Ruhe begab. Ich war noch nicht dazugekommen, das Geld meiner Schwägerin nach dem Schatzamt zu schicken, und verschob es bis zum nächsten Morgen.

Mitten in der Nacht wachte ich auf. Das Zimmer war dunkel. Ich glaubte, irgendwo ein Stöhnen zu hören. Jemand mußte aufgeschrien haben. Tränenschweres Schluchzen erklang wie Windstöße durch die Regennacht. Mir war es, als ob der Schrei mitten aus meinem Zimmer gekommen wäre. Doch ich war allein. Bimala hatte seit einigen Tagen ihr Bett in einem andern Zimmer neben dem meinen. Ich stand auf, und als ich hinausging, fand ich sie auf dem Balkon ausgestreckt mit dem Gesicht auf dem nackten Boden.

Was ich jetzt erlebte, läßt sich nicht mit Worten sagen. Nur er weiß es, der im Herzen der Welt sitzt und all ihr Weh in seinem eignen Herzen fühlt. Der Himmel ist stumm, die Sterne schweigen, still liegt die Nacht da, und inmitten von all diesem lautlosen Schweigen der eine verzweifelte Schrei!

Wir geben solchem Leid Namen, gute oder schlechte, je nachdem wie es die Wissenschaft einreiht, aber hat diese Todesangst, die aus einem zerrissenen Herzen aufsteigt und sich in das bodenlose Dunkel ergießt, überhaupt einen

Namen? Als ich in jener Nacht unter dem schweigenden Sternenhimmel auf jene Gestalt herabsah, erbebte meine Seele in heiliger Scheu, und ich sagte zu mir selbst: »Wer bin ich, daß ich sie richten sollte?« O Leben, o Tod, o Gott des ewigen Seins, ich beuge mein Haupt in Schweigen dem Geheimnis, das in dir ist.

Einen Augenblick schwankte ich, ob ich umkehren sollte. Aber ich konnte es nicht. Ich kniete neben Bimala nieder und legte meine Hand auf ihren Kopf. Bei der ersten Berührung war es, als ob ihr ganzer Körper erstarrte, aber im nächsten Augenblick löste sich die Starrheit, und die Tränen brachen hervor. Ich strich sanft mit den Fingern über ihre Stirn. Plötzlich tasteten ihre Hände nach meinen Füßen, sie zog sie zu sich heran und preßte sie mit solcher Gewalt gegen ihre Brust, daß ich dachte, ihr Herz würde brechen.

BIMALAS ERZÄHLUNG

XVIII

Amulja sollte heute morgen von Kalkutta zurückkehren. Ich hatte die Dienstboten beauftragt, mich sofort zu benachrichtigen, wenn er ankäme, aber ich hatte nirgends Ruhe. Endlich ging ich hinaus, um draußen im Wohnzimmer auf ihn zu warten.

Als ich ihn ausschickte, um die Schmucksachen zu verkaufen, muß ich nur an mich gedacht haben. Es kam mir gar nicht in den Sinn, daß ein so junger Bursche, wenn er versuchte, solche wertvollen Juwelen zu verkaufen, leicht in Verdacht geraten könnte. So hilflos sind wir Frauen, daß wir, sobald Gefahr droht, die Last auf andre abschieben müssen. Wenn wir ins Verderben geraten, so ziehen wir die, die uns umgeben, mit hinab.

Ich hatte stolz gesagt, ich wolle Amulja retten, — als ob ein Ertrinkender andre retten könnte! Statt ihn zu retten, habe ich ihn in sein Verhängnis geschickt. Mein lieber Bruder, eine solche Schwester bin ich dir gewesen, daß der Tod an jenem Brudertag gelächelt haben muß, als ich dir meinen Segen gab, — ich, die unter der Last ihrer eigenen Schuld zusammenbricht!

Ich fühle heute, daß der Mensch mitunter von dem Bösen wie von einer Seuche befallen wird. Irgendein Keim fällt irgendwo hinein, und noch in derselben Nacht naht mit großen Schritten der Tod.

Warum entfernt man solchen Kranken nicht von den übrigen Menschen? Ich habe an mir selber erfahren, wie entsetzlich die Ansteckung ist, — wie eine glühende Fackel, die nach allen Seiten auszüngelt, um die Welt in Flammen zu setzen.

Es schlug neun. Ich konnte den Gedanken nicht loswerden, daß Amulja in Gefahr sei, daß er der Polizei in die Hände gefallen sei. Es herrscht gewiß große Aufregung auf dem Polizeiamt: Wem gehören die Schmucksachen? Wie hat er sie bekommen? Und schließlich werde ich öffentlich vor aller Welt auf diese Fragen Antwort geben müssen.

Was für eine Antwort soll das sein? Endlich ist dein Tag gekommen, Bara Rani, nachdem ich dich so lange verachtet habe. Dir wird deine Rache werden, wenn das Publikum mich mit verächtlichen Blicken mustert. O Gott, rette mich nur diesmal, und ich will all meinen Stolz meiner Schwägerin zu Füßen werfen!

Ich konnte es nicht länger ertragen. Ich ging geradewegs zu der Bara Rani. Sie war auf der Veranda und würzte ihre Betelblätter. Thako war bei ihr.

Beim Anblick Thakos wich ich einen Augenblick zurück, aber dann bezwang ich mich, neigte mich tief vor meiner älteren Schwägerin und berührte ehrfurchtsvoll ihre Füße.

»Du meine Güte, Tschota Rani,« rief sie aus, »was kommt dir denn in den Sinn? Warum plötzlich diese Ehrfurcht?«

»Es ist mein Geburtstag heute, Schwester«, sagte ich. »Ich habe dich oft gekränkt. Gib mir heute deinen Segen, daß ich es nie wieder tun möge! Mein Wille ist so schwach.« Ich neigte mich noch einmal und ging eilig fort, aber sie rief mich zurück.

»Du hast mir nie gesagt, daß heute dein Geburtstag ist, liebe Tschotie! Komm doch heute nachmittag zum Tee zu mir. Das mußt du auf jeden Fall tun!«

O Gott, laß es heute wirklich meinen Geburtstag sein! Kann ich nicht noch einmal geboren werden? Reinige mich, mein Gott, und läutre mich und versuche es noch einmal mit mir!

Ich ging wieder ins Wohnzimmer, wo ich Sandip fand. Es war, als ob ein Gefühl von Ekel mir das Blut vergiftete. Das Gesicht, das ich im Morgenlicht vor mir sah, hatte nichts von dem Zauberglanz des Genius.

»Verlassen Sie das Zimmer!« stieß ich hervor.

Sandip lächelte. »Da Amulja nicht hier ist,« bemerkte er, »sollte ich meinen, ich sei jetzt an der Reihe, ein tête-à-tête mit Ihnen zu haben.«

Jetzt rächte sich meine Schuld. Wie konnte ich ihm das Recht wieder nehmen, das ich ihm selbst gegeben hatte? »Ich möchte allein sein«, wiederholte ich.

»Königin,« sagte er, »die Gegenwart eines andern hindert nicht, daß Sie allein sind. Verwechseln Sie mich nicht mit jedem Beliebigen! Ich, Sandip, bin immer allein, selbst wenn ich von Tausenden umgeben bin.«

»Bitte, kommen Sie zu einer andern Zeit! Heute morgen...«

»Warten Sie auf Amulja?«

Ich wandte mich zornig ab und wollte aus dem Zimmer gehen, als Sandip aus den Falten seines Mantels meinen Schmuckkasten hervorzog und ihn heftig auf den Marmortisch setzte. Ich war aufs höchste bestürzt. »Ist denn Amulja nicht fort?« rief ich aus.

»Fort, wohin?«

»Nach Kalkutta?«

»Nein«, frohlockte Sandip.

O, so hatte mein Segen doch gewirkt. Er war gerettet. Mag nun Gottes Strafe mich, die Diebin, treffen, wenn nur Amulja gerettet ist!

Der Wechsel im Ausdruck meines Gesichts reizte Sandip. »So erfreut, Königin?« fragte er höhnisch. »Sind diese Schmucksachen so kostbar? Wie konnten Sie sich denn dazu entschließen, sie der Göttin zu opfern? Denn Sie haben sie ihr tatsächlich geopfert. Wollten Sie ihre Gabe nun zurücknehmen?«

Der Stolz stirbt schwer und erhebt noch bis zum letzten Augenblick immer wieder seine Krallen. Ich fühlte, ich mußte Sandip zeigen, daß der Verlust der Schmucksachen mir vollständig gleichgültig war. »Wenn sie Ihre Begierde erregt haben,« sagte ich, »so können Sie sie nehmen.«

»Meine Begierde umfaßt heute den Reichtum ganz Bengalens«, erwiderte Sandip. »Gibt es eine größere Kraft als die Begierde? Sie ist das Roß der Großen dieser Erde, wie der Elefant Airavat das Roß Indras. Diese Juwelen gehören also mir?«

Als Sandip den Kasten nahm und wieder unter seinen Mantel barg, stürzte Amulja herein. Er hatte dunkle Ringe unter den Augen, seine Lippen waren trocken, sein Haar wirr; es war, als ob die Blüte seiner Jugend in einem einzigen Tage verwelkt sei. Sein Anblick schnitt mir durch die Seele.

»Meinen Kasten!« rief er und stürzte geradewegs auf Sandip zu, ohne mich anzusehen. »Haben Sie den Schmuckkasten aus meinem Koffer genommen?«

»Deinen Schmuckkasten?« fragte Sandip spöttisch.

»Es war mein Koffer!«

Sandip lachte auf. »Deine Unterscheidung zwischen mein und dein wird etwas schwach, Amulja«, rief er. »Doch ich sehe, du wirst trotzdem als frommer Priester sterben.«

Amulja sank auf den Stuhl und barg das Gesicht in den Händen. Ich trat zu ihm und legte meine Hand auf seinen Kopf. »Was fehlt dir, Amulja?« fragte ich.

Er sprang auf. »O Schwester Rani,« rief er, »ich wollte Ihnen so gern selbst die Juwelen zurückgeben. Das wußte Sandip Babu, und nun ist er mir zuvorgekommen.«

»Was liegt mir an den Juwelen?« sagte ich. »Laß ihn sie nehmen! Das macht nichts.«

»Nehmen?« fragte er ganz verständnislos.

»Die Juwelen sind mein«, sagte Sandip. »Es sind die Insignien, die meine Königin mir verliehen hat.«

»Nein, nein, nein!« rief Amulja leidenschaftlich. »Niemals, Schwester Rani! Ich habe sie Ihnen zurückgebracht. Sie dürfen sie niemandem anders geben.«

»Ich nehme deine Gabe an, mein kleiner Bruder«, sagte ich. »Aber laß den, der Verlangen danach hat, seine Begierde befriedigen!«

Amulja funkelte Sandip Babu an wie ein Raubtier und stieß heiser hervor: »Hören Sie, Sandip Babu, Sie wissen, daß selbst der Galgen mich nicht schreckt. Wenn Sie sich unterstehen, diesen Schmuckkasten wegzunehmen...«

Sandip lachte gezwungen und sagte: »Du solltest mittlerweile wissen, Amulja, daß ich nicht der Mann bin, der sich vor dir fürchtet.«

»Bienenkönigin,« fuhr er dann zu mir gewandt fort, »ich bin heute nicht hierher gekommen, um Ihnen die Schmucksachen zu nehmen, sondern um sie Ihnen zu geben. Sie hätten unrecht getan, wenn Sie meine Gabe aus Amuljas Händen angenommen hätten. Um dies zu verhindern, mußte ich mich erst ihres Besitzes versichern. Nun nehmen Sie hier diese meine Juwelen als eine Gabe von mir. Da sind sie! Verschwören Sie sich mit diesem Burschen, soviel Sie wollen! Ich muß fort. Sie haben alle diese Tage Ihre besonderen Gespräche gehabt, von denen ich nichts wissen sollte. Wenn jetzt besondere Ereignisse kommen sollten, so geben Sie mir nicht die Schuld!«

»Amulja,« fuhr er fort, »ich habe deine Koffer und Sachen nach deiner Wohnung bringen lassen. Ich will nichts mehr in meinem Zimmer haben, was dir gehört.« Nach diesem letzten Pfeilschuß eilte Sandip hinaus und warf die Tür hinter sich zu.

XIX

»Ich habe keine Ruhe gehabt, Amulja,« sagte ich, »seit ich dich wegschickte, um die Schmucksachen zu verkaufen.«

»Warum, Schwester Rani?«

»Ich fürchtete, du könntest damit in Gefahr geraten, man

könnte dich für einen Dieb halten. Ich möchte lieber die 6000 Rupien gar nicht haben. Jetzt mußt du noch etwas anderes mir zuliebe tun, du mußt gleich nach Hause gehen zu deiner Mutter.«

Amulja zog ein kleines Päckchen hervor und sagte: »Aber Schwester, ich habe die 6000.«

»Wo hast du sie her?«

»Ich versuchte alles mögliche, um Gold zu bekommen,« fuhr er fort, ohne meine Frage zu beantworten, »aber es gelang mir nicht. So mußte ich das Geld in Banknoten bringen.«

»Sag' mir aufrichtig, Amulja, schwöre mir, wo hast du das Geld her?«

»Das will ich Ihnen nicht sagen.«

Es wurde mir dunkel vor den Augen. »Was hast du Schreckliches getan?« rief ich. »Ist es denn...«

»Ich weiß, Sie werden sagen, daß ich auf ungerechte Weise zu diesem Gelde kam. Gut, ich gebe es zu. Aber ich habe den vollen Preis für meine Schuld bezahlt. Daher ist das Geld jetzt mein.«

Ich wollte nicht mehr wissen. Das Blut erstarrte mir in den Adern.

»Schaffe es fort, Amulja«, flehte ich. »Bringe es wieder dahin, wo du es hergenommen hast!«

»Das würde in der Tat schwer sein!«

»Es ist nicht schwer, lieber Bruder. Es war ein verhängnisvoller Augenblick, als du mich zuerst sahst. Selbst Sandip hat dir nicht so viel schaden können wie ich.«

Bei Sandips Namen fuhr er auf wie von einer Viper gestochen.

»Sandip!« rief er. »Durch Sie habe ich erst erkannt, was für ein Mensch er ist. Wissen Sie, Schwester, daß er keinen Heller von dem Gold, das er Ihnen abnahm, ausgegeben hat? Er schloß sich, nachdem er von Ihnen gegangen war, in seinem Zimmer ein und weidete sich an dem Anblick des

Goldes, das er vor sich auf dem Fußboden ausbreitete. ›Dies ist nicht Gold,‹ rief er aus, ›dies sind die Blütenblätter der göttlichen Lotusblume der Macht; es sind Kristall gewordene Melodien aus den Flöten, die im Paradiese des Reichtums erklingen! Ich kann es nicht übers Herz bringen, sie zu wechseln, denn es ist, als sehnten sie sich, die Erfüllung ihres Daseins zu finden als Schmuck um den Hals der Schönheit. Amulja, mein Junge, blick' sie nicht mit deinem leiblichen Auge an, sie sind das Lächeln Lakschmis, der bezaubernde Strahlenkranz von Indras Gattin. Nein, nein, ich kann sie nicht dem Tölpel von Verwalter überlassen. Ich bin sicher, Amulja, er hat uns belogen. Die Polizei ist dem Manne, der das Boot versenkte, gar nicht auf der Spur. Der Verwalter will nur etwas für sich dabei herausschlagen. Wir müssen versuchen, die verhängnisvollen Briefe von ihm wiederzubekommen.‹«

»Ich fragte ihn, wie wir das anfangen sollten; er gebot mir, Drohungen oder Gewalt anzuwenden. Ich war bereit, wenn er das Geld zurückgeben wollte. Das könnten wir später erwägen war die Antwort. Ich will Ihnen die Einzelheiten ersparen, Schwester, wie ich es endlich fertig brachte, den Menschen so zu ängstigen, daß er die Briefe herausgab, die ich verbrannte, es ist eine lange Geschichte. Am selben Abend noch kam ich zu Sandip und sagte: ›Jetzt sind wir in Sicherheit. Geben Sie mir das Gold, daß ich es morgen meiner Schwester, der Maharani zurückgebe!‹ Er aber rief: ›Was ist das für eine Narrheit von dir? Du wirst bald vor dem Sari deiner geliebten Schwester vom ganzen Vaterlande nichts mehr sehen. Sag' Bande Mataram und banne den bösen Geist!‹«

»Sie kennen die Gewalt von Sandips Zauber, Schwester Rani. Das Gold blieb in seinen Händen. Und ich verbrachte die lange dunkle Nacht auf den Badestufen des Sees und murmelte: Bande Mataram.«

»Als Sie mir dann Ihre Juwelen zum Verkauf übergaben,

ging ich noch einmal zu Sandip. Ich konnte merken, daß er böse auf mich war. Aber er versuchte, es nicht zu zeigen. ›Wenn du sie noch in irgendeinem Koffer von mir aufbewahrt findest, magst du sie nehmen‹, sagte er und warf mir die Schlüssel zu. Sie waren nirgends zu sehen. ›Sagen Sie mir, wo sie sind‹, sagte ich. ›Ich werde es tun, wenn du von deiner Narrheit geheilt bist, jetzt nicht‹, erwiderte er.«

»Als ich sah, daß er sich nicht bewegen ließ, mußte ich auf andre Mittel sinnen. Ich versuchte das Gold gegen die 6000 Rupien in Banknoten von ihm einzutauschen. ›Du sollst sie haben‹, sagte er und verschwand in seinem Schlafzimmer, während ich draußen wartete. Dort erbrach er meinen Koffer und ging durch eine andre Tür mit Ihrem Schmuckkasten geradewegs zu Ihnen. Er wollte nicht, daß ich ihn Ihnen brächte, und nun wagt er, ihn seine Gabe zu nennen. Wie kann ich sagen, wieviel er mir geraubt hat! Niemals werde ich ihm verzeihen!«

»Aber eins ist gewiß, Schwester, die Macht, die er über mich hatte, ist gänzlich gebrochen. Und Sie sind es, die sie gebrochen hat!«

»Lieber Bruder,« sagte ich, »wenn das wahr ist, so habe ich nicht umsonst gelebt. Aber es bleibt noch mehr zu tun, Amulja. Es ist nicht genug, daß der Zauber gebrochen ist. Seine häßlichen Spuren müssen getilgt werden. Zögre nicht länger, geh' sogleich und bringe das Geld dahin zurück, wo du es hergenommen hast! Kannst du es nicht tun, mein Liebling?«

»Mit Ihrem Segen ist alles möglich, Schwester Rani!«

»Bedenke, daß es sich nicht um deine, sondern auch um meine Sühne handelt. Ich bin eine Frau; die Außenwelt ist mir verschlossen, sonst ginge ich selbst. Daß ich die Last meiner Sünde auf dich wälzen muß, ist meine härteste Strafe.«

»Sagen Sie das nicht, Schwester! Der Weg, den ich ging, war

nicht Ihr Weg. Er lockte mich wegen seiner Gefahren und Schwierigkeiten. Jetzt, da Ihr Weg mich ruft, mag er tausendmal schwieriger und gefährlicher sein, Ihr Segen wird mir zum Ziel helfen. Es ist also Ihr Befehl, daß dies Geld wieder an seinen Platz gebracht werde?«

»Nicht mein Befehl, mein Bruder, sondern ein Befehl von oben.«

»Davon weiß ich nichts. Für mich genügt es, wenn der Befehl von Ihren Lippen kommt. Und, Schwester, ich hatte doch eine Einladung von Ihnen? Um die darf ich nicht kommen. Sie müssen mir, bevor ich gehe, Ihr prasad[37] geben. Dann werde ich, wenn es irgend möglich ist, noch vor Abend meinen Auftrag erfüllen.«

Die Tränen traten mir in die Augen, als ich mit einem Versuch zu lächeln sagte: »So sei es.«

Fußnoten:

Speise, die durch die Berührung eines verehrten Menschen geweiht ist.

ELFTES KAPITEL

BIMALAS ERZÄHLUNG

XX

Sobald Amulja hinaus war, sank mir der Mut. Auf welch gefährliches Abenteuer hatte ich diesen einzigen Sohn seiner Mutter ausgesandt? O Gott, warum mußte meine Sühne so weite Kreise ziehen! Konnte ich nicht allein büßen, ohne daß so viel andere meine Strafe teilten? O, laß nicht dies unschuldige Kind deinem Zorn zum Opfer fallen!

Ich rief ihn zurück, — »Amulja!«

Meine Stimme klang so schwach, sie erreichte ihn nicht mehr.

Ich ging zur Tür und rief noch einmal: »Amulja!«

Er war fort.

»Wer ist da?«

»Ja, Maharani?«

»Geh' und sag' Amulja Babu, daß ich ihn zu sprechen wünsche!«

Was nun geschah, konnte ich nicht genau feststellen, — vielleicht war dem Manne Amuljas Name fremd, — er kehrte unmittelbar darauf mit Sandip zurück.

»Im selben Augenblick, als Sie mich fortschickten,« sagte er eintretend, »hatte ich eine Ahnung, daß Sie mich zurückrufen würden. Die Anziehungskraft desselben Mondes bewirkt beides, Ebbe und Flut. Ich war so sicher, daß Sie mich würden rufen lassen, daß ich tatsächlich draußen im Korridor wartete. Sobald ich Ihren Boten von Ihrem Zimmer her kommen sah, sagte ich: ›Ja, ja, ich komme, ich komme sogleich!‹ bevor er nur ein Wort äußern konnte. Das überraschte Gesicht dieses Hinterländers hätten Sie sehen sollen! Er starrte mich mit offnem Munde an, als ob er dächte, ich könne zaubern.«

»Alle Kämpfe in der Welt, Bienenkönigin,« fuhr Sandip in seiner Rede fort, »sind in Wahrheit Kämpfe zwischen hypnotischen Kräften. Zauber gegen Zauber geübt, — geräuschlose Waffen, die auf unsichtbare Schilde stoßen. In Ihnen habe ich endlich einen ebenbürtigen Gegner gefunden. Ich weiß, Ihr Köcher ist gefüllt, Sie Meisterin im Streite! Sie sind die Einzige in der Welt, die es fertig gebracht hat, Sandip fortzuschicken und zurückzurufen, je nach Ihrem holden Willen. Nun liegt das Wild zu Ihren Füßen. Was wollen Sie jetzt mit ihm tun? Wollen Sie ihm den Gnadenstoß versetzen oder es in Ihrem Käfig gefangen halten? Doch ich muß Sie vorher warnen, Königin, es wird Ihnen ebenso schwer werden, das Tier auf der Stelle zu töten, wie es einzusperren. Jedenfalls sollten Sie keine Zeit verlieren, Ihre Zauberwaffen zu gebrauchen.«

Sandip mußte die kommende Niederlage schon vorausspüren, und so schwatzte er, um Zeit zu gewinnen, in einem fort, ohne eine Antwort abzuwarten. Ich glaube, er wußte, daß ich den Boten nach Amulja geschickt, dessen Namen der Mann sicher erwähnt hatte. Trotzdem brauchte er absichtlich diesen Kunstgriff. Er wollte mir nicht Zeit lassen, ihm zu sagen, daß ich Amulja und nicht ihn hätte sprechen wollen. Aber seine Kriegslist war umsonst, denn sie zeigte nur seine Schwäche. Ich durfte keinen Fußbreit von dem Boden weichen, den ich gewonnen hatte.

»Sandip Babu,« sagte ich, »ich bewundere, wie Sie so endlose Reden halten können, ohne steckenzubleiben. Lernen Sie sie vorher auswendig?«

Ihm schoß das Blut ins Gesicht.

»Ich habe gehört,« fuhr ich fort, »daß unsre Redner von Beruf ein Buch mit allen möglichen fertigen Reden haben, die sie sich dann für jede beliebige Gelegenheit zurechtmachen können. Haben Sie auch solch Buch?«

Sandip knirschte seine Antwort zwischen den Zähnen hervor. »Die Natur hat euch Frauen eine Menge Reize als Ausstattung mitgegeben, und darüber hinaus habt ihr noch die Hilfe der Putzmacherin und des Juweliers; aber glauben Sie nur nicht, daß wir Männer ganz ohne Waffen sind...«

»Sie täten besser, Ihr Buch noch einmal anzusehen, Sandip Babu. Sie bringen alles durcheinander. Das kommt davon, wenn man die Dinge auswendig lernt.«

»Sie!« stieß Sandip hervor, der nun alle Herrschaft über sich verlor. »Haben Sie ein Recht, mich zu beschimpfen? Sie, die ich bis in die kleinste Faser ihres Wesens kenne? Was...« Er konnte nicht weitersprechen.

Sandip, dieser gewaltige Zauberer, ist vollständig hilflos, sobald sein Zauber nicht wirken will. Von der Höhe seines stolzen Königtums war er plötzlich auf die Stufe eines rohen Bauern gesunken. O, die Freude, ihn so schwach zu sehen! Je beleidigender er in seiner Roheit wurde, je stärker wallte diese Freude in mir auf. Seine Schlangenwindungen, mit denen er mich umstrickte, versagen den Dienst, — ich bin frei. Ich bin gerettet, gerettet! Beleidige mich, beschimpfe mich, zeige dich in deiner wahren Gestalt; nur verschone mich mit deinen falschen Lobeshymnen!

In diesem Augenblick trat mein Gatte ein. Sandip hatte nicht die Elastizität, sich wie sonst in einem Nu zusammenzuraffen. Mein Gatte sah ihn eine Weile überrascht an. Wäre dies ein paar Tage früher gewesen, so hätte ich mich geschämt. Aber nun war es mir gerade recht, was auch mein Gatte denken mochte. Ich wollte meinem geschwächten Gegner den entscheidenden Schlag versetzen.

Als mein Gatte uns beide in befangenem Schweigen verharren sah, zögerte er erst ein wenig, dann setzte er sich. »Sandip,« sagte er, »ich suchte dich und hörte, daß du hier seiest.«

»Allerdings bin ich hier«, sagte Sandip mit Nachdruck. »Die Bienenkönigin ließ mich heute morgen rufen. Und ich, als ihr gehorsamer Arbeiter im Stock, ließ alles liegen und folgte ihrem Ruf.«

»Ich fahre morgen nach Kalkutta. Du wirst mich begleiten.«

»Und warum, wenn ich fragen darf? Gehöre ich zu deinem Gefolge?«

»Nun gut, sagen wir, du reist nach Kalkutta und ich begleite dich.«

»Ich habe dort nichts zu tun.«

»Um so mehr Grund, daß du reisest. Du hast hier zuviel zu tun.«

»Ich werde mich nicht von der Stelle rühren.«

»So werde ich Gewalt brauchen.«

»Gut, so werde ich gehen. Aber die Welt besteht nicht nur aus Kalkutta und deinen Besitzungen. Es gibt noch andere Orte auf der Landkarte.«

»Nach deinem bisherigen Verhalten hätte man kaum glauben sollen, daß es außerhalb meiner Besitzungen noch einen Platz in der Welt gäbe.«

Sandip erhob sich. »Es kommt bisweilen vor,« sagte er, »daß ein einziger Ort einem Menschen eine ganze Welt bedeutet. Mir bedeutete dieses Zimmer die Welt, darum war ich hier wie festgewachsen.«

Dann wandte er sich nach mir hin. »Niemand als Sie, Bienenkönigin, wird meine Worte verstehen, — vielleicht nicht einmal Sie. Ich grüße Sie. Mit Anbetung im Herzen verlasse ich Sie. Mein Losungswort ist ein andres geworden, seit ich Sie gesehen. Es lautet nicht mehr Bande Mataram, Heil dir, Mutter, sondern: Heil dir, Geliebte, Heil dir, Zauberin! Die Mutter verleiht uns ihren Schutz, die Geliebte reißt uns zum Untergang, — aber dieser Untergang ist süß. Du rufst den Tod, Geliebte, und er naht mit tanzenden

Schritten, und mein Herz jauchzt beim Klirren seiner Fußspangen. Du hast mir, deinem Diener, das Bild gewandelt, das ich von unserm Bengalen hatte, — ›dem Land der sanften Brise, des klaren Wassers und der süßen Früchte‹[38]. Du hast kein Mitleid, meine Geliebte. Du kommst zu mir mit deinem Giftbecher, und ich werde ihn bis auf den letzten Tropfen leeren, um in Todesangst zu vergehen oder über den Tod zu triumphieren.«

»Ja,« fuhr er fort. »Der Tag der Mutter ist vorbei. O Geliebte, meine Geliebte, was gilt mir neben dir Wahrheit und Recht und selbst der Himmel! Alle Pflichten sind zu Schatten geworden, alle Regeln und Gesetze haben ihre Riegel gesprengt. O Geliebte, meine Geliebte, ich könnte die ganze Welt in Flammen setzen bis auf das Stück Land, worauf du deine kleinen Füße setztest, und dann in rasender Lust über die Asche hintanzen... Ach, diese Menschen mit ihrer Sanftmut und Güte! Sie möchten allen Gutes tun, — als ob dies alles Wirklichkeit wäre! Nein, nein! Es gibt keine Wirklichkeit in der Welt als diese meine Liebe. Ich neige mich vor dir. Meine Hingebung an dich hat mich grausam gemacht, meine glühende Verehrung für dich hat die Flamme der Zerstörung in mir entzündet. Ich bin nicht gerecht. Ich habe keinen Glauben, ich glaube nur an sie, die sich mir allein in der Welt offenbart hat.«

Wunderbar! Noch vor einem Augenblick hatte ich diesen Menschen aus tiefstem Herzen verachtet. Aber was ich für tote Asche gehalten hatte, erwachte jetzt wieder zu lebendiger Glut. Das Feuer in ihm war echt, daran war kein Zweifel. Ach, warum hat Gott den Menschen so zwiespältig geschaffen? Wollte er nur seine göttliche Kunst zeigen? Noch vor wenigen Minuten hatte ich gedacht, daß Sandip, den ich einst für einen Helden gehalten hatte, nur ein armseliger Theaterheld sei. Aber auch darin hatte ich nicht recht. Denn selbst unter dem Flitterkram des Theaters kann sich zuweilen ein wahrer Held verbergen.

Es ist sehr viel Roheit, Sinnlichkeit und Lüge in Sandip, und seine Seele ist mit mancher Lage von irdischen Stoffen bedeckt. Dennoch müssen wir zugeben, daß in seiner innersten Tiefe vieles verborgen ist, was wir nicht verstehen und nicht verstehen können, — wie ja auch vieles in uns selbst uns ein Rätsel bleibt. Ein wunderbares Wesen ist doch der Mensch! Welchem großen, geheimnisvollen Zweck er dient, das weiß nur der große Furchtbare[39], während wir unter der Last stöhnen. Schiva wird das Chaos lichten. Er ist eitel Freude. Er wird unsre Bande zerbrechen.

Ich fühle immer wieder, wie zwei Wesen in mir sind. Das eine weicht vor Sandip zurück, wenn er mir wie das Chaos selbst entgegentritt, das andre wird gerade dadurch unwiderstehlich angezogen. Das sinkende Schiff zieht alle, die es umschwimmen, in die Tiefe. Sandip ist solch eine vernichtende Kraft. Seine ungeheure Anziehungskraft ergreift uns, bevor Furcht uns warnt, und in einem Augenblick werden wir widerstandslos hinabgezogen, fort von allem Licht, von allem Guten, von Luft und Freiheit, von allem, was uns lieb und teuer war, — hinab in den Abgrund der Vernichtung.

Sandip ist als Bote gekommen aus einem fernen Reiche des Unheils, und wie er über das Land schreitet und unheilige Zaubersprüche murmelt, scharen sich alle Knaben und Jünglinge um ihn. Die Mutter sitzt im Lotusherzen des Landes und wehklagt laut, denn sie haben ihre Vorratskammer erbrochen, um dort ihr trunkenes Gelage zu halten. Ihre Weinernte für den Trank der Unsterblichen schütten sie in den Staub; ihre altehrwürdigen Geräte zertrümmern sie. Wohl fühle ich ihr Leid, doch zugleich werde auch ich von dem Rausch mit fortgerissen.

Die Wahrheit selbst hat uns diese Versuchung geschickt, um unsre Treue gegen ihre Gebote zu prüfen. Die Trunkenheit verkleidet sich in himmlisches Gewand und tanzt vor den

Pilgern her. »Ihr Narren,« ruft sie, »die ihr den unfruchtbaren Weg der Entsagung geht! Er ist lang und die Zeit vergeht euch langsam, wenn ihr ihn wandelt. Daher hat mich der Schleuderer des Donnerkeils zu euch geschickt. Seht her! Ich, die Schönheit, die Leidenschaft, rufe euch zu mir, — in meiner Umarmung sollt ihr Erfüllung finden.«

Nach einer Pause wandte Sandip sich noch einmal an mich. »Göttin, die Zeit ist gekommen, wo ich dich verlassen muß. Es ist gut so. Deine Nähe hat ihre Wirkung getan. Wenn ich noch länger säumte, würde sie allmählich wieder aufgehoben. Wir verlieren alles, wenn wir in unsrer unersättlichen Begierde das gemein machen wollen, was das Höchste auf Erden ist. Was ewig ist im Augenblick, wird schal, wenn wir es in der Zeit ausbreiten. Wir waren im Begriff, unsern unendlichen Augenblick zu verderben, als du deinen Donnerkeil erhobst, der ihm zu Hilfe kam. Du selbst rettetest die Reinheit deines Gottesdienstes und damit zugleich auch deinen Priester. Um deines Gottesdienstes willen scheide ich heute. Ja, Göttin, auch ich gebe dich heute frei. Mein irdischer Tempel konnte dich nicht mehr fassen; er drohte jeden Augenblick zu bersten. Ich scheide heute, um in einem größern Tempel dein größeres Ebenbild anzubeten. Erst wenn ich fern von dir bin, wirst du wahrhaft mein werden. Hier empfing ich nur deine Gunst, dort wird mir deine Gnade zuteil werden.«

Mein Schmuckkasten stand noch auf dem Tisch. Ich hob ihn auf und sagte: »Bringen Sie diese Juwelen der Gottheit, der ich diene, und opfern Sie sie ihr in meinem Namen!«

Mein Gatte verharrte in Schweigen. Sandip verließ das Zimmer.

XXI

Ich hatte eben angefangen, ein paar Kuchen für Amulja zu backen, als die Bara Rani erschien. »O Himmel,« rief sie aus,

»ist es dahin gekommen, daß du dir die Kuchen zu deinem Geburtstag selbst backen mußt?«

»Könnte ich sie nicht für jemand anders backen?« fragte ich.

»Aber an solchen Tagen solltest du nicht andre festlich bewirten, sondern wir dich. Ich wollte gerade etwas Leckeres für dich zubereiten[40], als ich die schreckliche Nachricht hörte, die mich ganz aus der Fassung gebracht. Eine Schar von fünf- bis sechshundert Banditen sollen in eins unsrer Schatzhäuser eingebrochen sein und sich mit 6000 Rupien davongemacht haben. Man erwartet, daß sie demnächst unser Haus plündern werden.«

Ich war in hohem Grade erleichtert. So war es also doch unser eignes Geld. Ich hätte am liebsten gleich Amulja rufen lassen, um ihm zu sagen, daß er die Banknoten nur meinem Gatten einzuhändigen brauchte und die Erklärung mir überlassen könnte.

»Du bist wirklich ein wunderliches Geschöpf!« rief meine Schwägerin aus, als sie den Wechsel im Ausdruck meines Gesichts sah. »Kennst du denn gar nicht so etwas wie Furcht?«

»Ich glaube nicht daran«, sagte ich. »Warum sollten sie unser Haus plündern?«

»Du glaubst nicht daran, wahrhaftig! Wer hätte denn geglaubt, daß sie unser Schatzhaus angreifen würden?«

Ich gab keine Antwort, sondern beugte mich über meine Kuchen, die ich mit geriebenen Kokosnüssen füllte.

»Nun, ich muß gehen«, sagte die Bara Rani, nachdem sie mich noch einmal verwundert angestarrt hatte. »Ich muß mit Bruder Nikhil sprechen und dafür sorgen, daß mein Geld nach Kalkutta geschickt wird, bevor es zu spät ist.«

Kaum war sie fort, so überließ ich die Kuchen sich selbst und stürzte in mein Ankleidezimmer, das ich von innen abschloß. Meines Gatten Kittel mit den Schlüsseln in der Tasche hing noch da, — so vergeßlich war er. Ich nahm den

Schlüssel zu dem eisernen Geldschrank von dem Ring und steckte ihn zu mir.

Da klopfte es an die Tür. »Ich bin beim Anziehen«, rief ich. Ich hörte, wie die Bara Rani sagte: »Noch vor einer Minute sah ich sie beim Kuchenbacken, und jetzt ist sie mit ihrem Putz beschäftigt. Mich soll wundern, was ihr danach einfällt! Gewiß haben sie wieder eine ihrer Bande-Mataram-Versammlungen.« »Höre einmal, Räuberkönigin,« rief sie zu mir herein, »bist du dabei, deine Beute zu zählen?«

Als sie fort waren, öffnete ich den eisernen Geldschrank. Ich weiß nicht, was mich dazu veranlaßte, vielleicht hatte ich die geheime Hoffnung, daß alles ein Traum gewesen sei. Wie, wenn ich beim Öffnen der inneren Schublade die Geldrollen an ihrem Platze fände?... Ach, alles war so leer wie das Vertrauen, das ich verraten hatte.

Ich mußte die Komödie des Umkleidens durchführen. So frisierte ich mich denn ganz überflüssigerweise noch einmal und steckte mein Haar anders hoch. Als ich herauskam, spottete meine Schwägerin: »Wie oft ziehst du dich heute noch um?«

»Es ist ja mein Geburtstag«, sagte ich.

»Ach, dafür ist dir jeder Vorwand recht«, erwiderte sie. »Ich habe in meinem Leben viele eitle Leute gekannt, aber du übertriffst sie alle.«

Ich wollte gerade einen Diener rufen, um Amulja holen zu lassen, als einer der Leute mir ein kleines Billett brachte. Es war von Amulja.

»Schwester,« schrieb er, »Sie haben mich auf heute nachmittag eingeladen, aber mir schien es doch besser, nicht zu warten. Lassen Sie mich erst Ihren Auftrag ausführen und dann zu meinem prasad kommen! Es kann etwas spät werden.«

Wo mochte er hingehen, um das Geld zurückzugeben? Welcher neuen Gefahr lief der arme Junge in die Arme? Ach du elendes Weib, du kannst ihn nur wie einen Pfeil absenden, aber nicht zurückrufen, wenn du dein Ziel verfehlst.

Ich hätte sogleich bekennen sollen, daß ich die Triebfeder dieses Raubüberfalls war. Aber wir Frauen leben von dem Vertrauen unsrer Umgebung, — es bedeutet uns die Welt. Wenn es einmal offenbar wird, daß wir dies Vertrauen heimlich verraten haben, so haben wir den Platz in unsrer Welt verloren. Wir müssen auf den Trümmern dessen stehen, was wir zerbrochen haben, und seine scharfen Kanten verwunden uns bei jeder Bewegung. Sündigen ist leicht, aber Wiedergutmachen ist schwer, besonders für eine Frau.

Seit einiger Zeit ist jede ungezwungene Annäherung an meinen Gatten mir abgeschnitten. Wie konnte ich ihn nun plötzlich mit dieser ungeheuerlichen Nachricht überfallen! Er kam heute sehr spät zum Essen, es war fast zwei Uhr. Er war zerstreut und rührte kaum einen Bissen an. Ich fühlte, daß ich sogar das Recht verscherzt hatte, ihn zu nötigen, noch etwas mehr zu nehmen, und ich mußte mein Gesicht abwenden, um meine Tränen zu verbergen.

Ich hätte so gern zu ihm gesagt: »Komm doch in unser Zimmer und ruhe ein Weilchen; du siehst so müde aus.« Gerade schickte ich mich dazu an, als ein Diener eilig die Nachricht brachte, daß der Polizeiinspektor Pantschu zum Palast heraufgebracht hätte. Das Antlitz meines Gatten überschattete sich noch mehr, und er ging hinaus, ohne sein Mahl zu beenden.

Bald darauf erschien die Bara Rani. »Warum gabst du mir nicht Nachricht, als Bruder Nikhil hereinkam?« beklagte sie sich. »Da er so spät kam, dachte ich, ich könnte inzwischen mein Bad nehmen. Wie wurde er nur so schnell mit dem Essen fertig?«

»Wolltest du etwas von ihm?«

»Was bedeutet das, daß ihr morgen beide nach Kalkutta reisen wollt? Aber das sage ich euch, ich bleibe nicht allein hier. Ich würde mich bei jedem Laut tot ängstigen, jetzt, wo alle diese Banditen hier ihr Wesen treiben. Ist es ganz bestimmt, daß ihr morgen reist?«

»Ja«, sagte ich, obgleich ich erst eben jetzt davon hörte und außerdem gar nicht sicher war, ob nicht bis dahin Ereignisse eintreten würden, die es ganz gleichgültig machten, ob wir reisten oder blieben. Wie danach unser Heim und unser Leben sich gestalten würden, konnte ich mir gar nicht vorstellen, alles erschien mir so nebelhaft und gespenstisch.

In ein paar Stunden mußte mein jetzt noch verborgenes Schicksal sichtbar werden. War niemand da, der den Flug dieser Stunde aufhalten konnte, so daß ich Zeit gewann, wieder gutzumachen, soweit es in meiner Macht lag? Die Zeit, wo der böse Same im Boden liegt, ist lang, — so lang, daß man gar nicht mehr fürchtet, er könne aufgehen. Aber sobald er aus dem Boden hervorsprießt, wächst er so schnell, daß gar keine Zeit bleibt, ihn zuzudecken, selbst nicht mit dem eigenen Leben.

Ich will versuchen, nicht mehr daran zu denken, sondern in stummer Passivität dasitzen, bis der Zusammenbruch kommt. Laß ihn kommen, in ein paar Tagen wird alles vorüber sein — Entdeckung, Spott, Mitleid, Fragen, Erklärungen — alles.

Aber ich kann das Gesicht Amuljas nicht vergessen, so schön und strahlend in seiner Hingebung. Er wartete nicht verzweifelt den vernichtenden Schlag des Schicksals ab, sondern stürzte sich mutig mitten in die Gefahr. Auf ihn blicke ich voll Ehrfurcht in meinem Elend. Er ist mein Erlöser. Er nahm wie im Spiel die Last meiner Sünde auf seine Schultern. Er wollte mich retten indem er die Strafe, die mir bestimmt war, auf sein Haupt rief. Aber wie soll ich diese furchtbare Gnade meines Gottes ertragen?

O, mein Kind, mein Kind, ich neige mich vor dir. Mein kleiner Bruder, ich neige mich vor dir. Du bist rein, du bist schön, ich neige mich vor dir. Möchtest du in deiner nächsten Existenz als mein eigenes Kind in meine Arme kommen, — das ist mein Gebet.

XXII

Das Gerücht von dem Raubüberfall verbreitete sich nach allen Seiten. Die Polizei ging beständig ein und aus. Unsre Dienstboten waren in großer Aufregung.

Khema, mein Mädchen, kam und sagte: »Ach, Maharani, um des Himmels willen, bewahren Sie mir doch meine goldene Halskette und Armringe in Ihrem eisernen Geldschrank auf!« Wem sollte ich erklären, daß die Rani selbst dieses ganze Netz von Verwirrung gewoben und sich nun auch darin gefangen hatte? Ich mußte die Rolle der gütigen Beschützerin spielen und Khemas Schmucksachen und Thakos Ersparnisse in meine Obhut nehmen. Sogar die Milchfrau brachte einen Koffer in mein Zimmer, in dem ein Sari aus Benares und andre ihrer ihr wertvollen Habseligkeiten waren. »Ich bekam diese Sachen zu Ihrer Hochzeit«, erzählte sie mir.

Wenn man morgen meinen eisernen Geldschrank öffnet in Gegenwart dieser Frauen — Khema, Thako, die Milchfrau und all die andern ... Ich darf nicht daran denken! Ich will lieber versuchen, mir vorzustellen, wie es sein wird, wenn dieser dritte Magh[41] nach einem Jahre wiederkehrt.

Amulja schreibt, daß er erst spät am Abend kommen wird. Ich kann nicht so untätig allein mit meinen Gedanken bleiben, ich will ihm noch ein paar Kuchen backen. Ich habe schon eine ganze Menge gebacken, aber ich muß noch damit fortfahren. Wer wird sie essen? Ich werde sie unter die Dienstboten verteilen. Das muß ich noch heute abend tun. Heute abend läuft meine Frist ab. Das Morgen steht nicht mehr in meiner Hand.

Ich fuhr unermüdlich fort, einen Kuchen nach dem andern zu backen. Bisweilen kam es mir vor, als ob ich oben irgendwo in unsern Zimmern ein Geräusch hörte. Konnte es sein, daß mein Gatte den Schlüssel zum Geldschrank vermißt und die Bara Rani nun die Dienstboten zusammengerufen hatte, um suchen zu helfen? Nein, ich wollte nicht mehr hinhören; es war am besten, die Tür zu schließen.

Ich war eben im Begriff, es zu tun, als Thako keuchend hereingestürzt kam: »Maharani, o Maharani!«

»Mach', daß du fortkommst!« fuhr ich sie an. »Laß mich in Ruh!«

»Die Bara Rani läßt Sie rufen,« sagte sie. »Ihr Neffe hat ihr ein so wundervolles Instrument von Kalkutta mitgebracht. Es spricht wie ein Mensch. Kommen Sie und hören Sie!«

Ich wußte nicht, ob ich lachen oder weinen sollte. So mußte jetzt von allen Dingen auf der Welt ein Grammophon auf der Bildfläche erscheinen, um bei jeder Drehung den näselnden Singsang seiner Arien zu wiederholen! Welch fürchterliche Sache ist es doch um eine Maschine, die einen Menschen nachäfft!

Die Schatten des Abends begannen zu sinken. Ich wußte, daß Amulja sich sofort melden würde, wenn er zurückkäme, doch ich konnte nicht länger warten. Ich rief einen Diener und sagte: »Geh und sag Amulja Babu, er möchte sofort herkommen!« Der Mann kam nach einer Weile zurück mit dem Bescheid, daß Amulja noch immer nicht zu Hause sei, er sei schon so lange fort.

»Fort!« Dies letzte Wort tönte wie eine Klage durch das zunehmende Dunkel an mein Ohr. Amulja fort! War er denn gekommen wie ein Strahl der untergehenden Sonne, um auf immer zu verschwinden? Alle möglichen und unmöglichen Gefahren schwirrten mir durch den Sinn. Ich war es, die ihn in den Tod geschickt hatte. Wenn er ihm auch furchtlos entgegengegangen war, das zeigte nur seine Seelengröße. Aber wie sollte ich hiernach noch ohne ihn allein weiterleben?

Ich hatte kein Andenken von Amulja außer jener Pistole, seinem Brudergeschenk. Sie erschien mir als ein Zeichen, das mir die Vorsehung geschickt hatte. Diese Schuld, die mein Leben an seiner Wurzel vergiftet hatte, — mein Gott hatte mir in Gestalt eines Kindes das Mittel gegeben, sie auszulöschen, und war dann entschwunden. O welche Fülle erlösender Gnade lag in dieser Liebesgabe verborgen!

Ich öffnete meine Truhe, nahm die Pistole heraus und hob sie in ehrfürchtiger Scheu an meine Stirn. In dem Augenblick erklangen die Glocken vom Tempel unseres Hauses. Ich warf mich anbetend nieder.

Am Abend bewirtete ich das ganze Haus mit meinen Kuchen. »Du hast uns einen wunderbaren Geburtstagsschmaus bereitet, und dazu noch ganz allein!« rief meine Schwägerin aus. »Aber du mußt auch uns etwas zu tun übrig lassen.« Und damit stellte sie ihr Grammophon an und ließ den schrillen Sopran der Kalkuttaschen Sängerinnen durch das Haus tönen. Es war, als hörte man einen Stall voll wiehernder Füllen.

Es wurde ziemlich spät, bis der Schmaus vorüber war. Ich hatte plötzlich ein Verlangen, meine Geburtstagsfeier damit zu beenden, daß ich die Füße meines Gatten ehrfurchtsvoll berührte. Ich ging hinauf ins Schlafzimmer und fand ihn in tiefem Schlafe. Er hatte einen so sorgenvollen, schweren Tag gehabt. Ich hob ganz, ganz sachte den Saum des Mosquitonetzes und legte meinen Kopf neben seine Füße. Mein Haar mußte ihn berührt haben, denn er bewegte im Schlaf die Füße und stieß meinen Kopf weg.

Ich ging hinaus und setzte mich auf die Veranda an der Westseite. Ein Wollbaum, der alle seine Blätter verloren hatte, stand in der Ferne da wie ein Skelett. Hinter ihm sank die Mondsichel hinab. Plötzlich hatte ich das Gefühl, daß selbst die Sterne des Himmels Furcht vor mir hätten, daß die ganze Nachtwelt mich mißtrauisch anblickte. Warum? Weil ich allein war.

Es gibt nichts Trostloseres in der Schöpfung als den Menschen, der allein ist. Selbst der, dessen Angehörige alle einer nach dem andern gestorben sind, ist nicht allein, Gesellschaft kommt ihm von jenseits des Grabes. Doch der, dessen Angehörige noch leben, aber keine Gemeinschaft mit ihm haben, der aus dem bunten Kreis eines vollen Heims herausgefallen ist, dessen Dunkel blickt selbst das Sternenweltall mit Schaudern an.

Wo ich bin, da bin ich nicht. Ich bin weit fort von denen, die um mich sind. Ich lebe und bewege mich am Rande einer weltweiten Trennungskluft, unsicher wie der Tautropfen auf dem Lotusblatt.

Warum verwandeln die Menschen sich nicht ganz, wenn sie sich verwandeln? Wenn ich in mein Herz sehe, so finde ich noch alles da, was sonst da war, — nur ist alles auf den Kopf gestellt. Was schön geordnet war, liegt wirr durcheinander. Die Perlen, die zu einem Halsband vereint waren, rollen im Staub. Und so bricht mir das Herz.

Ich möchte sterben. Und doch wird in meinem Herzen alles fortleben, — selbst im Tode kann ich nicht das Ende von allem sehen; der Tod bringt nur noch größere Reuequalen. Was beendet werden soll, muß in diesem Leben beendet werden, — es gibt keinen andern Ausweg.

O vergib mir nur dies eine Mal noch, mein Gott! Alles, was du als Reichtum meines Lebens in meine Hände legtest, habe ich mir zur Last gemacht. Ich kann sie nicht länger tragen, noch sie abwerfen. O Herr, laß noch einmal jene süßen Melodien auf deiner Flöte ertönen, die du einst vor langer Zeit für mich spieltest, als du am rosigen Horizont meines Morgenhimmels standest, — und laß alle meine Verwirrungen einfach und leicht sich lösen! Nur die Musik deiner Flöte kann heilen, was zerbrochen, und reinigen, was beschmutzt ist. Schaffe mein Heim neu mit deiner Musik! Ich weiß keine andere Rettung.

Ich warf mich ausgestreckt auf den Boden und schluchzte laut. Ich betete um Erbarmen, um ein wenig Erbarmen von irgendwoher, um Zuflucht, um irgendein Zeichen von Vergebung, eine Hoffnung, die das Ende bringen könnte. »Herr!« gelobte ich, »ich will hier liegen und warten und warten und weder Speise noch Trank anrühren, bis deine segnende Hand mich berührt hat.«

Ich hörte das Geräusch von Tritten. Wer sagt, daß die Götter sich nicht den Sterblichen zeigen? Ich wagte nicht mein Antlitz zu erheben, aus Furcht, sein Anblick könne den Zauber verscheuchen. Komm, ach, komm und laß deine Füße mein Haupt berühren! Komm, Herr, und setze deinen Fuß auf mein pochendes Herz und laß mich in dem Augenblick sterben!

Er kam und setzte sich zu meinen Häupten. Wer? Mein Gatte! Im ersten Augenblick, als ich seine Gegenwart fühlte, war mir, als sollten mir die Sinne schwinden. Und dann brach all der Schmerz, der sich in meiner Seele gestaut hatte, in einem unaufhaltsamen Tränenstrom hervor. Ich preßte seine Füße an meinen Busen, als ob ich ihre Spur für immer dort festhalten wollte.

Er streichelte zärtlich meinen Kopf. So empfing ich seinen Segen. Nun werde ich morgen die Buße der öffentlichen Demütigung auf mich nehmen können und sie mit geläutertem Herzen als Sühnopfer zu den Füßen meines Gottes niederlegen.

Aber was meine Seele bedrückt, ist der Gedanke, daß die festlichen Flöten, die vor neun Jahren bei meiner Hochzeit erklangen und mich in diesem Hause willkommen hießen, mir nie in diesem Leben mehr erklingen werden. Welche Buße gäbe es, die hart genug wäre, um mich noch einmal als die für ihren Gatten geschmückte Braut auf denselben bräutlichen Sitz zu erheben? Wieviel Jahre, wieviel Zeitalter, wieviel Weltalter müssen vergehen, bis ich den Weg zurückfinde zu dem Platz, wo ich vor neun Jahren stand?

Gott kann neue Dinge schaffen, aber hat selbst er die Macht, das neu zu schaffen, was sich selbst zerstört hat?

Fußnoten:

Zitat aus der Nationalhymne Bande Mataram.

Rudra, »der Furchtbare« (eig. wohl »der Brüllende«), der ursprüngliche Name Schivas (so im Veda).

Leckerbissen, die als Festgeschenk geboten werden, müssen von der Dame des Hauses selbst zubereitet sein.

Indischer Monat, etwa von Mitte Jan. bis Mitte Febr.

ZWÖLFTES KAPITEL

NIKHILS ERZÄHLUNG

XV

Heute reisen wir nach Kalkutta. Wenn wir nur immer fortfahren, unsre Freuden und Leiden anzuhäufen, lasten sie schwer auf uns. Wir sollten sie von uns werfen, denn wir haben nicht hier unsre Stätte, sondern sind Pilger auf dem Pfade des Lebens. Wenn wir hier unser Haus bauen, kerkern wir unsre Seele ein, bis sie in der Kerkerluft erstickt.

Meine Vereinigung mit dir, Geliebte, war nur für die Pilgerfahrt, die hinter uns liegt; sie war gut, solange wir denselben Weg gingen, sie wird uns nur hemmen, wenn wir versuchen, sie darüber hinaus zu erhalten. Jetzt streifen wir diese Fessel ab. Wir haben die Reise nach andern Zielen angetreten, und es muß uns genug sein, wenn wir einander einen Blick zuwerfen oder im Vorübergehen die Hand des andern streifen können. Und danach? Danach gelangen wir auf die größere Heerstraße der Welt, in den endlosen Strom des Alllebens.

Wie unermeßlich viel bleibt mir noch, wenn wir geschieden sind! Geliebte! Wenn ich lausche, höre ich die Flöte spielen, ich höre den Quell ihrer Melodien hervorströmen aus der Kluft, die uns trennt. Der unsterbliche Trank der Göttin versiegt nie. Sie zerbricht nur bisweilen den Becher, aus dem wir ihn trinken, und lächelt, wenn sie uns so untröstlich sieht über den unbedeutenden Verlust. Ich will nicht stillstehen und die Scherben auflesen. Ich will vorwärtsschreiten, wenn auch mit durstendem Herzen.

Die Bara Rani kam und fragte mich: »Was bedeutet denn das, Bruder, daß diese Bücher eingepackt und kistenweise weggeschickt werden?«

»Das bedeutet nur, daß ich meine Liebe zu ihnen noch nicht habe überwinden können,« erwiderte ich.

»Ich wollte nur, daß du deine Liebe auch einigen andern Dingen noch bewahrtest! Hast du denn die Absicht, gar nicht nach Hause zurückzukommen?«

»Ich werde hin und wieder kommen, aber ich werde mich hier nicht wieder ganz einmauern.«

»O wirklich! Nun, da komm einmal in mein Zimmer und sieh, an wieviel Dingen ich mit meiner Liebe hänge!« Damit nahm sie mich bei der Hand und führte mich ab.

Im Zimmer meiner Schwägerin fand ich zahllose Koffer und Bündel fertig gepackt. Sie öffnete einen der Koffer und sagte: »Sieh, Bruder, da habe ich all meine Sachen zur Bereitung von pan[42]. In dieser Flasche habe ich Katschupuder, das mit dem Pollen von Schraubenbaumblüten gewürzt ist. In den kleinen Zinndosen sind lauter verschiedene Gewürze. Auch meine Spielkarten und mein Damenbrett habe ich nicht vergessen. Wenn ihr beiden zu beschäftigt seid, so werde ich schon andre Freunde da finden, die ein Spiel mit mir machen. Erinnerst du dich noch an diesen Kamm? Es ist einer von den Swadeschi-Kämmen, die du mir mitbrachtest...«

»Aber was bedeutet dies alles, Schwester Rani? Warum hast du denn all diese Sachen gepackt?«

»Denkst du, ich gehe nicht mit euch?«

»Aber welche Idee!«

»Hab keine Angst! Ich werde weder mit dir kokettieren noch mit der Tschota Rani streiten. Man muß doch eines Tages sterben, und man tut ebenso gut, das Ufer des heiligen Ganges aufzusuchen, bevor es zu spät ist. Der Gedanke, hier auf eurem elenden Verbrennungsplatz unter dem verkrüppelten Feigenbaum eingeäschert zu werden, ist entsetzlich, — darum habe ich mich nicht entschließen können, zu sterben und dich so lange geplagt.«

Hier sprach endlich mein Heim zu mir mit seiner wahren Stimme. Die Bara Rani war als Braut in unser Haus gekommen, als ich erst sechs Jahre alt war. Wir haben an den schläfrigen Nachmittagen zusammen in einer Ecke der Terrasse des Daches gespielt. Ich habe ihr oben vom Baum herunter grüne Mangofrüchte zugeworfen, aus denen sie köstlich unverdauliche chutnees machte, indem sie sie in dünne Scheiben zerschnitt und mit Senf, Salz und verschiedenen Kräutern würzte. Meine Aufgabe war es, ihr all die verbotenen Sachen aus der Vorratskammer zu holen, die sie für das Hochzeitsfest ihrer Puppe brauchte, denn der Strafkodex meiner Großmutter ließ nur für mich Ausnahmen zu. Und sie wählte mich immer zum Boten an ihren Bruder, wenn sie ihm etwas Besonderes abschmeicheln wollte, denn meinen ungestümen Bitten konnte er nicht widerstehen. Ich weiß noch, wie ich damals unter den strengen Maßregeln der Ärzte litt, die bei Fieberanfällen nur warmes Wasser und Kardamomlimonade gestatteten, und wie meine Schwägerin meine Entbehrungen nicht mit ansehen konnte und mir heimlich Leckerbissen brachte. Was für Schelte bekam sie eines Tages, als sie dabei ertappt wurde!

Und als wir dann größer wurden, waren die Leiden und Freuden, die uns miteinander verbanden, ernsterer Art. Wie wir mitunter in Streit gerieten! Bisweilen, wenn eigennützige Interessen uns trennten, stieg Mißtrauen und Eifersucht auf und brachte einen Riß in unsre Freundschaft; und als die Tschota Rani zwischen uns trat, sah es so aus, als ob dieser Riß nie wieder heilen würde. Aber es zeigte sich immer, daß die heilenden Kräfte am Grunde stärker waren als die Wunden an der Oberfläche.

So ist von Kindheit an bis heute eine innige Freundschaft zwischen uns emporgewachsen, deren dichtbelaubte Zweige sich über jedes Zimmer, jede Veranda, jede Terrasse dieses großen Hauses breiten. Als ich sah, wie die Bara Rani sich bereit machte, mit all ihrer Habe dies unser Haus zu verlassen, da fühlte ich, wie es an allen Banden, die uns zusammenhielten, bis in die äußersten Enden schmerzhaft zerrte.

Ich wußte wohl den Grund, warum sie sich entschlossen hatte, dem Unbekannten zuzutreiben und alle jene Bande zu zerschneiden, die sie mit den täglichen Gewohnheiten an das Haus knüpften, das sie nie einen Tag verlassen, nachdem sie es mit neun Jahren zuerst betreten hatte. Und doch wollte sie diesen wahren Grund nicht über ihre Lippen kommen lassen, sondern verbarg ihn lieber hinter andern, nichtigen Vorwänden.

Ich war der einzige, der ihr von allen Verwandten auf der Welt geblieben war, und die arme unglückliche, verwitwete und kinderlose Frau hegte diese Verwandtschaft mit aller Zärtlichkeit, die sie in ihrem Herzen aufgespeichert hatte. Wie tief sie unsre beabsichtigte Trennung empfunden hatte, fühlte ich erst, als ich zwischen ihren umhergestreuten Koffern und Bündeln stand.

Ich erkannte mit einem Blick, daß die kleinen Zwistigkeiten wegen Geldangelegenheiten, die sie oft mit Bimala hatte, nicht niederm Eigennutz entsprangen, sondern sie fühlte, daß diese andere Frau, die von Gott weiß woher kam, ihre Ansprüche an den einzigen Verwandten, der ihr geblieben war, zurückdrängte und das Band zwischen ihm und ihr lockerte! Sie war bei jedem Schritt verletzt worden und hatte doch kein Recht, sich zu beklagen.

Und Bimala? Auch sie fühlte, daß die Ansprüche der Bara Rani an mich sich nicht nur auf unsre Verwandtschaft gründeten, sondern ihren tieferen Grund hatten, und sie war eifersüchtig auf dies Verhältnis zwischen uns, das in unsre Kindheit zurückreichte.

Nun schlug mein Herz heftig gegen die Tür meiner Brust.

Ich sank auf einen der Koffer nieder und sagte: »Ach, Schwester Rani, wie glücklich wäre ich, wenn die alten Zeiten, wo wir uns zuerst in diesem unserm alten Hause sahen, wiederkehren wollten!«

»Nein, lieber Bruder,« erwiderte sie mit einem Seufzer, »ich möchte mein Leben nicht noch einmal leben, — nicht als Frau! Laß das, was ich zu tragen gehabt habe, nur mit dieser einen Existenz zu Ende sein! Ich könnte es nicht noch einmal ertragen.«

Ich sagte zu ihr: »Die Freiheit, zu der wir durch Leid gelangen, ist größer als das Leid.«

»Das mag bei euch Männern so sein. Die Freiheit ist für euch. Aber wir Frauen möchten andere fesseln oder möchten noch lieber selbst von ihnen gefesselt werden. Nein, nein, Bruder, du wirst dich aus unsern Netzen nicht losmachen können. Wenn du denn deine Flügel ausbreiten und wegfliegen mußt, so mußt du mich mit dir nehmen; wir wollen nicht zurückbleiben. Darum habe ich all dies schwere Gepäck zusammengetragen. Man darf euch Männer nicht mit zu leichter Ladung laufen lassen.«

»Ich fühle das Gewicht deiner Worte,« sagte ich lachend, »und wenn wir Männer nicht über die Lasten, die ihr uns auferlegt, klagen, so geschieht es, weil ihr Frauen uns so freigebig belohnt für das, was ihr uns zu tragen gebt.«

»Ihr tragt es,« sagte sie, »weil die Last aus so vielen kleinen Dingen besteht. Immer, wenn ihr eins davon zurückweisen wollt, so führt es zu seinen Gunsten an, daß es so leicht ist. Und so drücken wir euch mit all den leichten Dingen zu Boden... Wann reisen wir ab?«

»Der Zug fährt heute abend um halb zwölf. Wir haben reichlich Zeit.«

»Nun sei ein einziges Mal in deinem Leben artig und höre auf das, was ich sage! Schlaf dich heute nachmittag ordentlich aus! Du weißt, du kannst im Zuge nie schlafen.

Du bist so herunter, daß du jeden Augenblick zusammenklappen kannst. Komm, nimm erst dein Bad.«

Als wir nach meinem Zimmer gingen, kam Khema, das Mädchen, herauf. Sie zupfte verlegen an ihrem Schleier und sagte in leisem, entschuldigendem Ton, daß der Polizei-Inspektor mit einem Gefangenen gekommen sei und den Maharadscha zu sprechen wünsche.

»Ist der Maharadscha ein Dieb oder ein Räuber,« fuhr die Bara Rani auf, »daß die Polizei beständig hinter ihm her sein muß? Geh und sag' dem Inspektor, daß der Maharadscha beim Baden ist!«

»Laß mich nur mal sehen, was los ist,« bat ich. »Es kann etwas Dringendes sein.«

»Nein, nein,« beharrte meine Schwägerin. »Unsre Tschota Rani hat gestern abend eine Unmenge Kuchen gebacken. Ich werde dem Inspektor ein paar schicken, damit er ruhig bleibt, bis du fertig bist.« Damit schob sie mich in mein Zimmer und schloß die Tür hinter mir zu.

Ich hatte nicht die Kraft, mich solcher Tyrannei zu widersetzen, — sie ist so selten in dieser Welt. Mochte der Inspektor sich die Zeit mit Kuchenessen vertreiben. Was machte es, wenn die Pflicht einmal ruhte?

Die Polizei war diese letzten Tage eifrig am Werke gewesen, bald diesen, bald jenen zu verhaften. Jeden Tag wurde irgendein Unschuldiger zur Erheiterung der Angestellten in mein Geschäftszimmer geführt. Ich vermutete, daß sie jetzt wieder so ein unglückliches Opfer herangeschleppt hatten. Aber warum sollte der Inspektor allein sich an Kuchen gütlich tun? Das war nicht in der Ordnung. Ich stieß heftig gegen die Tür.

»Wenn du toll werden willst, gieß dir schnell etwas Wasser über den Kopf — das wird dich abkühlen,« sagte meine Schwägerin vom Korridor aus.

»Schicke Kuchen für zwei hinunter«, rief ich. »Der, den man

als Dieb eingebracht hat, verdient sie vielleicht noch mehr. Laß ihm eine tüchtige Portion geben!«

Ich beeilte mich mit meinem Bad. Als ich herauskam, saß Bimala draußen vor der Tür auf dem Boden[43]. War es möglich, daß dies meine alte stolze, verwöhnte Bimala war?

Welche Gunst konnte sie erbitten wollen, als sie da so vor meiner Tür saß? Als ich stutzte und stehenblieb, stand sie auf und sagte leise mit niedergeschlagenen Augen: »Ich möchte dich sprechen.«

»So komm herein«, sagte ich.

»Aber hast du gerade etwas Besonderes vor?«

»Ja, aber das macht nichts. Ich möchte hören ...«

»Nein, besorge das erst! Wir sprechen dann heute mittag, wenn du gegessen hast.«

Ich ging in mein Zimmer, wo der Polizei-Inspektor seinen Teller ganz leer gegessen hatte.

Aber sein Begleiter war noch mit Essen beschäftigt.

»Halloh!« rief ich überrascht aus. »Du, Amulja?«

»Ja, ich«, sagte Amulja, den Mund voll Kuchen. »Das war ein richtiger Festschmaus. Und wenn's Ihnen recht ist, nehme ich den Rest mit.« Damit band er die übrigen Kuchen in sein Taschentuch.

»Was bedeutet dies?« fragte ich, mit einem erstaunten Blick auf den Inspektor.

Der Mann lachte. »Wir sind in bezug auf den Dieb noch ebenso klug,« sagte er, »inzwischen wird das Geheimnis des Diebstahls immer dunkler.« Damit zog er ein eingewickeltes Bündel hervor, das sich, als er es aufband, als ein Päckchen Banknoten entpuppte. »Hier, Maharadscha,« sagte der Inspektor, »sind Ihre sechstausend Rupien.«

»Wo hat man sie gefunden?«

»In Amulja Babus Händen. Er kam gestern abend zu Ihrem Verwalter in Tschakna und sagte ihm, daß das Geld sich gefunden habe. Der Verwalter war anscheinend in noch größerer Bestürzung über die Wiedererlangung des Geldes, als er über den Raub gewesen war. Er fürchtete, man könne ihn im Verdacht haben, erst die Banknoten beiseite gebracht und nun, aus Angst, daß es herauskäme, sich dies Ammenmärchen ausgedacht zu haben. Er bat Amulja, noch etwas zu warten, er wolle ihm eine Erfrischung bringen, und kam geradeswegs zum Polizeiamt. Ich brach sofort auf, nahm Amulja mit mir und habe den ganzen Morgen versucht, etwas aus ihm herauszubringen. Er will nicht sagen, wo er das Geld bekommen hat. Ich warnte ihn, er würde solange in Haft bleiben, bis er es sagte. In dem Fall, meinte er, würde er lügen müssen. Gut, sagte ich, das solle er nur tun. Dann sagte er aus, er habe das Geld unter einem Busch gefunden. Ich machte darauf ihn aufmerksam, daß das Lügen so leicht nicht sei. Unter welchem Busch er es denn gefunden habe? Und an welchem Ort? Was hatte er da zu tun? — Über das alles würde er seine Aussagen machen müssen. ›Seien Sie unbesorgt,‹ sagte er, ›ich habe ja noch Zeit genug, mir das alles auszudenken.‹«

»Aber, Inspektor,« sagte ich, »warum belästigen Sie einen achtbaren jungen Menschen wie Amulja Babu?«

»Ich habe nicht den Wunsch, ihn zu belästigen«, sagte der Inspektor. »Er ist nicht nur aus guter Familie, sondern noch dazu der Sohn meines Schulfreundes, Nibaran Babu. Ich will Ihnen genau sagen, Maharadscha, wie die Sache liegt. Amulja kennt den Dieb, aber will ihn schützen, indem er den Verdacht auf sich lenkt. Solche Bravourstückchen sehen ihm gerade ähnlich. Ich will Ihnen mal was sagen, junger Mann,« wandte er sich an Amulja, »ich war auch einmal achtzehn und Student in Ripon College. Ich wäre beinahe ins Gefängnis gekommen, weil ich versuchte, einen Droschkenkutscher gegen einen Polizisten in Schutz zu nehmen. Ich kam mit genauer Not davon.«

»Maharadscha,« fuhr er dann zu mir gewandt fort, »der

wirkliche Dieb wird nun wahrscheinlich entkommen, aber ich glaube, ich weiß, wer hinter der ganzen Sache steckt.«

»Wer denn?« fragte ich.

»Jener Verwalter, im Einverständnis mit dem Wächter Kasim.«

Als der Inspektor endlich fortgegangen war, nachdem er mir seine Hypothese lang und breit auseinandergesetzt hatte, sagte ich zu Amulja: »Wenn du mir sagst, wer das Geld genommen hat, verspreche ich dir, daß niemandem ein Leid geschehen soll.«

»Ich habe es getan«, sagte er.

»Aber wie ist es möglich? Wie war denn das mit der ganzen Schar bewaffneter Männer?...«

»Das war ich, ganz allein!«

Was Amulja mir nun erzählte, war in der Tat eine seltsame Geschichte. Der Verwalter war gerade mit seinem Abendbrot fertig und dabei, sich auf der Veranda den Mund zu spülen. Es war ziemlich dunkel. Amulja hatte in jeder Tasche einen Revolver, von denen einer mit Platzpatronen, der andre mit Kugeln geladen war. Vor dem Gesicht hatte er eine Maske. Er hielt dem Verwalter plötzlich eine Blendlaterne vors Gesicht und gab einen blinden Schuß ab. Der Mann fiel in Ohnmacht. Ein paar von den Wächtern, die dienstfrei waren, kamen herzugelaufen, aber sobald Amulja auch auf sie einen blinden Schuß abgab, verloren sie keine Zeit, sich in Sicherheit zu bringen. Dann kam Kasim, der Dienst hatte, mit einem dicken Knüppel herbeigestürzt. Diesmal feuerte Amulja einen scharfen Schuß ab, wobei er nach Kasims Beinen zielte, und als dieser fühlte, daß er getroffen war, brach er zusammen und fiel zu Boden. Amulja zwang dann den zitternden Verwalter, der inzwischen zur Besinnung gekommen war, den Geldschrank zu öffnen und ihm 6000 Rupien einzuhändigen. Darauf nahm er eins von den Dienstpferden, galoppierte ein paar Meilen, ließ dann das Pferd frei laufen und kam ruhig zu Fuß hierher zurück.

»Was veranlaßte dich zu diesem Streich, Amulja?« fragte ich.

»Ich hatte einen sehr gewichtigen Grund, Maharadscha«, erwiderte er.

»Aber warum versuchtest du denn, das Geld zurückzugeben?«

»Rufen Sie sie, auf deren Befehl ich es tat! In ihrer Gegenwart werde ich alles bekennen.«

»Und wer ist ›sie‹?«

»Meine Schwester, die Tschota Rani!«

Ich ließ Bimala rufen. Sie kam zögernd, barfuß, den Kopf in einen weißen Schal gehüllt. Ich hatte meine Bima nie so gesehen. Es war, als ob sie sich in Morgenlicht gehüllt hätte.

Amulja warf sich vor ihr nieder und berührte ehrfurchtsvoll ihre Füße. Als er sich dann erhob, sagte er: »Ihr Befehl ist ausgeführt, Schwester. Das Geld ist zurückgegeben.«

»Du hast mich gerettet, mein kleiner Bruder«, sagte Bima.

»Ich habe immer Ihr Bild vor Augen gehabt und keine einzige Lüge gesagt«, fuhr Amulja fort. »Mein Losungswort Bande Mataram habe ich zu Ihren Füßen auf immer von mir geworfen. Ich habe auch schon meine Belohnung bekommen, Ihren prasad, sobald ich in den Palast kam.«

Bima sah ihn bei seinen letzten Worten verständnislos an. Amulja zog sein Taschentuch hervor, band es auf und zeigte ihr die Kuchen. »Ich habe sie nicht alle gegessen«, sagte er. »Diese habe ich noch aufbewahrt, damit Sie sie mir selbst vorlegen.«

Ich sah, daß ich hier überflüssig war und ging aus dem Zimmer. Ich konnte predigen, soviel ich wollte, so sagte ich mir, zum Lohn für meine Mühe verbrannte man mein Bild. Es war mir noch nicht gelungen, eine einzige Seele vom Pfade des Verderbens zurückzubringen. Wer die Gabe hat, kann es durch einen bloßen Wink. Meine Worte haben nicht diese unauslöschliche Wirkung. Ich bin keine Flamme, sondern nur eine schwarze, ausgebrannte Kohle. Ich kann keine Lampe anzünden. Mein Leben zeigt es, — meine Lampen bleiben alle unangezündet.

XVI

Ich kehrte langsam nach den innern Gemächern zurück. Unwillkürlich lenkte ich meine Schritte nach dem Zimmer der Bara Rani. Ich hatte das unwiderstehliche Bedürfnis, zu fühlen, daß dies mein Leben imstande gewesen war, auf einer andern Lebensharfe eine Saite anzuschlagen, die mir mit vollem, warmem Ton antwortete. Man kann die Erfüllung seines Daseins nicht in sich selber finden, man muß sie draußen suchen.

Als ich an das Zimmer meiner Schwägerin kam, trat sie heraus und sagte: »Ich fürchtete, du würdest dich schon wieder so lange aufhalten. Doch ich habe dein Mittagessen schon bestellt, sobald ich dich kommen hörte. Es wird sogleich gebracht.«

»Inzwischen will ich dein Geld aus meinem Schrank holen, damit ich es bereit habe.«

Als wir nach meinem Zimmer gingen, fragte sie mich, ob der Polizei-Inspektor irgendwelche Nachricht über den Raubüberfall gebracht hätte. Ich hatte keine rechte Neigung, ihr eingehend zu berichten, wie das Geld zurückgebracht worden sei, und antwortete ausweichend: »Ja, sie machen viel Wesens von der Geschichte.«

Als ich in mein Ankleidezimmer kam und mein Schlüsselbund herausnahm, war der Schlüssel zum Geldschrank nicht an dem Ring. Wie konnte ich nur so blödsinnig zerstreut sein! Erst heute morgen hatte ich alle möglichen Koffer und Schränke geöffnet und gar nicht bemerkt, daß dieser Schlüssel fehlte.

»Was ist denn mit deinem Schlüssel passiert?« fragte meine

Schwägerin.

Ich konnte es ihr nicht sagen und fuhr fort, eine Tasche um die andere zu durchsuchen. Immer wieder suchte ich an denselben Stellen. Es wurde uns beiden klar, daß der Schlüssel nicht verlegt sein könne. Jemand mußte ihn vom Ring abgenommen haben. Wer konnte das sein? Wer hatte denn sonst noch in dies Zimmer kommen können?

»Sorge dich nicht weiter darum«, sagte sie zu mir. »Iß erst zu Mittag! Die Tschota Rani muß ihn selbst an sich genommen haben, als sie sah, wie zerstreut du immer bist.«

Ich war innerlich jedoch sehr unruhig. Bima hatte nie einen von meinen Schlüsseln genommen, ohne es mir zu sagen. Beim Mittagessen war sie nicht zugegen; sie war damit beschäftigt, Amulja in ihrem Zimmer zu bewirten. Meine Schwägerin wollte sie rufen lassen, aber ich bat sie, es nicht zu tun.

Ich war gerade mit dem Essen fertig, als Bima hereinkam. Ich hätte lieber nicht über die Sache mit dem Schlüssel gesprochen, solange die Bara Rani dabei war, aber sobald sie Bima sah, fragte sie: »Weißt du, mein Liebling, wo der Schlüssel zu dem Geldschrank ist?«

»Ich habe ihn«, war die Antwort.

»Habe ich's nicht gesagt?« rief meine Schwägerin triumphierend. »Unsre Tschota Rani tut so, als ob diese Räubereien sie ganz kalt lassen, aber heimlich trifft sie doch ihre Vorsichtsmaßregeln.«

Der Ausdruck in Bimas Gesicht ließ mich nichts Gutes ahnen. »Laßt den Schlüssel jetzt«, sagte ich. »Ich nehme das Geld heute abend heraus.«

»Nun schiebst du es wieder auf«, sagte die Bara Rani. »Warum willst du es nicht gleich jetzt, wo du daran denkst, herausnehmen und zum Schatzamt schicken?«

»Ich habe es schon herausgenommen«, sagte Bima.

Ich stutzte.

»Wo hast du es denn?« fragte meine Schwägerin.

»Ich habe es ausgegeben.«

»Nun höre einer! Wofür hast du all das Geld ausgegeben?«
Bima antwortete nicht. Ich fragte nicht weiter. Die Bara Rani
schien etwas bemerken zu wollen, aber sie besann sich
anders. »Nun, dann ist ja alles in Ordnung«, sagte sie mit
einem Blick auf mich. »Das machte ich genau so mit meines
Mannes Kleingeld. Ich wußte, es hatte keinen Sinn, es ihm
zu lassen, — seine neunundneunzig Schmarotzer hätten es
ihm doch abgenommen. Du bist auch nicht viel anders,
Bruder. Wieviel Mittel ihr Männer habt, um Geld
loszuwerden! Wir können es euch nur retten dadurch, daß
wir es euch stehlen. Nun komm aber! Fort mit dir, zu Bett!«

Die Bara Rani führte mich in mein Zimmer, aber ich wußte
kaum, wohin ich ging. Sie setzte sich an mein Bett,
nachdem ich mich darauf ausgestreckt hatte, und lächelte
Bima zu. »Gib mir einen von deinen pans, liebe Tschotie«,
sagte sie. »Was, du hast keine? Du bist mir eine schöne
Hausfrau! Dann laß ein paar aus meinem Zimmer holen!«

»Aber hast du denn schon zu Mittag gegessen?« fragte ich
besorgt.

»O, schon längst«, erwiderte sie. Das war augenscheinlich
geflunkert.

Sie blieb neben meinem Bett sitzen und plauderte über alles
Mögliche. Das Mädchen kam und sagte Bima, daß ihr
Mittagessen serviert sei und kalt würde, aber sie schien es
nicht zu hören. »Was, du hast noch nicht gegessen? Was
machst du für Geschichten! Es ist schon furchtbar spät.«
Damit führte die Bara Rani Bima mit sich fort.

Ich konnte erraten, daß zwischen diesen 6000 Rupien und
dem Diebstahl der andern ein Zusammenhang bestand.
Aber ich bin nicht neugierig, zu wissen, welcher Art er ist.
Ich werde nie danach fragen.

Die Vorsehung formt unser Leben im groben, sie will, daß

wir selbst die letzte Hand anlegen und ihm seine endgültige Gestalt nach unserm Sinn geben. Ich habe mich immer bemüht, bei der Gestaltung meines Lebens den vom Schöpfer vorgezeichneten Linien zu folgen und ihm einen tiefen Sinn zu geben. In diesem Bestreben habe ich mein ganzes Leben verbracht. Wie ernstlich ich mich bemüht habe, meine Begierden im Zaum zu halten und jede Selbstsucht in mir zu unterdrücken, weiß nur Er, der in unser Herz sieht.

Aber die Schwierigkeit ist, daß unser Leben nicht uns allein gehört. Wir können es nicht formen ohne die Hilfe unsrer Umgebung. Daher war es immer mein Traum, Bima dafür zu gewinnen, daß sie mir bei dieser Arbeit helfe. Ich liebte sie von ganzer Seele; daher glaubte ich fest, es müsse mir gelingen.

Dann machte ich die Entdeckung, daß ich nicht zu den Menschen gehöre, die so ganz einfach und natürlich ihre Umgebung zu dieser Arbeit an ihrem Selbst heranziehen können. Ich habe den Lebensfunken erhalten, aber ich kann ihn nicht weitergeben. Die, denen ich mein Alles gegeben habe, haben es genommen, ohne mich selbst mitzunehmen.

Ich werde wirklich schwer geprüft. Immer, wenn ich am meisten eines helfenden Gefährten bedarf, werde ich auf mich selbst zurückgewiesen. Dennoch gelobe ich aufs neue, durchzuhalten in dieser Prüfungszeit.

So will ich denn allein meinen Dornenpfad gehen, bis die Reise dieses Lebens zu Ende ist...

Mir ist der Gedanke gekommen, daß ich doch immer etwas Neigung zur Tyrannei gehabt habe. Es war ein gewisser Despotismus in meinem Verlangen, meine Beziehungen zu Bimala in eine feste, klar umrissene und vollkommene Form zu bringen. Aber des Menschen Leben ist nicht dazu bestimmt, in eine feste Form gepreßt zu werden. Und wenn wir versuchen, dem Guten auf solche Weise Gestalt zu geben, als wäre es bloßer Stoff, so rächt es sich furchtbar, dadurch, daß es das Leben verliert.

Erst jetzt ist es mir klar geworden, daß es diese unbewußte Tyrannei gewesen sein muß, die uns allmählich voneinander entfernte. Als Bimalas Leben nicht zu seiner wahren Höhe aufsteigen konnte, da ich es von oben niederdrückte, mußte es sich dadurch einen Abfluß suchen, daß es seine Ufer am Grunde unterhöhlte. Sie mußte diese 6000 Rupien stehlen, weil sie mir gegenüber nicht offen sein konnte, weil sie fühlte, daß ich für gewisse Dinge kein Verständnis hatte noch haben wollte.

Menschen wie ich, die von einer Idee beherrscht werden, sind mit denen im Einklang, die ihren Überzeugungen zustimmen können; aber die andern können nur mit uns fertig werden, wenn sie uns betrügen. Unser hartnäckiger Eigensinn ist es, der selbst die Offensten und Geradesten auf krumme Wege treibt. Bei dem Versuch, uns eine Gefährtin nach unserm Sinn zu formen, verderben wir das Weib.

Könnte ich nicht noch einmal von vorn anfangen? Ja, dann würde ich den Pfad der Einfalt gehen. Ich würde nicht versuchen, die Gefährtin meines Lebens mit meinen Ideen zu binden, sondern die fröhliche Flöte meiner Liebe spielen und fragen: Liebst du mich? Dann wachse nur, dir selber treu, im Licht deiner Liebe! Laß Gottes Plan, der in dir lebendig ist, triumphieren und laß meine Pläne beschämt umkehren!

Aber kann selbst die große Heilmutter Natur die Wunde heilen, die all das Mißverstehen dieser letzten Zeit uns schlug? Die schützende Hülle, unter der allein die stillen Kräfte der Natur wirken können, ist auseinander gerissen. Wunden müssen verbunden werden — können wir unsre Wunde nicht mit unsrer Liebe verbinden, so daß ein Tag kommt, wo ihre Narbe nicht mehr sichtbar sein wird? Ist es nicht zu spät? Wir haben so viel Zeit verloren mit Mißverstehen; wir haben die ganze Zeit bis jetzt gebraucht, um endlich zu verstehen, — wie lange Zeit werden wir brauchen, um wieder gutzumachen? Und wenn die Wunde wirklich heilt, — kann die Zerstörung, die sie verursacht hat, je wieder gutgemacht werden?

Ich hörte ein leises Geräusch an der Tür. Als ich mich umwandte, sah ich Bimala durch die offene Tür verschwinden. Sie mußte an der Schwelle gewartet haben, unschlüssig, ob sie hereinkommen sollte, und schließlich hatte sie sich entschlossen, umzukehren. Ich sprang auf und stürzte zur Tür und rief: »Bima!«

Sie stand still, doch wandte sie sich nicht um. Ich trat zu ihr, nahm sie bei der Hand und führte sie in unser Zimmer zurück. Sie warf sich mit dem Gesicht aufs Kissen und schluchzte unaufhaltsam. Ich sagte nichts, sondern setzte mich nur still zu ihr und hielt ihre Hand.

Als der leidenschaftliche Ausbruch ihres Schmerzes sich gelegt hatte, richtete sie sich auf. Ich wollte sie an meine Brust ziehen, aber sie schob meine Arme zurück und kniete vor mir nieder, indem sie wiederholt meine Füße ehrfurchtsvoll mit ihrer Stirn berührte. Ich zog hastig meine Füße zurück, aber sie umklammerte sie mit ihren Armen und sagte mit tränenerstickter Stimme. »Nein, nein, nein, du darfst deine Füße nicht wegziehen! Laß mich meine Ehrfurcht verrichten!«

Da ließ ich sie gewähren.

Fußnoten:

Rollen aus Betelpfefferblättern mit Stücken von Betelnuß, Katschu und Gewürzen gefüllt, die als Kaumittel verwandt werden.

Auf dem nackten Boden sitzen ist ein Zeichen von Trauer und, von da aus übertragen, auch von Zerknirschung.

BIMALAS ERZÄHLUNG

XXIII

Auf, meine Seele! Jetzt ist die Zeit gekommen, dich dahin einzuschiffen, wo der Strom der Liebe einmündet in das große Meer der Anbetung. In diesem reinen Blau versinkt und verschwindet die ganze Last seines Schlammes.

Jetzt fürchte ich nichts mehr, — weder mich selbst, noch irgend jemand anders. Ich bin durch Feuer hindurchgegangen. Was entzündlich war, ist zu Asche verbrannt, was geblieben ist, ist unsterblich. Ich habe meine Seele dem zu Füßen gelegt, der all meine Sünde in den Abgrund seines eigenen Schmerzes versenkt hat.

Heute abend reisen wir nach Kalkutta. Meine innern Unruhen ließen mich bis jetzt nicht dazu kommen, nach meinen Sachen zu sehen. Jetzt will ich sie ordnen und einpacken.

Nach einer Weile merkte ich, daß mein Gatte auch gekommen war und beim Packen half.

»Das geht aber nicht«, sagte ich. »Hast du mir nicht versprochen, zu schlafen?«

»Das habe ich wohl versprochen,« erwiderte er, »aber der Schlaf hat mir nicht versprochen, zu kommen und ist nirgends zu finden.«

»Nein, nein,« wiederholte ich, »das geht nicht. Leg dich wenigstens ein Weilchen hin!«

»Aber wie kannst du allein dies noch alles schaffen?«

»Natürlich kann ich das.«

»Nun, du magst dich rühmen, ohne mich fertig werden zu können. Aber offen gesagt, ich kann nicht ohne dich fertig werden. Selbst der Schlaf wollte zu mir allein nicht in unser Zimmer kommen.« Damit machte er sich wieder an die

Arbeit.

Aber es kam eine Unterbrechung in Gestalt eines Dieners, der meldete, daß Sandip Babu da sei und bäte, vorgelassen zu werden. Ich wagte nicht zu fragen, wen er zu sprechen wünsche. Es war, als ob das Licht des Himmels plötzlich zurückwiche wie die Blätter einer Mimose.

»Komm, Bima!« sagte mein Gatte. »Laß uns hören, was Sandip uns zu sagen hat! Da er zurückgekommen ist, nachdem er sich schon verabschiedet hatte, muß er uns etwas Besonderes zu sagen haben.«

Ich ging nur mit, weil es noch schwieriger gewesen wäre, zurückzubleiben. Sandip starrte ein Bild an, das an der Wand hing. Als wir eintraten, sagte er: »Ihr fragt euch gewiß, warum der Bursche noch einmal wiedergekommen ist. Aber ihr wißt, der Geist ist nicht gebannt, bis alle feierlichen Bräuche erfüllt sind.« Mit diesen Worten zog er etwas aus seiner Tasche, das er in sein Taschentuch gebunden hatte, legte es auf den Tisch und löste den Knoten auf. Es waren jene Goldstücke.

»Versteh mich nicht falsch, Nikhil,« sagte er. »Du mußt dir nicht einbilden, daß ich, von deinem Umgang angesteckt, plötzlich ehrlich geworden bin; ich bin nicht der Mann, der mit schlotternden Knieen reuig zurückkehrt, um unrechtmäßig erworbenes Geld wiederzubringen. Aber...«

Er stockte. Nach einer Pause wandte er sich zu Nikhil, aber seine Worte waren an mich gerichtet:

»Ja, Bienenkönigin, endlich hat der Geist der Reue Einlaß gefunden in meinem bisher ungestört ruhigen Gewissen. Da ich jede Nacht, sobald der erste Schlaf vorüber ist, mit ihm zu kämpfen habe, kann ich ihn nicht für ein bloßes Hirngespinst halten. Es gibt vor ihm kein Entrinnen, selbst für mich nicht, bis die Schuld bezahlt ist. In die Hände jenes Geistes lege ich daher, was ich zurückbringe. Göttin! Ihnen allein auf der Welt kann ich nichts wegnehmen. Sie lassen mich nicht los, bis ich ganz entblößt bin. Nehmen Sie auch dies zurück!«

Damit zog er den Schmuckkasten unter seinem Mantel hervor und setzte ihn hin, und dann verließ er uns mit hastigen Schritten.

»Höre, Sandip,« rief mein Gatte ihm nach.

»Ich habe keine Zeit, Nikhil,« sagte Sandip, an der Tür stehenbleibend. »Man sagt mir, daß die Muselmänner mich für einen unschätzbaren Edelstein halten, und hinter mir her sind, um mich zu rauben und auf ihrem Friedhof zu vergraben. Aber ich fühle, daß ich noch weiterleben muß. Ich habe noch gerade 25 Minuten, um den Zug nach Norden zu bekommen. Daher muß ich für jetzt Schluß machen; wir werden unsre Unterredung bei der nächsten passenden Gelegenheit zu Ende führen. Wenn du meinen Rat hören willst, so zögre du auch nicht, von hier fortzukommen! Ich grüße Sie, Bienenkönigin, Königin der blutenden Herzen, Königin der Vernichtung!«

Er stürzte hinaus. Ich stand unbeweglich; nie vorher war mir so klar geworden, wie wertlos, wie armselig dies Gold und diese Juwelen sind. Noch kurz vorher war ich geschäftig gewesen, mir zu überlegen, was ich mitnehmen und wie ich es einpacken wollte. Jetzt fühlte ich, daß es überhaupt nicht nötig war, irgendetwas mitzunehmen. Aufbrechen und fortreisen so schnell wie möglich, darauf kam es an.

Mein Gatte trat zu mir und faßte meine Hand. »Es wird spät,« sagte er, »wir haben nicht mehr viel Zeit, unsre Reisevorbereitungen zu beenden.«

In diesem Augenblick kam Tschandranath Babu plötzlich herein. Als er uns beisammen fand, wich er erst zurück, doch dann sagte er: »Verzeihen Sie, Mütterchen, wenn ich störe! Nikhil, die Muselmänner haben sich erhoben. Sie plündern Harisch Kundus Schatzhaus. Das ist noch nicht so schlimm. Aber entsetzlich ist es, wie sie den Frauen des Hauses Gewalt antun.«

»Ich komme,« sagte mein Gatte.

»Was kannst du da tun?« sagte ich und hielt bittend seine Hand fest. »Ach Herr,« wandte ich mich an seinen Lehrer, »wollen Sie ihm nicht sagen, daß er nicht hingeht?«

»Es gibt nichts Dringenderes zu tun, Mütterchen,« erwiderte er.

»Ängstige dich nicht, Bima,« rief mein Gatte mir im Fortgehen zu.

Als ich ans Fenster trat, sah ich ihn zu Pferde fortgaloppieren, ohne irgendwelche Waffe in der Hand.

Gleich darauf kam die Bara Rani hereingestürzt. »Was hast du getan, liebe Tschotie?« rief sie. »Wie konntest du ihn fortlassen?«

»Ruf sofort den Dewan[44],« sagte sie zu einem Diener.

Die Ranis zeigen sich sonst nicht dem Dewan, aber in dem Augenblick waren der Bara Rani alle äußeren Formen gleichgültig.

»Schick dem Maharadscha sofort einen reitenden Boten nach und laß ihn zurückrufen,« sagte sie, sobald der Dewan erschien.

»Wir haben ihn alle beschworen, nicht hinzureiten,« sagte der Dewan, »aber er wollte nicht umkehren.«

»Laß ihm sagen, daß die Bara Rani krank ist, daß sie auf dem Sterbebett liegt!« rief meine Schwägerin verzweifelt.

Als der Dewan hinausgegangen war, wandte sie sich wütend gegen mich. »O du Hexe, du Ungetüm, konntest du nicht selbst sterben, statt ihn in den Tod zu schicken!...«

Es begann zu dunkeln. Die Sonne ging hinter dem gefiederten Laubwerk des blühenden Sadschnabaums unter. Ich sehe noch heute jede leise Schattierung jenes Sonnenuntergangs vor mir. Zwei Wolkenmassen zu beiden Seiten der sinkenden Sonnenscheibe gaben ihr das

Aussehen eines gewaltigen Vogels, der seine feurig gefiederten Schwingen weit ausbreitete. Es war mir, als ob dieser verhängnisvolle Tag sich aufmachte zu seinem Fluge über den Ozean der Nacht.

Es wurde dunkler und dunkler. Aus der Ferne wogte Waffenlärm heran und wich dann wieder in das Dunkel zurück, wie die Flammen eines brennenden Dorfes fern am Horizont aufzucken und wieder verschwinden.

Die Abendglocken erklangen von unserm Tempel. Ich wußte, die Bara Rani saß jetzt da, die Hände in stillem Gebet gefaltet. Aber ich konnte keinen Schritt vom Fenster weichen.

Die Straßen, das Dorf dahinter und die noch entfernteren Baumreihen verschwammen immer mehr im Dunkel. Der See in unserm Park blickte mit trübem Glanz zum Himmel auf, wie das Auge eines Blinden. Zur Linken schien der Turm seinen Hals auszurecken, um etwas, was in der Ferne geschah, zu erspähen.

Die Geräusche der Nacht nehmen alle Arten von Verkleidungen an. Ein Zweig knackt, und man glaubt, ein Verfolgter renne um sein Leben. Eine Tür schlägt zu, und es ist einem, als ob das Herz der Welt in jähem Schreck pochte.

Lichter flackerten plötzlich unter dem Schatten der fernen Bäume auf und verschwanden wieder. Ab und zu erklirrten Hufe, doch es waren nur Reiter, die aus den Palasttoren ritten.

Ich hatte die ganze Zeit das Gefühl, daß, wenn ich nur sterben könnte, alles gut sein würde. Solange ich lebte, griffen meine Sünden immer weiter um sich und säten nach allen Seiten Zerstörung aus. Ich erinnerte mich an die Pistole in meiner Truhe. Aber meine Füße wollten nicht vom Fenster weg und sie holen. Wartete ich denn nicht auf mein Schicksal?

Die Nachtwache kündete feierlich die zehnte Stunde. Bald

darauf tauchten in der Ferne eine ganze Reihe Lichter auf, und eine große Schar von Leuten wand sich wie eine große Schlange auf den dunklen Wegen den Palasttoren zu.

Der Dewan stürzte ans Tor. In demselben Augenblick galoppierte ein Reiter herein. »Wie steht es, Dschata?« fragte der Dewan.

»Nicht gut,« war die Antwort.

Ich hörte diese Worte ganz deutlich von meinem Fenster aus. Aber dann wurde etwas geflüstert, was ich nicht verstehen konnte.

Dann kam eine Sänfte, der eine Bahre folgte. Der Doktor ging neben der Sänfte.

»Was meinen Sie, Doktor?« fragte der Dewan.

»Ich kann noch nichts sagen,« erwiderte der Doktor. »Die Wunde am Kopf ist ernst.«

»Und Amulja Babu?«

»Mit ihm ist es aus. Eine Kugel hat ihn ins Herz getroffen.«

Fußnoten:

Eingeborener Angestellter eines großen bengalischen Haushaltes, der den Verkehr mit den Eingeborenen vermittelt.

INHALT

271

Achtes Kapitel

Neuntes Kapitel

Zehntes Kapitel

Elftes Kapitel

Zwölftes Kapitel

Gedruckt
im Frühjahr 1921 von
der Spamerschen
Buchdruckerei
in Leipzig
*

273